DAS KNISTERN DER Highlands

CLAN GRANT REIHE

BUCH FÜNF

LOGAN & GWYNETH

KEIRA MONTCLAIR

ROMANE VON KEIRA MONTCLAIR

DIE CLAN GRANT-REIHE
#1-BEFREIT VON EINEM HIGHLANDER-Alex und
Maddie
#2-HEILUNG EINES HIGHLANDER-HERZENS-Brenna
und Quade
#3-LIEBESBRIEFE AUS LARGS-Brodie und Celestina
#4-AUFSTIEG IN DIE HIGHLANDS-Robbie and Caralyn
#5-DAS KNISTERN DER HIGHLANDS- Logan and
Gwyneth
#6-#8 – Erscheint in Kürze

DER HIGHLAND CLAN
LOKI aus den Highlands - Buch Eins
TORRIAN aus den Highlands - Buch Zwei
LILY aus den Highlands – Buch Drei
JAKE aus den Highlands– Buch Vier
ASHLYN aus den Highlands– Buch Fünf
MOLLY aus den Highlands– Buch Sechs
Bücher Sieben bis Zwölf: Erscheint in Kürze

HIGHLANDSCHWERTER
DER VERRAT DER SCHOTTIN
DIE SCHOTTISCHE SPIONIN
DIE JAGD DES SCHOTTEN
DIE PRÜFUNG DES SCHOTTEN
Buch 5 & 6: Erscheint in Kürze

WEITERE BÜCHER
DIE VERBANNUNG DES HIGHLANDERS

VORWORT DER AUTORIN

UNBEDINGT LESEN, WENN SIE JOURNEY TO THE HIGHLANDS GELESEN HABEN!

Wenn Sie diesen Roman zum ersten Mal lesen, kann es sein, dass Sie einige Ähnlichkeiten feststellen. Vielleicht denken Sie sogar, dass Sie ihn schon einmal gelesen haben. Wenn ja, dann liegen Sie nicht ganz falsch. Es gibt Teile dieses Romans, in denen der Dialog ähnlich oder identisch ist wie in Robbies und Caralyns Geschichte in AUFSTIEG IN DIE HIGHLANDS.

Logan und Gwyneth trafen sich in AUFSTIEG IN DIE HIGHLANDS, als Logan das Anwesen der Grants verließ, um nach Robbie Grant zu suchen. Diese Szene wurde in Robbies Geschichte aus seiner Sicht erzählt. Ich wollte, dass Sie die gleiche Szene aus der Sicht von Logan und Gwyneth sehen. Das bedeutet, dass der Dialog gleich sein wird, aber die Beschreibungen und Gedanken sind andere.

Ich entschuldige mich und hoffe, dass sich die Geschichte dadurch nicht in die Länge zieht, aber ich hielt es für unerlässlich zu sehen, wie sich diese Szenen abspielen und wie sie sich auf ihre Beziehung auswirken. Es wäre keine akkurate Darstellung ihrer Beziehung ohne einen genaueren Blick darauf, wann sie sich kennengelernt haben und wie es jeden von ihnen beeinflusst hat. Ich möchte noch erwähnen, dass dies nur für die ersten Szenen gilt.

Viel Spaß! Ich hoffe, Sie lieben Logans und Gwyneths Reise genauso wie ich.

Keira Montclair

KAPITEL EINS

Oktober, 1263
South Ayrshire, Schottland

GWYNETH VOM CLAN der Cunninghams lächelte, als sie darüber nachdachte, wie gut sie sich auf dem Bogenschieß-platz geschlagen hatte. Ihr Vater, der ihr beigebracht hatte, wie man einen Pfeil einspannt, zieht und abschießt, wäre unglaub-lich stolz auf sie gewesen. Ach, wie sehr sie ihren Sire und ihren Bruder Gordon vermisste. Sie hatten erbitterte Wettkämpfe ausgetragen, und auch wenn sie die meiste Zeit verloren hatte, hatte es doch ihre Fertigkeiten als Bogenschützin verbessert. Sie beschleunigte ihr Tempo, um ihren jüngeren Bruder, Pater Rab, zu finden und ihm von ihrem Glück an diesem Tag zu berichten.

Als sie sich der Hintertür zur Kirche näherte, schreckte sie ein Rascheln im Gebüsch auf, bevor zwei Paar starke Arme sie packten und auf den Boden drückten. Sie versuchte zu schreien, aber ihr wurde ein Knebel in den Mund gezwängt, der die Worte in ihrer Kehle erstickte: *So hilf mir doch jemand, bitte! Irgendwer muss mir helfen.* Und vor allem: *Wer zum Teufel seid ihr?*

Sie trat und zappelte so kräftig sie konnte, aber ohne Erfolg. Eine dieser abscheulichen Bestien hielt ihre Arme, während die andere ihre Beine umklammerte. Der Geruch von Fisch stieg ihr in die Nase.

Sie betete darum, dass ihr Bruder nach draußen kommen würde oder dass irgendjemand in der Umgebung ihr helfen möge. Aber es dämmerte bereits, und die Männer trugen dunkle Kleidung. Man müsste schon sehr nah herankommen, um zu erkennen, was dort vor sich ging. Sogar Gwyneth konnte die beiden kaum erkennen. Der Widerling zu ihren Füßen band ihre Beine zusammen.

»Och, die ist ganz schön temperamentvoll, was? Ich würde gerne eine kleine Kostprobe von ihr bekommen.« Der übelriechende Kerl an ihrem Kopf sprach zuerst.

»Behalte deinen Schaft zwischen deinen Beinen. Duff wird dich bei lebendigem Leib häuten, wenn du sie anfasst. Er sagt, sie hat noch ihre Jungfräulichkeit.« Der Name ließ sie noch fester strampeln und treten. Vor sieben langen Jahren hatte sie gesehen, wie ihr Vater und ihr Bruder durch die Hand von Duff Erskine ums Leben kamen. Er war ihr einziger Erzfeind.

Der Stinker lachte. »Nun, es würde mir nichts ausmachen, für ihn nachzusehen.«

Der zweite Angreifer hatte es mittlerweile geschafft, ihre Beine zu fesseln und nickte seinem Kumpanen zu. »Halt die Klappe, bevor dich noch jemand hört, du Narr. Binde ihre Hände zusammen, damit wir aufbrechen können. Das Schiff legt in Kürze ab.«

Gwyneth geriet in Panik. Das Schiff? Im Sinne von; ein Schiff, das sie von hier fortbringen würde? Wo brachten die sie nur hin? Ihr Herzschlag beschleunigte sich und ihr wurde schwummrig vor den Augen.

»Du weißt doch, dass Duff zehnmal so viel für ein Mädchen bekommt, dessen Jungfräulichkeit intakt ist.« Er grinste sie an, während sie weiter gegen ihre Fesseln ankämpfte. »Wer auch immer diese hier im Osten kauft, wird ganz schön was zu tun haben, sie zu bändigen.«

Ihre Jungfräulichkeit? Im Osten? Wovon sprachen die?

Ein Schauer lief ihr über den Rücken, kalter Schweiß bedeckte ihren Körper. Sämtliche Möglichkeiten – eine schlimmer als die andere – schossen ihr durch den Kopf, während ihre Augen die Umgebung nach jemandem, irgendjemandem, der ihr helfen könnte, absuchten. Ohne auf ihre Verzweiflung zu achten, warfen die beiden Männer sie in einen Pferdewagen, als wäre sie ein Sack Mehl, und deckten sie mit einer kratzigen Decke zu. Im letzten Augenblick landete dann noch ihr Bogen neben ihr.

»Was soll das?«, fragte der Stinkende den anderen Mann.

»Duff meint, er kann jede Waffe verkaufen. Er kann sicherlich aus ihrem Bogen und Köcher noch ein bisschen Geld heraus-schlagen.«

Sie schrie durch den Knebel und wehrte sich mit aller Kraft, aber niemand kam ihr zu Hilfe. Tränen der Wut über ihre eigene Machtlosigkeit liefen ihr über die Wangen. Auch musste sie daran denken, wie viele Stunden sie beim Üben auf dem Bogen-schießplatz zugebracht hatte, und was es ihr in dieser Situation half – rein gar nichts.

Vater, hilf mir. Gott, steh mir bei. Die Worte wiederholten sich immer und immer wieder in ihrem Kopf, während sie im Wagen herumgeschaukelt wurde. Es kam ihr vor, als seien sie ewig unterwegs gewesen, aber in Wahrheit wusste sie, dass es nur etwa eine Stunde dauerte, bis die Pferde endlich langsamer wurden.

Hafengeruch drang in ihre Nase und sie schloss die Augen, da sie nicht akzeptieren wollte, was wohl unweigerlich als Nächstes passieren würde.

Nay. Nay. Nay.

Sie strampelte erneut, in dem Versuch, sich über die Seite des Wagens zu werfen, was ihr aber nicht gelang. Ein paar Minuten nachdem die Pferde angehalten hatten, konnte sie Duff Erskines verhasste Stimme hören.

»Da ist sie ja.« Er entfernte die Decke und ihren Knebel und strich ihr über die Wange. »Ach, du bist ja zu einer Schönheit herangewachsen, nicht wahr? Und diese blauen Augen. Die sind mir noch nie aufgefallen.« Sein Gesicht verzog sich zu einer süf-fisanten Grimasse. »Du wirst mir gutes Geld einbringen. Wie gut bist du mit Pfeil und Bogen? Na, ich bin jedenfalls froh, dass die Männer deine Waffen auch mitgebracht haben. Für die finden wir im Osten schon einen Abnehmer.«

Gwyneth schrie auf, woraufhin Erskine ihr eine schallende Ohrfeige gab. »Halt den Mund.« Sie schrie erneut, und er riss sie an den Haaren hoch. »Niemand wird dir helfen. Ich schi-cke Frauen ins Ausland, wann immer ich will, und niemand hilft ihnen. Aber wer könnte mir das übelnehmen? Niemand traut sich, mir in die Quere zu kommen, nicht einmal der Sheriff. Was wäre ich denn da für ein Geschäftsmann, wenn ich es nicht täte? Doch keine Sorge, du wirst nicht allein sein«, sagte er zu ihr mit einem Grinsen. »Es werden mehrere Frauen mit dir gehen«.

Sobald er nah genug war, kratzte sie mit ihren Fingernägeln über seine Hand. »Miststück!« Er schleuderte ihren Kopf zurück und beschimpfte sie erneut, während er seine Haut überprüfte, wo sie ihn erwischt hatte.

Duff Erskine hatte sich verändert. Er sah nicht mehr so aus, als lebte er am Wasser und käme gerade von einem Schiff – er war jetzt gekleidet wie die Adligen in England. Ein widerlicher Geruch ging von ihm aus, eine Art Parfüm, ähnlich wie eine Dame Lavendelduft tragen würde. Gwyneth rümpfte die Nase, aber dann grinste sie, als sie die kleine Blutspur bemerkte, die seinen Arm hinunterlief. Es war nur eine oberflächliche Wunde, aber jeder Tropfen Blut war ein kleiner Sieg.

Er wandte sich an einen seiner Untergebenen – der, den sie Stinker nannte – und sagte: »Rodney, halte ihren Kopf unten.«

Der Halunke drückte ihren Kopf gegen den Wagen. Egal wie sie sich wehrte, sie konnte seinem Griff nicht entkommen. Erskine beugte sich vor und kniff ihr in die Nase. »Aufmachen.«

Gwyneth weigerte sich, den Mund aufzumachen, sie hielt ihn so lange zu, wie sie konnte, und schlug und trat dabei um sich wie eine Wilde.

Der andere Widerling zwickte sie in den Oberschenkel und meinte: »Los, mach auf, du Miststück. Ich werde langsam ungeduldig.«

Sie konnte sich nicht mehr länger wehren. Ihr Mund öffnete sich, als sie nach Luft schnappen wollte, und Erskine schüttete ihr irgendeine widerliche Flüssigkeit in den Mund. Sie versuchte, das Zeug auszuspucken, musste aber würgen und verschluckte das meiste davon.

Kämpf, Gwyneth! Kämpf! Eine hartnäckige Stimme schrie unentwegt in ihrem Kopf, aber die Dunkelheit überwältigte sie, ihr Zappeln wurde schwächer, als die Flüssigkeit, die er ihr verabreicht hatte, sie langsam, aber sicher in die Ohnmacht zwang.

Gwyneth musste einen klaren Kopf bekommen und ihren Bogen finden. Wenn ihr das nicht gelang, würde sie niemals in der Lage sein, ihr einziges Ziel im Leben zu erreichen – Duff Erskine zu töten. Sie versuchte, ihren Kopf zu heben, konnte es aber nicht. Das dumpfe Echo von Erskines Lachen entfachte ein Feuer des Zorns in ihr, und sie zwang sich, aufzustehen, nur damit sie ihn töten konnte, ihm wehtun, irgendetwas.

Aber sie konnte sich nicht bewegen. Was zum Teufel war das für eine Flüssigkeit gewesen? Sie verstand nur Bruchstücke von dem, was er zu seinen Handlangern sagte. »Sobald ihr im Osten seid ... höchster Preis ... die Dunkelhaarige. Blaue Augen ... gutes Geld.«

Endlich gehorchten ihr die Finger ihrer linken Hand wieder und sie schaffte es, nach etwas in der Nähe zu greifen, irgendetwas, das ihr helfen würde, ihren Körper aufzurichten und zu kämpfen. Sie griff nach dem Knauf einer hölzernen Truhe und scheuerte mit der spröden Haut ihrer Hand über das raue Holz, aber sie ignorierte den Schmerz und benutzte jeden Muskel in ihrem Arm, um ihren Oberkörper vom Boden hochzuziehen. Plötzlich schwankte ihr ganzer Körper, zusammen mit dem Boden unter ihr. *Verflucht, ein Schiff. Ich bin auf einem Schiff.*

»Aye, die anderen sind jung genug, um sie gewinnbringend zu verkaufen, aber für Gwyneth bekommt ihr definitiv eine Stange Geld. Außerdem hat sie mich zerkratzt wie eine wütende Katze. Das ist sozusagen Schmerzensgeld.«

Sie rollte sich auf die Seite und stützte ihre gefesselten Hände auf dem Boden ab, in der Hoffnung, die Bewegung zu stoppen. Sie musterte ihre Umgebung und betrachtete die anderen Körper, die dort über die Eichenplanken des Schiffs verteilt lagen. Frauen. Sie waren so zahlreich, dass sie nicht ausmachen konnte, wie viele es tatsächlich waren.

Duff stand am Bug und unterhielt sich mit mehreren Männern. Er gluckste, als er ihnen ein paar Münzen überreichte, bevor er das Schiff wieder verließ. Gwyneth hob den Kopf und begutachtete weiter alles um sie herum, bis das Schiff von einer weiteren Welle erschüttert wurde, sie wieder zurückfiel und sich den Kopf an der Holzplanke stieß. Das Letzte, was sie sah, waren Duffs grausame Augen, die sie direkt anstarrten, und ein breites Grinsen auf seinem Gesicht. Er zupfte an seiner Kleidung, als wäre er ein Adliger, jedes seiner dunklen Haare an seinem Platz, während er mit dem schweren Goldbehang, der seine Hände zierte, herumfuchtelte.

Mit einem Augenzwinkern tippte er sich an den Hut und

zwinkerte ihr zu, bevor er von Bord ging. »Gute Reise, Gwyneth.«

Sie würde Duff Erskine töten, und wenn es das Letzte wäre, was sie tun würde.

Als Gwyneth das nächste Mal erwachte, erfüllte eine Mischung aus Frauenschreien und Männerstimmen die Luft um sie herum. Sie versuchte, sich zu konzentrieren, ihre Augen offen zu halten, aber was auch immer Duff ihr gegeben hatte, hielt sie davon ab. Wie in Zeitlupe versuchte sie, den Kopf erneut zu heben, aber vergeblich. Sie wusste es sofort. Der Geruch der Luft und die Bewegung der schwankenden Eichenplanken darunter sagten ihr alles, was sie wissen musste. Sie waren auf offenem Wasser.

Ihre Vermutung war, dass sie irgendwo in den Gewässern vor Clyde unterwegs sein mussten. Sie versuchte, ihren Kopf freizubekommen und sich genau zu erinnern, wie sie hierhergekommen war. Aye, sie wurde auf dem Weg von den Bogenschießplätzen zur Kirche, wo sie mit ihrem Bruder, Pater Rab, lebte, überfallen.

Als sie den Kopf bewegte, entdeckte sie ein großes Galeerenschiff, welches neben dem, auf dem sie war, schwankend im Wasser lag. Gott sei Dank, jemand würde sie retten. Das war auch bitter nötig, schließlich hatte sie ihren Bogen noch nicht gefunden. Sie blinzelte, um zu sehen, wer das Schiff betrat, stöhnte und ließ sich gegen die groben Bretter fallen. Noch mehr schlechte Neuigkeiten. Das Schiff trug die Rabenflagge von König Haakon, dem Wikingerkönig, der Gerüchten zufolge Tausende seiner Männer mitgebracht hatte, um Arran und Ayrshire zu plündern und in Schutt und Asche zu legen, um den Schotten die Kontrolle über die Westinseln abspenstig zu machen.

In einer Ecke des Schiffsdecks liegend, versuchte sie, sich so unauffällig wie möglich zu verhalten, während sie im Sichtschutz eines Stück Segels gegen ihre Fesseln kämpfte. Die Schreie der Angreifer ließen die Besatzung des Schiffes in verschiedene Richtungen laufen, kurz darauf kam eine Gruppe schäbiger Wikinger an Bord, die sich an den Frauen vorbeidrängten, da sie offensichtlich zuerst hinter der Besatzung her waren. Augenblicke später hörte sie, wie Fäuste gegen Fleisch schlugen, begleitet vom Geräusch brechender Knochen. Männer schrien, bettelten und drohten, aber ohne Erfolg. Eine Kakophonie aus Kampfgeräuschen erfüllte die Luft; klirrendes Metall, Schreie und Männer, die über Bord fielen. Wer die Oberhand hatte – die Besatzung oder die Wikinger –, wusste sie nicht. Sie tat so, als würde sie schlafen, nur für den Fall, dass sie zurückkehrten.

Sekunden später war wieder Ruhe eingekehrt. Gwyneth öffnete verstohlen ein Auge, um herauszufinden, wer gewonnen hatte. Sie musste überleben, komme, was wolle. Für Rab, ihr einziges verbliebenes Familienmitglied, und um Duff den Garaus zu machen. Die Norweger kehrten jubelschreiend vom Bug des Schiffes zurück, jeder Mann packte sich eine Frau und warf sie sich über die Schulter. Manchmal gingen auch zwei auf eine los. Sie schaffte es, sich von ihren Fesseln zu befreien und nach dem Dolch zu kramen, den sie in ihren Kleidern versteckt hatte, betend, dass Duff ihn nicht entdeckt und ihr weggenommen hatte. Sie seufzte erleichtert, als sie ihn fand. Kampflos würde sie keiner kriegen.

Eine kräftige Hand packte sie an der Vorderseite ihres Waffenrocks. Die Kriegerkleidung der Männer, die sie so liebte, hatte ihren Angreifer nicht im Geringsten verwirrt. Der Schurke warf sie flach auf den Rücken, dann sprang er mit einem triumphalen Grinsen auf sie. Seine Hand langte nach unten, um ihre Brust zu befummeln, doch sie schleuderte ihren Kopf mit einem Ruck nach oben und verpasste dem Halunken eine saftige Kopfnuss, was ihn zwar für einen Moment baff machte, jedoch nicht vermochte, ihn aufzuhalten. Er ohrfeigte sie zweimal, bevor er sie wieder auf den Boden drückte. Wütend und mit neuem Tatendrang fuhr er fort, zerriss ihre Kleidung und begrapschte ihr Geschlecht. Sie zuckte bis ins Mark zusammen, als sich ein hartes Stück Fleisch in ihre Vagina bohrte. Der letzte Schleier der Droge verflog augenblicklich.

Nichts hätte eine stärkere Reaktion von ihr hervorrufen können. Ein wütendes Knurren entfuhr ihrem Innersten, als sie in die Falte ihrer Kleidung griff, ihr Messer herauszog und damit direkt zwischen die Beine ihres Angreifers stieß. Als das Messer auf sein Fleisch traf, brüllte und schrie er, während das Blut nur so aus seinem ekelhaften Glied heraussprudelte, bevor er hilflos nach seinen Eiern tastete. Sie hatte ihr Ziel getroffen, doch trotz seines Schocks holte er aus und erwischte sie seitlich am Kopf, bevor sie es schaffte, sich von ihm wegzurollen.

Ein anderer Wikinger brüllte etwas, das wie eine Warnung klang, und der Narr, den sie gerade kastriert hatte, blickte zurück, um seinen Kameraden anzusehen, der zum Horizont zeigte. Mehr Schiffe steuerten in ihre Richtung. Sie konnte an den Gesichtsausdrücken erkennen, dass sie besorgt waren. Nordisch oder schottisch? Nach einer kurzen gemurmelten Unterhaltung kletterten die Eindringlinge zurück auf ihr Langschiff und ruderten davon. Gwyneth zog sich in eine sitzende Position und machte sich nicht einmal die Mühe, ihre zerrissene Kleidung zusammenzuhalten. Sie überblickte das Deck und kämpfte darum, bei Bewusstsein zu bleiben und klar zu denken. Mindestens fünf andere Frauen bewegten sich; zwei taten es nicht. Waren sie tot? Hatten sie sie wirklich umgebracht? Als sie die Umgebung erneut absuchte, konnte sie keinen einzigen Mann mehr an Bord ausmachen.

Sie legte ihre Hand auf die Frau, die ihr am nächsten war. »Bist du verletzt? Brauchst du Hilfe?«

Die Frau schüttelte den Kopf, schob ihre Hand weg und schluchzte. Gwyneth sah sich noch einmal auf dem Schiff um, aber ihr erster Eindruck war richtig gewesen. Alle Männer hatten sich aus dem Staub gemacht. Ein kleiner Funke Hoffnung keimte in ihr auf. Vielleicht würden sie doch nicht in den Osten geschickt werden. Immerhin hatten die Wikinger ihr diesen kleinen Gefallen unfreiwillig getan:

Jedes einzelne Mitglied von Erskines Besatzung war über Bord geworfen worden.

KAPITEL ZWEI

LOGAN RAMSAY SPORNTE sein Pferd an und ignorierte die Stimme in seinem Kopf. *Das reicht jetzt, hör auf damit. Du musst nicht jeden beschützen. Deiner Nichte und deinem Neffen geht es besser, jetzt wo Brenna Grant sich um sie kümmert...*

Die zwei Kinder seines Bruders Quade, Lily und Torrian, waren beide an einer Krankheit erkrankt, die sie so geschwächt hatte, dass sie nicht einmal mehr in der Lage waren, aus dem Bett aufzustehen. Torrian war kaum dazu fähig gewesen, seinen Kopf von seinem Kissen zu heben, jede noch so kleine Bewegung bereitete ihm fürchterliche Schmerzen. Logan, der die Kinder liebte, als wären es seine eigenen, war außer sich vor Sorge gewesen. Quade und seine Mutter waren die ganze Zeit an der Seite der Kinder geblieben. Er aber konnte nicht damit umgehen und zog es vor, stattdessen zu verschwinden, wann immer er sich von dem Versagen überwältigt fühlte, den Kindern nicht helfen zu können.

Dann hatte er Brenna Grant, die als beste Heilerin der ganzen Highlands bekannt war, in sein Haus gebracht. Sie hatte nicht nur beide Kinder geheilt, sondern sich auch in seinen Bruder verliebt und ihn geheiratet. Brenna, Quades Frau, war schlicht das Beste, was seiner Familie hatte passieren können. Deshalb würde er jetzt alles für sie tun. Das war, so sagte er sich, der Grund, warum er noch immer in den Kampf zog.

Robbie Grant, der Anführer der Grant-Krieger, war der Grund, warum er auf dieser Reise war. Robbie war Brennas Bruder, und er war entschlossen, ihn zu finden und zurück in die Highlands zu bringen. Der Grant-Clan hatte seit der Schlacht gegen die

Wikinger bei Largs, die mit einem für die Schotten sehr wichtigen Sieg geendet hatte, nichts mehr von ihm gehört. Logan hatte es sich zur Aufgabe gemacht, den Grants zu helfen, wo er nur konnte, aus Dankbarkeit für alles, was sie für seinen eigenen Clan getan hatten … Und vielleicht, weil Logan nicht wusste, was er mit sich anfangen sollte, wenn er nicht auf einer Mission war.

Er trieb sein Pferd Paz an und schmiedete einen Plan in seinem Kopf. Robbie Grant hatte gerade einen glorreichen Sieg in Largs errungen. Zwischenzeitlich waren etwa vierhundert Grant-Kämpfer auf dem Kampffeld gewesen. Eine Gruppe von ihnen musste noch im Lager bei Ayr sein. Selbst wenn Robbie nach der Schlacht wieder gen Süden geschickt worden war, musste er einige Clanmitglieder in der königlichen Freistadt zurückgelassen haben, und die war nahe genug, dass Logan dort ein paar mehr Informationen einholen konnte.

Es war unwahrscheinlich, dass König Alexander Logan den Zutritt zum königlichen Schloss gestattete, also musste er sich seine Informationen in der Stadt Ayr besorgen.

Noch ein paar Tage und er musste ganz in der Nähe von Robbie Grant sein.

Als er die königliche Burg betrat, holte Logan ein paar der Krieger ein, die in den bekannten Farben des Clan Grant gekleidet waren. Es dauerte nicht lange, bis er von ihnen den Standort ihres Anführers Robbie Grant erfuhr, auch wenn er sich über ihre Aussagen wunderte. Scheinbar war Robbie zurück im königlichen Schloss, aber in der Stadt hieß es, das Gefecht sei vorbei. Die Schotten hatten die Wikinger wieder dorthin geschickt, wo sie hergekommen waren.

Er schlich sich zum Schlosstor und wartete dort etwa eine Stunde lang und lächelte, sobald seine Zielperson das Schloss verließ. »Grant, geht's auch ein bisschen schneller?«, rief er. »Ich muss mit dir sprechen.«

Robbie Grant blinzelte ihn an, sprach aber nicht. Der Mann wirkte benommen.

»Hörst du wohl auf so zu starren? Sag bloß, du erkennst deine eigenen Clanmitglieder schon nicht mehr?«

Robbie schaute ihn an, bevor er in ein breites Lächeln verfiel.

»Logan? Logan Ramsay? Was zur Hölle führt dich hierher, du eingebildeter Schwachkopf?« Er eilte aus dem Tor, dicht gefolgt von seinem Freund Tomas.

Logan packte Robbie an beiden Schultern, als sie sich auf den Pflastersteinen gegenüberstanden. »Schwachkopf, ja? Wir werden ja sehen, wie dich deine Brüder nennen, wenn du nach Hause kommst. Sie sind nicht gerade begeistert über dein Verschwinden und haben mich geschickt, um dich zu suchen.«

Robbie neigte den Kopf. »Irgendwie bezweifle ich, dass meine Brüder dich lange darum bitten mussten.«

Logan konnte sich ein Grinsen nicht verkneifen. Grant kannte ihn gut genug, um die Situation richtig einzuschätzen. Die meisten Menschen in seinem engen Umfeld wussten um sein Bedürfnis zu reisen.

Robbie fuhr fort. »Du konntest nicht an einem Ort bleiben, also kamst du auf eigene Faust hierher. Dundonald hat meinen Bruder darüber informiert, was ich vorhatte, und ich habe bereits eine Gruppe von Kriegern nach Hause geschickt. So besorgt um mein leibliches Wohl können meine Brüder also nicht gewesen sein.«

Logan gluckste. »Du lästiger Bastard. Macht das einen Unterschied? Deine Brüder vielleicht nicht, aber die Frauen machen sich alle Sorgen um dich, weil sie denken, dass du nie zurückkehren wirst. Du hast im Grant-Clan zu viele Herzen gebrochen.«

Die gebrochenen Herzen der Frauen waren nicht das, was ihn beunruhigte, sondern das Glück der Frau seines Bruders. Wenn sie Sorgen hatte, würde er alles tun, was er konnte, um sie aus der Welt zu schaffen.

Robbie gluckste. »Können wir jetzt die Wahrheit hören? Du wolltest einfach mittendrin sein, Ramsay. Du kannst einfach nicht für lange Zeit an einem Ort bleiben.«

Logan lachte. »Ach, aye, das auch. Aber genug von meinen Gründen, hierher zu kommen. Was machst du noch im Schloss des Königs, und wo willst du hin?«

Robbie hielt inne. »Du bist genau zum richtigen Zeitpunkt aufgetaucht. Ich brauche noch ein paar Männer für meinen nächsten Auftrag. Wirst du dich mir anschließen?«

»Natürlich, das war von Anfang an meine Absicht. Nach dir.«

Gwyneth band ihre üppigen Brüste ab, so gut sie konnte, und verfluchte die Tatsache, dass all das Abbinden, das sie im Laufe der Jahre getan hatte, sie nicht zum Schrumpfen gebracht hatte. Es war nicht gerade die bequemste Methode, aber immerhin waren sie dann nicht im Weg, wenn sie schoss. Sie beeilte sich, fertig zu werden, bevor ein anderes Schiff das ihre erreichte. Als sie wieder angemessen bedeckt war, watete sie durch das Körpermeer, das sich über das Deck erstreckte. Sie begutachtete die Verletzungen der Frauen und versuchte, jemanden zu finden, der genug bei Kräften war, um ihr zu helfen, das Schiff in Richtung Ufer zu steuern – wer konnte schon wissen, ob die Gestalten am Horizont Freund oder Feind waren. Doch so sehr sie es auch versuchte, mit warmen Worten und Ermunterungen, konnte sie doch keine der misshandelten Frauen dazu bringen, ihr zu helfen. Die meisten von ihnen waren in weitaus schlechterer Verfassung als sie.

Die Geräusche von dem sich nähernden Schiff wurden zusehends lauter, also stand sie unter Anstrengung auf und versuchte zu sehen, unter welcher Flagge sie fuhren. Ein Seufzer der Erleichterung entglitt ihren Lippen, als sie nach der Rabenflagge von König Haakons Schiffen suchte und keine fand.

Plötzlich rief ihr aus der Ferne ein Schotte entgegen. »Mädchen, ist außer dir noch jemand am Leben?«

»Aye«, rief sie zurück und nickte.

»Woher kommt ihr, und wohin seid ihr unterwegs?«

»Wir kamen aus der Nähe von Glasgow. Wir wurden gegen unseren Willen auf das Schiff gezwungen, man wollte uns gen Osten bringen. Das ist alles, was ich weiß.« Sie stemmte ihre Hände in die Hüften, als das Langschiff steuerbord anlegte.

»Und die Besatzung?«

»Ich wurde betäubt und war noch benommen, aber ich glaube, die Wikinger haben sie über Bord geworfen.«

»Tot oder bei lebendigem Leibe?« Der Blick des Schiffskapitäns suchte das umliegende Gewässer nach menschlichem Treibgut ab.

»Das kann ich nicht beantworten.« Gwyneth hielt sich an der Seite des Schiffes fest, um nicht über Bord zu fallen, als das andere

Schiff näher kam und Wellen im Wasser verursachte.

Sobald die beiden Schiffe nah genug waren, sprang der Captain auf das Deck und landete direkt neben ihr. Schock zeichnete sich auf seinem Gesicht ab. »Mädchen, haben dass die Wikinger angerichtet oder deine Entführer?« Er nickte in Richtung ihres geschundenen Gesichts.

»Die Wikinger.«

Der Mann knotete ein Seil an ihrem Schiff fest und signalisierte seiner Besatzung, in Richtung Ufer zu fahren. Er drehte sich um und verkündete Gwyneth und den anderen Opfern: »Wir werden euch nach South Ayrshire schleppen, das nächstgelegene Ufer von hier. Nicht weit vom Strand entfernt gibt es eine Kirche.«

Als sie wusste, dass sie auf dem Weg zum Ufer waren, setzte sie sich neben die Frau, die ihr am nächsten war, legte ihren Arm um ihre Schulter und rieb ihr den Rücken, um sie zu beruhigen. Gwyneth kannte sie nicht, aber was die Wikinger ihr und den anderen angetan hatte, bereitete ihr Übelkeit.

Ihr Retter neigte den Kopf zu den anderen Frauen. »Sehen die anderen auch so aus?«

»Schlimmer.«

Logan hörte Schluchzen, als sie sich der Kirche südlich der königlichen Freistadt näherten. Robbie hatte ihn informiert, dass ihre Aufgabe nicht angenehm sein würde. Anscheinend hatten die Wikinger ein Schiff voller Frauen im Fjord von Clyde angegriffen – Frauen, die entführt worden waren und nach Osten geschickt werden sollten, um dort als Sklaven verkauft zu werden. Logan musste zugeben, dass es ihm schwerfiel zu glauben, dass sich eine solche Tragödie unmittelbar im Dunstkreis der königlichen Freistadt ereignen würde.

Robbie wurde gesagt, dass die Frauen in keiner guten Verfassung waren, also bereitete sich Logan auf das Schlimmste vor. Er konnte nicht damit umgehen, wenn wehrlose Frauen verprügelt wurden, auch wenn er wusste, dass das oft genug passierte. Aber es passierte nicht vor seinen Augen.

Er und Tomas hielten sich zurück, während Robbie an die verschlossene Tür der Kirche klopfte – die Nacht hatte bereits

Einzug gehalten. Die Tür öffnete sich einen Spalt breit und hinter ihr lugten die kritischen Augen des Priesters hervor. »Nennt Euer Anliegen.«

Nachdem Robbie ihn davon überzeugt hatte, dass sie von Dundonald geschickt worden waren, winkte er sie heran und führte sie durch die Vordertür, während die anderen Grant-Krieger draußen warteten. Robbie folgte dem Priester in den hinteren Bereich, Logan und Tomas warteten in der Kapelle, beide gingen sie auf und ab in Erwartung der Aufgabe, die sie vor sich hatten. Als die schmerzerfüllten Schreie von Frauen ihre Ohren erreichten, tauschten die beiden besorgte Blicke aus. Er schwor sich, es zu seiner Aufgabe zu machen, den Bastard aufzuspüren, der diese jungen Frauen so misshandelt hatte.

Robbie steckte seinen Kopf aus dem Hinterzimmer und bedeutete ihnen nach hinten zu kommen, also folgten sie ihm. Im Inneren der Kammer ruhten mehrere Frauen auf kleinen Pritschen, sie stöhnten und weinten. Logan musste sich anstrengen, nicht so zu reagieren, wie er es eigentlich wollte, nämlich mit seiner Faust gegen die Wand zu schlagen.

Robbie wandte sich dem Priester zu, der Ausdruck auf seinem Gesicht zeugte von purer Verwirrung. Logan wusste, was er fragen wollte – er war besorgt darüber, wie man Frauen mit solchen Verletzungen transportieren konnte. Grant war weise gewesen, noch mehr Krieger zu senden, die bei der Eskorte helfen sollten.

Pater MacLaren sprach in einem leisen Flüsterton. »Wahrscheinlich ist es besser, sie heute Nacht noch wegzubringen. Hier können wir nichts mehr für sie tun. Sie müssen von Frauen gepflegt werden, und wir haben einfach nicht die Vorräte an Verbänden oder die Heiler, um ihre gebrochenen Knochen wieder in Ordnung zu bringen.«

Robbie runzelte die Stirn. »Wie sollen wir sie denn bitte transportieren, Pater?«

»Es gibt zwei Wagen. Ich glaube, dass wir es ihnen den Umständen entsprechend angenehm machen können. Hinten gibt es mehrere Heuhaufen. Ich fürchte, wenn ihr bis zum Tageslicht wartet, werdet ihr mehr Aufmerksamkeit auf euch und die Frauen ziehen. Wenn ihr bald aufbrecht, solltet ihr es bis zum Morgengrauen zum Kloster schaffen können. Wenigstens reist ihr dann im Schutz der Dunkelheit durch die königliche Stadt.«

Logan schaute sich im Raum um und erstarrte, als sein Blick auf einer dunkelhaarigen Frau mit hellblauen Augen hängenblieb, einem Blau, das er noch nie zuvor gesehen hatte, außer vielleicht unter einem wolkenlosen Sommerhimmel. Sie starrte ihn direkt an, ihre gebräunte Haut war dunkler als die der meisten Frauen, und alles an ihr war so schön, dass er seinen Blick nicht von ihr abwenden konnte.

Als er näher kam, bemerkte er die blauen Flecken, die ihre schöne Gestalt beleidigten, und in seinem Kopf die befriedigende Fantasie weckte, den Bastard zu töten, der es gewagt hatte, sie so zu verunstalten. Er erinnerte sich an das, was der Priester der Gruppe über die Qualen erzählt hatte, die diese Frauen durchleiden mussten, wie sie von Fremden angegriffen worden waren, nachdem sie von ihren eigenen Landsleuten gefangen genommen worden waren. In ihrer unmittelbaren Nähe zu sein, machte das Trauerspiel noch viel realer. Nur wenige Frauen würden so etwas mit unversehrtem Geist überleben. Das Feuer in den hellen Augen dieser Frau aber verriet sie als Kämpferin.

Ihre Augen waren eindringlich und herausfordernd zugleich, wahrscheinlich ein Versuch, den Schmerz und die Demütigung, welche sie gerade erfahren hatte, zu verbergen. Er fühlte sich zu der Frau hingezogen wie die Motte zur Flamme, auch wenn jedes bisschen von ihr ihn davor warnte.

Die Frau zischte: »Fass mich an, und ich reiße dir die Eier entzwei, du brünstiger Bastard.«

Pater MacLaren drehte sich entsetzt zu der jungen Frau, die etwa zwanzig Sommer alt zu sein schien. »Gwyneth, diese Männer sind hier, um zu helfen. Sie sind nicht der Feind. Ihre Aufgabe ist es, dich ins Kloster zu bringen. Bitte sei damit einverstanden. Wir bringen dich zurück zur Kirche deines Bruders in Glasgow.«

Die Frau namens Gwyneth hob ihren Kopf ins Licht, um den Rest der Gruppe zu begutachten. Die leichte Bewegung brachte mehr Aufmerksamkeit auf die blauen Flecken in ihren zarten Gesichtszügen. Sie sah aus, als hätte man sie geohrfeigt und geschlagen, was Logans Wut nur noch mehr anheizte. Er konnte ihr kaum verübeln, dass sie jedem Mann in ihrer Nähe die Schuld dafür geben wollte. Er würde ihr erlauben, ihren

Zorn auf ihn zu richten, denn er wusste, wie schwer es war, eine starke Person zu sein, die keine Kontrolle über ihre Umstände hatte. So hatte er sich auch gefühlt, als seine kleine Nichte und sein Neffe dem Tod nahe waren.

Sie war in die Kleidung eines Kriegers gehüllt, einschließlich Hosen und einem enganliegenden Waffenrock, doch sie ignorierte ihn und hantierte unbeirrt an ihrer zerrissenen Kleidung herum. Logan ging hinüber und stellte sich vor sie. Sie richtete sich auf, sodass sie ihm fast in die Augen sehen konnte. Er überragte sie immer noch ein wenig, aber sie war fast so groß wie er. Ihre langen Beine stützten sie, und sie umklammerte ein kleines Stück Stoff an ihrem Oberkörper.

Ohne ihren Blick von Logan abzuwenden, richtete sie das Wort an Robbie. »Bringt mich zurück nach Glasgow, und ich werde euch ewig dankbar sein, aber ich werde nicht ins Kloster gehen. Ich gehe zu meinem Bruder in die Kirche. Und lasst euch das alle gesagt sein; wenn ihr versucht mich anzufassen, werde ich euch schneller ein Messer zwischen die Rippen rammen, als ihr blinzeln könnt.«

Pater MacLaren tadelte: »Gwyneth, das sind die Männer, die für die schottische Krone kämpfen. Sie sind nicht hier, um dir wehzutun.«

»Verzeiht, Pater. Abgesehen von Euch und meinem Bruder sind für mich im Moment alle Männer gleich. Drei entführten mich und verfrachteten mich auf ein Schiff, ein anderer wollte mich vergewaltigen. Erwartet also nicht, dass ich dankbar bin. Bringt mich nach Glasgow, und ihr müsst mich nie wiedersehen. Gebt mir einfach meinen Bogen, meine Pfeile und mein Messer und ich werde zufrieden von hier fortgehen. Und versucht nicht mir zu sagen, dass sie nicht hier sind, denn ich weiß, dass der miese Bastard auch meine Waffen verkaufen wollte.«

Logan jubelte innerlich; sie war eine Kämpferin und eine Bogenschützin. Es gab nicht viele Frauen, die mit Pfeil und Bogen umgehen konnten; das würde er sich gerne ansehen. Je mehr er über sie erfuhr, desto mehr wollte er wissen. Er lächelte sie an, als ihr Blick auf seinen traf.

»Mach das noch einmal, und es wird das Letzte sein, was du tust, Krieger für die Krone hin oder her.« Sie beugte sich vor, sodass sie Nase an Nase mit Logan war. »Du machst mir keine Angst. Ich könnte dich mühelos töten.«

Er war sichtlich beeindruckt von der Kühnheit dieser Frau. Er konnte in ihren Augen sehen, wie nahe sie am Rande des Zusammenbruchs stand. Irgendwie wusste er, dass sie sich zusammenreißen würde, und er würde nichts tun, um es ihr schwerer zu machen. »Daran habe ich keine Zweifel, Mädchen«, erwiderte er. »Ich behalte meine Hände bei mir, bis ich etwas Gegenteiliges von dir höre.«

Die beiden starrten sich einen langen Moment in völliger Stille an, während alle anderen im Raum darauf warteten, was als Nächstes passieren würde. Er ließ sie das Tempo bestimmen, etwas, das er selten für eine Frau tat. Sogar die Art, wie sie ihr Haar trug, nach hinten zusammengenommen und zu einem Zopf hoch oben am Hinterkopf geflochten, faszinierte ihn. Irgendetwas an dem glänzenden Schimmer ließ es kräftiger, sauberer und schöner aussehen als das von jeder anderen Frau. Sehr zu seiner Freude hielt die Frau seinem Blick stand. Logan hatte eine Frau gefunden, die es mit ihm aufnehmen konnte. Der Drang, den Bastard zu töten, der sie in diese Lage gebracht hatte, raste wieder durch seinen Körper, unaufhaltsam wie Flammen durch ein Weizenfeld.

Schließlich räusperte sich Pater MacLaren und sagte: »Komm, Mädchen, ich gebe dir deine Sachen, solange du versprichst, deine Waffen nicht gegen diese Männer einzusetzen. Und bitte grüße deinen Bruder von mir.«

Gwyneth humpelte hinter dem Priester her. »Pater, ich beabsichtige nach Glasgow zurückzukehren, aber wenn jemand versucht, mich daran zu hindern, werde ich tun, was ich tun muss. Solange mich niemand anrührt, habt Ihr mein Wort. Wenn es jemand wagt, Hand an mich zu legen, glaubt mir, liegt sein Leben in *meiner* Hand.«

KAPITEL DREI

GWYNETH KLETTERTE AUF den Wagen, nachdem sie den anderen Opfern geholfen hatte sich zurechtzufinden. Sie war noch immer durcheinander von all dem, was passiert war, aber durch die Blicke, die der kräftige Krieger Logan ihr zuwarf, fühlte sie sich noch unbehaglicher. Zwar konnte sie sein gutes Aussehen nicht leugnen, aber das war ihr im Moment ziemlich egal. Sie musste nach Glasgow, mit ihrem Bruder sprechen und den Bastard Duff Erskine aufspüren.

Sie hatte darum gebettelt, auf einem Pferd reiten zu dürfen, aber es gab nur genug Rösser, um den Wagen zu ziehen und eines für jeden Krieger. Logan hatte ihr angeboten, mit ihm zu reiten, aber sie hatte ihn hastig abgewiesen. Nach allem, was geschehen war, konnte sie gerade nicht damit umgehen, dass irgendein Teil des Körpers eines Mannes den ihren berührte. Sie versuchte zur Ruhe zu kommen, aber jedes Mal, wenn sie ihre Augen schloss, kaperten die Wikinger wieder ihre Gedanken.

Sie richtete sich auf und beschloss, auf den Schlaf zu verzichten. Wahrscheinlich war es besser, wachsam zu bleiben. Wer wusste schon, was passieren würde, wenn sie die Stadt durchquerten?

Logan trieb sein Pferd neben den Wagen und warf ihr ein blaues Plaid zu. »Hier, Mädchen, du kannst deinen Kopf darauf legen.«

Gwyneth fing es auf, warf es aber gleich zurück. »Das ist nicht nötig, Krieger. Behalt es.«

Logan seufzte. »Glaub nicht, ich weiß nicht, was gerade in deinem Kopf vorgeht. Du denkst bestimmt an zehn verschiedene Möglichkeiten, den Bastard zu töten, der dir das angetan hat.«

»Aye.« Sie starrte geradeaus und weigerte sich, Augenkontakt mit ihm aufzunehmen. Aus irgendeinem Grund verunsicherte er sie, und das gefiel ihr nicht.

Er grinste. »Und was ist deine Wunschvorstellung? Wie würde der Gerechtigkeit am ehesten Genüge getan werden?«

Sie schaute ihn an, bevor sie ihren Blick wieder nach vorne richtete. »Ein Pfeil, genau zwischen die Augen.«

»Kennst du ihn denn?«

»Aye.«

»Und du weißt, wo du ihn finden kannst?«

»Auch das, allerdings ist er häufig unterwegs. Aber ich werde ihn finden, keine Frage.« Als sie ihn ansah, musste sie zugeben, dass er auf seinem Hengst sehr beeindruckend wirkte. Hellbraunes Haar, eine markanter Kieferpartie und massive Muskeln, die sich durch seinen Umhang abzeichneten. »Wie war nochmal dein Name, Krieger?«

»Logan Ramsay, und ich würde mich sehr freuen, dir dabei zu helfen, Mädchen.« Er lächelte sie an.

»Ich werde schon allein mit ihm fertig.« Sie schaute wieder weg, als ein Schwall von Wärme durch ihre Glieder schoss, da sie die Reaktion ihres Körpers auf ihn nicht genauer hinterfragen wollte.

»Bist du in der Lage, ihm einen Pfeil zwischen die Augen zu schießen? Denn wenn du seinen Tod nicht mit dem ersten Pfeil garantieren kannst, benötigst du vielleicht doch etwas Unterstützung.«

»Meine Pfeile gehorchen immer meinem Kommando. Sie verfehlen ihr Ziel nie.« Sie wandte ihren Blick wieder zu ihm und hob herausfordernd ihr Kinn.

»Tatsächlich? Ich freue mich schon darauf, das zu sehen«, gluckste Logan.

»Du glaubst mir nicht? Ich fordere dich beim ersten Licht heraus. Dann werden wir sehen, ob dein Zielvermögen so scharf ist wie deine Zunge.«

»Gwyneth, wenn ich deinen Namen richtig verstanden habe, ich bin nicht darauf aus, dich zu besiegen. Ich habe andere Spiele im Sinn. Aber wenn es dir gefällt, mich herauszufordern, begrüße ich das.«

Logans Grinsen machte sie wütend. »Aye, mein Name ist Gwyneth, vom Clan der Cunninghams, die beste Schützin in den Lowlands, zweifle besser nicht an meinem Ruf. Und nur um das klarzustellen, ich bin nicht daran interessiert, mir von irgendwelchen dahergelaufenen Kriegern den Hof machen zu lassen, auch nicht von einem, der für die Krone kämpft.«

»Verstanden. Der einzige Weg, den Bastard zu besiegen, der dich verletzt hat, ist mit Essen im Bauch und viel Schlaf, damit du dein Vorhaben verwirklichen kannst.« Er warf das Plaid zu ihr zurück. »Ruh dich aus und sammle deine Kräfte. Ihn in deinen Gedanken auf zehn verschiedene Arten zu töten, wird dich nicht stärker machen, Mädchen. So viel weiß ich.«

Gwyneth fing das Plaid auf und starrte ihn an. Seine Worte waren ähnlich wie die ihres Bruders Rab. Er hatte recht; sie hasste es, das zuzugeben, aber sie musste ihre Kräfte schonen. »Besten Dank, Retter in der Not.« Sie rollte zuerst mit den Augen und sich dann von ihm weg und schob sich das Plaid unter ihren Kopf.

Wahrlich, dieser Mann verunsicherte sie. Seitdem ihr Vater und ihr Bruder vor ihren Augen getötet wurden, hatte sie ein behütetes Leben geführt. Sie und ihr Bruder Rab waren zu ihrem Onkel Innis in die Kirche gezogen. Sie hatten sich irgendwie durchgeschlagen und überlebt. Ihr Bruder wandte sich der Kirche zu, während Gwyneth sich der Rache verschrieb und ihre Aufmerksamkeit dem Bogenschießen widmete. Ihr Ziel war zum Greifen nah und sie war entschlossener denn je. Sie würde den Mörder ihrer Familie töten. Jetzt hatte sie nur noch einen Grund mehr.

Das viele Üben hatte zur Folge, dass sie nie wirklich viel Zeit mit Gleichaltrigen verbracht hatte. Ihre Mutter war bei der Geburt des ein Jahr jüngeren Rab gestorben, und Gwyneth war mit ihrem Vater und zwei Brüdern aufgewachsen. Seit dem Umzug in die Kirche war sie von religiösen Männern umgeben. Sie wusste nicht, wie sie mit Männern außerhalb der Kirche umgehen sollte, zumindest nicht mit netten Männern. Bisher hatte sie nicht viele kennengelernt, und sie wusste auch nicht viel darüber, wie man sich mit anderen Frauen austauscht.

In ihrer Fantasie formten sich Bilder, die sie nicht einschlafen ließen. Bilder von einem kräftigen Krieger, der sie tatsächlich in ihrem Vorhaben unterstützte, anstatt zu versuchen, sie zu töten.

Sobald sie beim Kloster ankamen, sprang Gwyneth vom Wagen und stolperte über ihr schwaches Bein, bevor sie sich fluchend aufrichtete. Sie half den anderen Frauen vom Wagen und wies die Männer an, welche der Verwundeten am meisten Hilfe brauchten. Nachdem sie ihre Habseligkeiten im hinteren Teil des Wagens verstaut hatte, drehte sie sich um, um einen Blick auf die Straße zu werfen und lief direkt in die Arme eines grinsenden Kriegers.

»Lass mich runter, Logan Ramsay. Ich habe dir gesagt, du sollst mich nicht anfassen. Wie kannst du es wagen anzunehmen, dass ich Hilfe brauche, das tue ich nicht. Genauso wenig wie hierzubleiben.«

Logan grinste den ganzen Weg die Treppe hinunter und in die Kammer im Untergeschoss des Klosters, ohne seinen Griff auch nur ein bisschen zu lockern. »Ich befolge nur Befehle, Werteste. Ich möchte sichergehen, dass du keine ernsthaften Verletzungen hast.« Logan ließ sie auf die nächste Pritsche plumpsen, und sie stieß eine Reihe von Flüchen aus.

Gwyneth stürzte sich auf Logan, aber er wich ihr mit einem Glucksen aus, bevor er sich zum Gehen wandte. Der törichte Narr hätte sich noch ein paar erlesene Worte anhören dürfen, aber sie befand sich in einem Kloster. Aus Respekt vor dem Beruf ihres Bruders unterband sie ihr Gefluche, sobald Logan ihr von der Seite wich. Der Klang ihres Namens ließ sie aufhorchen, und sie drehte den Kopf herum, um nach der Quelle zu suchen.

Caralyn Crauford humpelte quer durch den Raum in ihre Richtung, hinkend und sichtlich unter Schmerzen, aber mit einem Lächeln im Gesicht und weit ausgebreiteten Armen. »Gwyneth? Du bist es wirklich, meine Liebe?«

»Caralyn? Donnerwetter! Wie ich dich vermisst habe.« Sie stand auf und ging so schnell sie konnte auf ihre Freundin zu. Die beiden Frauen schlossen sich stürmisch in die Arme, als hätten sie sich seit Jahren nicht mehr gesehen.

Caralyn trat einen Schritt zurück und streichelte Gwyneths Arm. »Ich hatte schon Angst, ich würde dich nie wiedersehen. Es ist schon Monate her, nicht wahr? Wo bist du gewesen? Bist du unversehrt?« Sie schob Gwyneth zurück auf das Bett und setzte sich dann neben sie.

»Ich würde für niemanden außer dir hier Platz nehmen, Caralyn Crauford, schon gar nicht für diesen Flegel!« Sie zeigte mit dem Arm in Richtung Logan, der nicht weit weggegangen war und nun mit verschränkten Armen und einem Lächeln im Gesicht an der Wand neben ihrer Pritsche lehnte. Mit einem Zischen wandte sie sich von ihm ab und kehrte ihm den Rücken zu. »Caralyn, ich bin so froh, dich zu sehen. Wo sind deine süßen Mädchen? Die kleine Gracie muss jetzt schon so groß sein.«

Caralyns Miene verdunkelte sich, und sie schüttelte den Kopf. »Ich weiß es nicht. Bitte, können wir später darüber reden?« Sie blickte gerade auf, als Robbie zum Bett herüberschritt. Gwyneth beobachtete, wie ihre Freundin den Blick des Highlanders suchte und er den Kopf schüttelte.

Er flüsterte, sodass ihn niemand außer Logan, Caralyn und Gwyneth hören konnte. »Es tut mir leid, Mädchen. Wir haben deine Kleinen noch nicht gefunden.«

Unmittelbar nachdem Logan und Robbie gegangen waren, ergriff Gwyneth ihren Arm. »Wo sind deine Töchter?«

Caralyns Gesichtsausdruck verfinsterte sich noch weiter, in ihren Augen sammelten sich die Tränen. »Ich weiß es nicht. Malcolm hat sie mir weggenommen und ich darf sie nur sehen, wenn er mir die Erlaubnis gibt. Eigentlich sollte es jede Nacht sein, aber jetzt ist er wütend und sagt nur einmal im Monat. Tränen trübten ihre Augen. »Du weißt, wie sehr ich sie liebe. Ich vermisse sie so sehr, und ich habe keine Ahnung, wer sich um sie kümmert oder ob sie verletzt sind.«

»Wird Captain Grant dich unterstützen?«, fragte Gwyneth. »Er scheint ein guter Mann zu sein. Sicherlich würde er dir helfen, die Kinder zu finden. Ich würde dem Captain vertrauen, und er hat Wissen, das andere nicht haben.« Caralyns Töchter waren Gwyneth ans Herz gewachsen, als diese die Kirche ihres Bruders besucht hatten. Sie waren nicht oft gekommen, aber sie und Caralyn waren schnell Freunde geworden. Nach einer Weile hatte Caralyn die Wahrheit über ihre Situation mit Malcolm enthüllt, wie er sie gezwungen hatte, seine Geliebte zu sein, und schlimmer noch, wie er ihre Töchter bedrohte. Es war ein weiteres strahlendes Beispiel für die Grausamkeit der Männer. Gwyneth und ihr Bruder hatten die Angelegenheit besprochen, aber sie waren zu keiner Lösung gekommen.

»Aye, er sagte, er würde sie für mich finden und dann kommen, um mich zu retten. Ich hoffe nur, er kann sie finden. Sie sind zu jung, um mit zwei Unmenschen allein zu sein. Sie sind erst zwei und acht.« Sie schloss Gwyneths Hände in die ihren. »Gwyneth, du siehst müde aus. Ich bin sicher, du hast eine schreckliche Tortur hinter dir. Warum ruhst du dich nicht etwas aus? Ich werde den Schwestern mit den anderen Frauen helfen. Ich verspreche dir, ich werde nicht gehen, ohne mich zu verabschieden.«

Gwyneth musste zugeben, dass sie sehr müde war – müde davon, gegen Duff Erskine zu kämpfen, müde davon sich um ihre Freundin zu sorgen. Ihr Bruder teilte ihre Gefühle gegenüber Duff, da er ebenfalls Zeuge der Grausamkeit gewesen war, aber als sie wegen Caralyn zu Rab gegangen war, hatten sie keine Lösungen für ihr Problem finden können.

Gwyneth war gezwungen auf eigene Faust zu handeln. Nachdem sie Duff Erskine mehrere Jahre lang beobachtet hatte, hatte sie sich entschlossen, Hilfe zu suchen. Wie konnte ein Mann wie Duff mit all seinen Verbrechen davonkommen? Wie konnte jemand wie Malcolm Caralyn so behandeln, wie er es tat, ohne dass ihm jemand Einhalt gebot?

Viele Fragen, eine Antwort: Geld. Duff Erskine hatte sein Handelsgeschäft im Laufe der Zeit vergrößert und damit ein Vermögen angehäuft. Sie vermutete, dass er seine Kaufkraft nutzte, um den örtlichen Sheriff und andere Beamte zu bezahlen. Anscheinend hat Malcolm Murray dasselbe getan. Also hatte sie jemanden um Hilfe gebeten, jemanden weit hoch oben in der schottischen Krone, und sie legte ihre Beweise vor.

Jetzt arbeitete sie verdeckt für den schottischen König. Sie musste ihren Vorgesetzten darüber informieren, was sie gesehen hatte. Es war schon lange her, dass Duff Erskine Sklaven verkauft hatte. Sie wusste, dass er es irgendwann wieder tun würde, aber sie hatte nicht damit gerechnet, eines seiner potenziellen Opfer zu sein.

Gwyneth ließ ihren Kopf auf dem Kissen nieder. »Aye, ich bin ein wenig müde. Es war eine lange Nacht und ich konnte auf dem elenden Wagen nicht schlafen. Weck mich auf, bevor du gehst.« Ihre Augen schlossen sich, wenngleich sich ihre Hände immer noch an Caralyn, ihre einzige enge Freundin, klammerten. Sie würde ihr helfen, ihre Kleinen zu finden, wenn Robbie Grant es nicht tat, und wenn er nach ihnen suchte, würde sie direkt hinter ihm sein, ob er ihre Hilfe wollte oder nicht.

Gwyneth öffnete ihre Augen und wollte Caralyns lächelndes Gesicht noch einmal sehen. Ach, wie sehr sie ihre Freundschaft schätzte. Als sie mit ihrem Bruder in die Kirche in Ayr gezogen war, hatte sie während eines Gottesdienstes ganz hinten gesessen, als Caralyn hereingekommen war und sich mit ihren beiden Mädchen neben sie gesetzt hatte. Ashlyn hatte sie vorsichtig angestarrt, aber Gracie, die auf dem Schoß ihrer Mutter saß, hatte sofort ihre Arme nach Gwyneth ausgestreckt.

Da Gwyneth in einer Männerwelt lebte, hatte sie noch nie ein Kind gehalten, aber Caralyn übergab sie ohne ein Wort und setzte sie auf Gwyneths Schoß. Gracie hatte sich den Daumen in den Mund gesteckt und sich an sie gelehnt, um zur einlullenden Stimme von Pater Rab einzuschlafen. Nach dem Gottesdienst hatte Caralyn gesagt: »Sie geht normalerweise nicht einfach so zu anderen.«

Ashlyn hatte genickt. »Du musst etwas Besonderes sein.«

Gwyneth hatte nie vergessen, wie besonders sie sich an diesem Tag fühlte und wie ihre Freundschaft mit dem Trio seither gewachsen war.

Sie musste ihren Bruder sprechen, ihren Vorgesetzten, und zwei Kinder finden. Sie würde dies für Caralyn, Gracie und Ashlyn tun. Morgen würde ein arbeitsreicher Tag werden.

KAPITEL VIER

LOGAN FOLGTE ROBBIE die Klostertreppe hinauf. Sobald sie ins Freie traten, löcherte er ihn mit Fragen. »Wer ist die Frau, Grant, und was bedeutet sie dir? Und erzähl mir keine Märchen, ich sehe es in deinem Gesicht.«

»Sie bedeutet mir nichts. Caralyn ist eine Frau, die ich an der Küste südlich von Ayr fand. Ein Wikinger schleppte sie zu seiner Galeere und schlug sie auf dem Weg dorthin.«

»Ein Glück, dass du da warst, um das zu verhindern. Es muss ein Vergnügen gewesen sein, es mit den Wikingern aufzunehmen. Wie können Männer nur wehrlose Frauen schlagen?«

»Oh, Caralyn war alles andere als wehrlos. Sie hat schwer gekämpft und ein paar Schläge eingesteckt, aber er hat sie überwältigt.«

»Und jetzt?«

»Jetzt ist er ein toter Mann.« Robbie schaute seinen Freund mit einem Grinsen im Gesicht an.

»Und die beiden Mädchen?«

»Sie versteckten sich in den Felsen. Ihre Mutter hat sie gut vorbereitet. Ich fand sie am nächsten Tag, nachdem ich Caralyn in das Lager zurückgebracht hatte. Da wir kurz vor einem Gefecht standen und ihr Haus von den Wikingern zerstört wurde, brachte ich sie hierher ins Kloster. Ein Mann, der behauptet, ihr Ehemann zu sein, hat die drei aus dem Kloster in seinen Burghof verschleppt und versteckt jetzt die Mädchen, um Caralyn gefügig zu machen. Ich habe versprochen ihr zu helfen.«

Logan zog eine Augenbraue hoch. »Und?«

»Nichts und. Das war`s. Ich mag den Mann nicht, und ich

erschaudere, wenn ich daran denke, wo die kleinen Mädchen sein könnten. Die Jüngste, Gracie, erinnert mich an Lily.« Er hielt inne und wartete auf Logans Reaktion. »Du musst nicht mitkommen, wenn du andere Pläne hast. Tomas und ich schaffen das schon.«

»Aye, ich komme mit. Was weißt du über das Frauenzimmer in Männerkluft? In welcher Beziehung stehen Caralyn und Gwyneth?«

»Ich habe keine Ahnung. Ich habe Gwyneth zur gleichen Zeit getroffen wie du. Sie ist dir wohl aufgefallen, wie ich sehe.«

Logan schaute finster drein. »Ich nehme an, das ist sie. Sie hat Kampfgeist, und ich kann einfach nicht anders, als einer misshandelten Frau zu helfen.«

»Sieht nicht so aus, als ob sie deine Hilfe will.«

»Stimmt, aber sie hat einen süßen Hintern.« Logan lächelte. »Und sie sinnt auf Rache an ihrem Entführer. Ich glaube, damit könnte sie etwas Hilfe gebrauchen. Du weißt, dass ich wehrlosen Frauen gerne helfe.«

»Sie sieht für mich nicht wehrlos aus.« Robbie warf Tomas einen wissenden Blick zu. »Wo wolltest du hin? Zurück nach Hause?«

»Ich war auf der Suche nach dir. Ich hatte noch keine weiteren Pläne gemacht. Willst du Hilfe bei der Suche nach den Mädchen?«

»Wir könnten deine Hilfe gut gebrauchen. Kennst du dich in Glasgow aus?«

»Nay, nicht wirklich. Du wirst jemanden als Führer brauchen. Es ist eine große Stadt.«

Logan starrte Robbie an. »Du bist jetzt hinter den Kindern her, nicht wahr? Du kannst nicht ignorieren, wo die Kleinen sein könnten.«

Robbie nickte. »Wir brauchen einen Plan.«

»Aye. Hast du eine Idee, wo wir anfangen könnten?«, fragte Logan.

»Nay. Ich kenne mich in Glasgow genauso wenig aus wie du oder Tomas. Ich nehme an, wir fangen damit an, Leute zu befragen oder auf dem Markt mit den örtlichen Verkäufern zu sprechen. Was habt ihr zwei für Ideen?«

Eine vierte Person gesellte sich ohne ein Wort der Begrüßung zu der Gruppe. »Ich komme mit«, verkündete Gwyneth, die Hände in die Hüften gestemmt, als wäre sie bereit jemandem zu widersprechen.

Robbie fragte: »Kennst du dich in Glasgow aus?«

Gwyneth nickte. »Das tue ich. Und ich werde die Mädchen finden. Ich habe eine Vermutung, wo Murray sie verstecken könnte.«

»Dann begrüße ich deine Unterstützung«, antwortete Robbie.

Logan blickte zwischen Robbie und Gwyneth hin und her. »Wie bitte? Bist du verrückt, Mädchen? Du gehörst ins Bett und nicht aufs Pferd!«

Gwyneth erwiderte: »Einen Dreck tue ich. Denkst du, nur weil ich eine Frau bin, bin ich nicht stark genug, um euch zu begleiten?«

Logan widersprach. »Nay, ich glaube, jemand hat dich ordentlich verprügelt, und du bist von Kopf bis Fuß voller blauer Flecken.« Er musterte sie, während er sprach, auch wenn er bereits wusste, dass es ihr nicht gefallen würde. Was für ein Prachtexemplar von einer Frau sie war – allein ihr Anblick raubte ihm fast den Atem. Aber der Anblick all ihrer blauen Flecken erregte ihn gleichzeitig auf eine ganz andere Weise.

Gwyneth wurde kein bisschen ruhiger. »Das hat nichts damit zu tun. Diese Mädchen müssen gefunden werden, und ich bin diejenige, die sie finden wird. Oder ist dein Schwanz so klein, dass du Angst vor Frauen hast, nur weil sie die Größe herausfinden könnten?«

Logan fasste sich lächelnd in den Schritt. Er würde mit ihr scherzen; es gab nichts, was er zu diesem Zeitpunkt mehr genießen würde. »Du kannst ihn dir gerne ansehen und dir selbst ein Urteil bilden.« Er schätzte, dass sie in Sachen Stolz seinen Brüdern nicht viel nachstand. Ein bisschen Getrieze, und sie würde keine Zeit haben, über ihre blauen Flecken oder das, was ihr auf dem Boot passiert war, nachzudenken. Er würde dafür sorgen, dass sie sich auf diese neue Aufgabe konzentrierte … und er würde jeden Moment davon genießen.

Feuer loderte in Gwyneths Blick. »Aye, hol ihn raus, aber lass mich erst meinen Dolch holen. Ich werde eins deiner Eier als

Trophäe mitnehmen. Die letzten, die ich abgeschnitten habe, habe ich ins Meer geworfen.«

Totenstille hing in der Luft. Logan wartete ab, um zu sehen, ob jemand anderes diesen Kommentar ansprechen würde. Er war der Meinung, dass die Gedanken seiner Kameraden ohne Zweifel seine eigenen widerspiegelten. Hatte sie die Wahrheit gesagt? Eines Tages würde er sie fragen. Der miese Bastard, der sie angegriffen hatte, hatte sich das falsche Opfer ausgesucht. Er unterdrückte sein Grinsen, um sie nicht noch mehr zu verärgern. Sie war bereits ordentlich in Fahrt.

Logan flüsterte: »An einem guten Tag zweifle ich nicht an deiner Stärke, Mädchen. Aber die Wikinger haben dir den Wind aus den Segeln genommen. Ich kann das leichte Zittern in deiner Hand sehen. Das Einzige, was du brauchst, ist Ruhe.«

Gwyneth trat einen Schritt näher an Logan heran. »Zum Glück hat das, was du sagst, für mich keine Bedeutung. Ich tue, was ich will, und nicht das, was irgendein Mann mir befiehlt.«

Robbie hielt die Hände hoch. »Ach, Mädchen. Niemand versucht, dir etwas zu befehlen. Du bist zu uns gekommen, erinnerst du dich?«

»Aye«, antwortete sie, wobei ihr Blick Logans nicht losließ. »Und ich gehe mit euch.«

Logans Hände stemmten sich in die Hüften, während er weiterhin ihrem Blick begegnete. Auf keinen Fall würde er ihr erlauben mitzugehen. Sie brauchte Ruhe und Nahrung, um wieder zu Kräften zu kommen. »Nenne mir *einen* guten Grund, warum wir dich mitnehmen sollten. Ich sehe dich eher als Hemmschuh für unsere Mission. Du wirst langsam sein, und wir müssen uns nach deinen Bedürfnissen richten.« Er würde es nicht verkraften, wenn sie auf ihrer Reise verletzt würde. So stark er sie auch einschätzte, er konnte sehen, dass sie nicht in der besten Verfassung war. Er wollte nicht, dass sie ihr Leben aufs Spiel setzte. Sie konnten – und würden – Caralyns Kinder auch alleine finden.

Gwyneth rückte mit ihrem Gesicht ein paar Zentimeter näher an Logans heran – die Drohgebärde war offensichtlich und seltsam erregend zugleich. »Weder werde ich langsam sein, noch müsst ihr auf meine Bedürfnisse Rücksicht nehmen. Ende der Diskussion.«

Logan erwiderte ihren Blick und sagte zu Robbie: »Hmm. Hast du einen Grund gehört, warum wir sie mitnehmen sollten, Grant? Ich irgendwie nicht.« Konnte Grant nicht sehen, dass sie sich selbst in Gefahr brachten, wenn sie sich ihnen anschloss? Oder war er zu sehr damit beschäftigt, Caralyn zu helfen, um die Situation unvoreingenommen zu beurteilen?

Gwyneth verschränkte die Arme vor sich. »Weil die Mädchen mich kennen. Sie werden niemals mit euch mitgehen. Und ich glaube nicht, dass einer von euch sich mit den Windeln einer Zweijährigen herumschlagen möchte, wenn ihr sie erst einmal gefunden habt.«

Logan hatte sich trotz stinkender Windeln und Erbrochenem um seine Nichte und seinen Neffen gekümmert. Er hatte sich dazu gezwungen stark zu bleiben, weil sein Bruder ihn gebraucht hatte. Die Erinnerungen daran, wie krank sie gewesen waren, waren schmerzhaft für ihn. Er brauchte sie nicht frisch in seinem Kopf während dieser Mission.

Logan trat zurück und schaute Tomas und Robbie einen langen Moment stirnrunzelnd an. Dann ließ er schließlich die Hände von den Hüften fallen und schritt davon. »Ich schätze, sie kommt mit uns. Aufsatteln und los geht`s.«

Von hinten hörte er Robbie sagen: »Lasst uns vor Sonnenuntergang losreiten.« Plötzlich lief Gwyneth vor ihn und sprang auf sein Pferd, bevor er die Chance dazu hatte.

Logan knurrte: »Mädchen, suche dir gefälligst dein eigenes Pferd.«

»Hab ich schon, danke.« Sie lächelte und verschwand den Weg hinunter.

Logan drehte sich zu seinen Freunden um, die sich beide mit aller Kraft ein Lächeln verkneifen mussten. Er bestieg blitzschnell Tomas` Pferd und ritt ihr hinterher. Verdammt, diese Frau würde ihm noch ganz schön einheizen. Er liebte das Feuer in ihr. Ihren Hintern in Reithosen auf seinem Sattel hüpfen zu sehen, war jeden Moment der Verärgerung wert. Zum Teufel, eines Tages würde er diese Frau haben müssen.

Als er nahe genug war, ergriff er die Zügel, zwinkerte Gwyneth zu und sagte: »Halt dich lieber fest.« Damit pfiff er, und sein Pferd kam ruckartig zum Stehen. Gwyneth flog fast von der

Kruppe, doch irgendwie schaffte sie es, sich festzuhalten.

Gwyneth schrie. »Ach herrje, stopp! Ist ja gut, ich steige schon ab. Nimm dein dummes Pferd.«

Er lächelte wieder. Sie hatte sich festgehalten. Er warf seine Zügel über den nächsten Ast und sprang von Tomas' Pferd. Wann hatte er das letzte Mal eine Frau gesehen, die so mit Paz umgehen konnte, wie sie es gerade getan hatte? Eine Reiterin und eine Bogenschützin – er würde Gwyneth definitiv besser kennenlernen müssen.

Sie wollte absteigen, aber er fasste sie um die Taille, hievte sie zurück in den Sattel und kletterte dann hinter sie. Eine Reihe von Flüchen kamen ihr über die Lippen. »Mädchen, sagtest du nicht, dein Bruder sei Priester? Meine Liebe, ich hoffe du sprichst nicht so in seiner Gegenwart.«

Sie wirbelte im Sattel herum und schlug mit der Faust auf seinen Arm. »Lass mich runter.«

»Mädchen, es gibt nur drei Pferde. Wenn du mit mir kämpfen willst, tu es später. Ich freue mich schon auf den Kampf. Aber jetzt müssen wir erst einmal die Kinder finden, also bleib, wo du bist.«

Zu dem Zeitpunkt hatten Tomas und Robbie sie bereits eingeholt. Tomas sprang ab und schnappte sich sein Pferd. Robbies Gesicht ließ Gwyneth wissen, dass er nicht in der Stimmung war, sich zu streiten, also gab sie sich geschlagen. Gwyneth flüsterte und schlug ihm auf die Hand. »Fass mich nicht an, du Rüpel.«

Logan gluckste und ritt los, wobei er ihr ins Ohr flüsterte. »Daran hättest du denken sollen, bevor du mein Pferd gestohlen hast. Jetzt reitest du mit mir.« Er hielt sie mit einem eisernen Griff mit dem Rücken an sich gedrückt, während er über seine Schulter rief: »Los geht's Grant.«

Verdammt, ihre Kurven passten genau zu ihm. Das war der beste Ritt, den er seit Langem hatte.

KAPITEL FÜNF

GWYNETH ÜBERNAHM DIE Führung, da sie sich ziemlich sicher war, dass sie wusste, wo sie die Mädchen finden würden. Das Überraschende war, dass Logan keinen Widerspruch einlegte. Er war so ein Flegel, dass sie nicht erwartet hatte, dass er auf sie hören würde. Anfangs war sie wütend gewesen, dass sie gezwungen war, mit ihm zu reiten. Jetzt war sie dankbar dafür, denn seine Wärme erhitzte ihr Inneres. Wahrscheinlich hätte sie etwas essen sollen, bevor sie sich ihnen außerhalb des Klosters angeschlossen hatte, aber sie hatte Angst, sie würden ohne sie losreiten. Ihr Bruder hatte sie oft davor gewarnt, wie wichtig es war, stark zu bleiben. Wie zum Teufel hatte Logan ihr Zittern bemerkt?

Sie kannte Glasgow bestens, hatte sie doch sieben Jahre lang nach Erskine gesucht. Leider war er ihr scheinbar immer einen Schritt voraus. Der Bastard bewegte sich schnell. Nachdem sie ein Stück weit geritten waren, fanden sie sich in einer Gegend wieder, die etwas verdächtig aussah; dichte Reihen ungepflegter Hütten säumten das Gebiet, ohne dass jemand zu sehen war, da die Bewohner es wohl vorzogen, sich versteckt zu halten. Nachdem Dougal Hamilton sie offiziell als Spionin für die schottische Krone angeheuert hatte, machte sie es sich zur Aufgabe, ganz Glasgow kennenzulernen. Diese Gegend war der wahrscheinlichste Ort für Malcolm, um die Mädchen zu verstecken, da er arm und heruntergekommen war. Niemand würde ihnen hier Aufmerksamkeit schenken.

Gwyneth gab der Gruppe ein Zeichen zum Anhalten und Auskundschaften. Dies war ein früherer Aufenthaltsort von Duff

Erskine gewesen, aber jetzt, da sein Reichtum gewachsen war, würde er sich niemals in einem Stadtteil wie diesem blicken lassen. Sie rümpfte die Nase über den Geruch von Abwasser und Abfall, der sich vor den Hütten auftürmte. Hinter den Reihen der baufälligen Hütten floss ein Bach, wahrscheinlich ihre einzige Wasserquelle. Angesichts der Menge an Schmutzwasser in der Nähe war es ein Wunder, dass hier überhaupt jemand leben konnte. Dieser Teil der Stadt war genau die Gegend, in der sie vermutet hatte, dass sie die beiden Halunken finden würden, die Ashlyn und Gracie gefangen hielten.

Logan stieg ab und ließ Gwyneth langsam an seinem Körper heruntergleiten, sein Grinsen dabei heizte Gwyneths Zorn an. Dieser Flegel musste wirklich lernen seine Hände bei sich zu behalten. Er würde für diese Berührungen bezahlen. Sobald ihre Füße den Boden erreichten, holte sie aus und schlug Logan mit der Faust ins Gesicht. Zu ihrer Überraschung wirbelte Logan sie sofort herum, als ob er ihren Angriff erwartet hätte, und hielt sie in einem Schraubstockgriff vor sich. Gwyneth versuchte, sich zu befreien, doch der Hüne rührte sich keinen Millimeter. Logan war groß, breitschultrig und mit massiven Muskeln bestückt. Robbie stand mit Tomas an der Seite und beobachtete den Kampf der beiden, ohne Anstalten zu machen, sie aufzuhalten. Es gab keinen Grund für sie, sich einzumischen, sie würde selbst mit diesem Tier fertigwerden.

»Lass mich in Ruhe, du brünstiger Bulle.« Gwyneth versuchte, ihn zu treten, aber er hielt sie fest. Machtlos. Zum Teufel, sie war wieder machtlos, so wie sie es bei Erskine gewesen war. So wie sie es auf dem Schiff war, bis die Wikinger es bestiegen. Duff hatte sie so weit betäubt, dass sie sich nicht wehren konnte. Das hier war noch schlimmer, denn sie war völlig klar, aber trotzdem machtlos gegen Ramsay. Das war nicht zu ertragen.

Logan presste sie mit dem Rücken an seine Brust und sprach in ihr Ohr. »Habe ich jetzt die volle Kontrolle über dich, Mädchen?«

»Aye, lass das, du ungehobelter Flegel!« Sie kämpfte, bis ihr Gesicht knallrot war, spuckte und trat nach allem, was sie erwischte.

»Merk dir das. Ich habe die volle Kontrolle über dich. Ohne

deine Waffen hast du keine Macht. Verstanden?«

»Aye«, zischte sie.

»Dann solltest du noch etwas wissen. Ich werde dir nie wehtun oder dich zu etwas zwingen. Wenn ich wollte, könnte ich dich auf den Boden werfen und zerfleischen, wie es mir passt. Aber das werde ich nicht. Weißt du, warum?«

Das einzige Geräusch das Gwyneth von sich gab, war ein leises Knurren, während sie darum kämpfte, sich aus Logans Griff zu befreien.

»Na gut, ich werde es dir sagen, auch wenn du nicht geneigt bist, zuzuhören, bitte hör mir jetzt zu und nimm es dir zu Herzen.«

Gwyneth gelang ein Tritt gegen sein Schienbein, während sie sich an Ort und Stelle wand.

»Mädchen, ich werde dir nie wehtun. Ich schlage keine Frauen. Das ist weder ein Teil von mir noch von meinen Freunden. Das musst du akzeptieren. Es gibt zwei Arten von Männern: die, die Frauen wehtun, und die, die es nicht tun. Es ist schade, dass die einzigen Männer, die du kennst, brutale Schläger sind. Ich mag meine Frauen willig und ich schlage nie zu.«

Er flüsterte ihr weiterhin leise ins Ohr, und sie tat so, als würde sie es akzeptieren, obwohl sie fest entschlossen war, es ihm heimzuzahlen – komme, was wolle. Vielleicht würde er sie nicht schlagen oder sich gegen ihren Willen an sie ranmachen, aber er hatte trotzdem nicht das Recht, sie festzuhalten. Sie hoffte, er würde eines Tages wissen, wie es sich anfühlte, machtlos zu sein. Es gab kein schlimmeres Gefühl auf der Welt, und sie hatte sich geschworen, dass sie es nie wieder erleben würde. Jetzt war sie zweimal innerhalb weniger Tage Opfer davon geworden. Sie hielt ihre Tränen zurück, wollte ihm nicht die Genugtuung geben, zu wissen, wie sehr es schmerzte, überwältigt zu werden, sowohl körperlich als auch geistig.

»Aber ich werde mich schützen. Kannst du mir versprechen, mich oder meine Freunde nicht zu schlagen? Ich werde dich nicht loslassen, bis du zustimmst.«

Seine Worte trafen auf taube Ohren, denn in ihrem Kopf tobten alle Grausamkeiten der vergangenen zwei Tage. Sie versuchte ihre Wut zu besänftigen – die Wut auf ihre Entführer, auf ihren

Feind, auf den einengenden Griff dieses Mannes. Sie dachte an die beruhigende Art ihres Bruders und wie sehr sie ihn vermisste, was sie dazu zwang, ihre Gefühle wieder zu verbergen und mit dem zurechtzukommen, was sie im Moment tun musste. Wenn sie nicht tat, was Logan verlangte, würde er sie niemals loslassen. Trotzdem konnte sie nicht einfach nachgeben. Und irgendwie wusste sie, dass er ihr nicht wehtun würde.

Logan fuhr fort. »Ich bin hier, um die kleinen Mädchen zu retten. Ich habe eine Nichte namens Lily, die ich vergöttere, und sie ist nur ein bisschen älter als Gracie. Ich würde jeden Mann auf der Stelle töten, der es wagt, ihr ein Haar zu krümmen. Du musst dich also entscheiden. Wirst du dich uns anschließen, um bei der Rettung der Mädchen zu helfen, oder wirst du weiterhin versuchen, mich für die Grausamkeiten bezahlen zu lassen, die du ertragen musstest, was unsere Rettung deutlich verlangsamen wird?«

Er musste nur die eine Sache erwähnen, die sie auf der Stelle beruhigen würde – Gracie. Eine Träne glitt über ihre Wange, bevor sie nickte.

»Ich werde dich jetzt loslassen, und ich schwöre bei allen Heiligen dort oben, wenn du dich auf mich stürzt, werde ich dich an diesen Baum binden, bis wir die Mädchen gefunden haben. Wir haben dich nicht mitgenommen, damit du uns angreifst.« Logan entspannte seine Arme, und sie stieß sich von ihm ab.

Gwyneth schluckte dreimal, bevor sie sprach. So sehr sie sich auch revanchieren wollte, so sehr sie es auch hasste, es zuzugeben, er hatte recht. Caralyns Töchter waren das, was im Moment zählte. Sie konnte sich später immer noch rächen.

Robbie brach schließlich sein Schweigen. »Denk gut nach Gwyneth. Ich werde ihm helfen, dich an den Baum zu binden, wenn es sein muss. Ich bin wegen Ashlyn und Gracie hier. Und du?«

Sie gab für den Moment nach, schwor sich aber, dass der Rüpel später noch dafür bezahlen würde. »Aye. Sag mir, was ich tun soll. Ich kann Logan auch heute Nacht noch töten, während er schläft.« Da sie sich selbst nicht ganz traute, verschränkte sie die Hände hinter dem Rücken.

»Ist das die wahrscheinlichste Gegend, Gwyneth?«, fragte Robbie.

»Aye, manche sind einfach nur arm, aber es gibt auch genug fragwürdige Gestalten hier.«

Robbie bemerkte, dass sie sich weigerte Logan anzuschauen.

»Gibt es eine bestimmte Reihe?«, erkundigte sich Tomas.

»Nay, sie könnten überall sein. Wir müssen genauer hinsehen.«

Robbie erklärte seinen Plan. »Ich möchte, dass jeder von euch die beiden Reihen der Hütten absucht und schaut, ob ihr irgendein Zeichen von Kindern bemerkt. Vielleicht hören wir Stimmen oder ein Weinen, irgendetwas. Wegen dem Bach gibt es in dieser Gegend viele Häuser. Wenn ihr in diese Richtung schaut, werdet ihr hinter der Bachschleife eine weitere Reihe finden. Wir treffen uns in einer Stunde wieder hier.«

Gwyneth machte sich auf den Weg zum Flusslauf. Sie brauchte keinen Mann hinter sich; sie konnte die Mädchen auch ohne sie finden. Sorgfältig überprüfte sie jede Hütte und suchte nach Hinweisen darauf, dass sich ein Kind darin befand. Nachdem sie an mehreren Hütten vorbeigekommen war, fand sie endlich, wonach sie gesucht hatte – einen Haufen dreckiger Windeln vor einer der Türen.

Sie machte kehrt und lief zurück, um Captain Grant, zu finden. Auch wenn sie die Mädchen gerne selbst retten würde, war sie nicht bereit, ein Risiko einzugehen. Die Highlander konnten ihr helfen, in die Hütte zu gelangen.

»Was ist los, Gwyneth?«, fragte Robbie, als sie direkt auf ihn zulief.

Sie hielt inne, um zu Atem zu kommen. »Windeln«, keuchte sie.

»Was?«, erwiderte Robbie, auf seinem Gesicht stand ein großes Fragezeichen.

»Windeln, da hinten. Und wo Windeln sind, sind meistens auch Babys.« Sie zeigte auf die Hütte. »Vor der Tür liegt ein ganzer Haufen uringetränkter Lumpen.«

Robbie machte seinen Vogelsignalruf, um die anderen zu alarmieren, Tomas und Logan eilten innerhalb von Sekunden an seine Seite. »Ich glaube, wir könnten sie gefunden haben, falls Gwyneth recht hat.« Er zeigte auf die besagte Hütte. »Gwyneth, du gehst zur Tür, um zu sehen, ob die Mädchen dort sind

und wie viele Wachen sie beaufsichtigen. Frag nach der nächstgelegenen Taverne und tu so, als hättest du dich verlaufen. Ich
verspreche dir, ich werde dich beschützen, während Tomas und
Logan hinten herum gehen.«

Gwyneth stapfte den vorderen Weg hinauf und machte ein
Getöse, während Robbie sich in Position brachte und die anderen beiden nach hinten liefen.

Eine schlanke Frau öffnete die Tür, auf jeder Hüfte ein kleines
Baby. Gwyneth stand da und starrte sie an, als sie merkte, dass
sie die falsche Hütte erwischt hatten. Ihr Blick huschte in das
Innere, aber es waren keine anderen Kinder in Sicht. »Verzeihung, ich scheine einen Fehler gemacht zu haben. Gibt es noch
andere Kinder in dieser Gegend? Zwei kleine Mädchen? Ich bin
gekommen, um eine Freundin zu besuchen.«

Die Frau schüttelte den Kopf und begann, die Tür zu schließen, dann hielt sie inne. »Moment, doch, ich habe gestern zwei
Mädchen gesehen, die sich draußen erleichtert haben. Eine war
braunhaarig und die andere blond. Sie sind am Ende des Weges.«
Ihr Finger zeigte hinunter in Richtung des Baches.

»Hab Dank.« Gwyneth nickte ihr zu und die Tür schloss sich.
Sie drehte sich zu Robbie um, und er pfiff seinen Freunden zu,
damit sie zu ihnen nach vorne kamen.

Sobald die beiden zurück waren, fragte Tomas: »Und? Falscher
Ort?«

Robbie erwiderte: »Aye, aber sie hat uns die wahrscheinlich
richtige Hütte gezeigt. Derselbe Plan, den Weg hinunter.«

Gwyneth stapfte wieder den Weg hinauf, während Logan
und Tomas hinten herumschlichen. Die Haustür schwang auf,
genau wie sie es geplant hatten, und ein übergewichtiger Tölpel
erschien in der Tür.

»Fingal, sieh mal, was wir hier haben.« Seine Augen leuchteten, als er nach Gwyneth griff. »Ein neues Spielzeug. Wir haben
etwas, um uns zu amüsieren.«

Gwyneth starrte den Narren an und schaffte es gerade noch,
den Drang zu unterdrücken, nach ihm zu schlagen und ihm auf
den Fuß zu treten. Sie musste in die Hütte gelangen, um herauszufinden, ob die Mädchen dort waren. Sie strich mit ihren
Brüsten einladend über seinen Arm, er erstarrte und glotzte sie

mit großen Augen an. Er packte sie am Arm und zerrte sie ins Innere, glucksend schloss er die Tür hinter sich.

Der Freund des Tölpels saß auf einem Stuhl an der Hintertür und stopfte sich den Mund mit Essen voll. Er war viel jünger als der andere Tölpel, schlanker und hatte überall Essensreste im Gesicht, während er sich die Finger abschleckte. Ein kleiner Dolch lag auf dem Tisch, aber außerhalb seiner Reichweite. »Erst mal muss ich was essen. Mach, was du willst.« Er schenkte ihr kaum Beachtung.

Gwyneth unterdrückte ihren Drang zu schnauben. Sie zu ignorieren, könnte sie schnell das Leben kosten, aber er war zu dumm, um das zu wissen.

»Fingal, kein Wunder, dass Mutter dich lieber mochte. Du denkst immer nur ans Fressen.«

Fingal konterte: »Nun, wenn ich mir deine Wampe so ansehe, dann denkst du nicht nur daran.« Er blickte spitz auf den Körperumfang seines Bruders.

Als sich ihre Augen an das Licht gewöhnt hatten, suchte Gwyneth den Raum ab und entdeckte schließlich die beiden Mädchen, zusammengekauert in einer Ecke. Sie bemerkte auch das Leuchten des Wiedererkennens in Ashlyns Augen, also warf sie dem Mädchen einen bedeutenden Blick zu und schüttelte ein wenig den Kopf, um ihr die Botschaft zu übermitteln, nichts zu sagen. Gracie wollte zu ihr laufen, aber ihre ältere Schwester hielt sie zurück.

Der große Mann, der sie hineingezogen hatte, griff gerade nach ihr, seine Augen voller Lust, als Tomas durch die Hintertür platzte, Logan direkt hinter ihm. Ohne eine Sekunde zu zögern, riss der Tölpel Gwyneth an sich und hielt ihr ein Messer an die Kehle. Fingal griff nach den Mädchen, aber Tomas wirbelte ihn herum und drückte ihn mit dem Rücken gegen sie Wand, mit dem Schwert an der Kehle.

Robbie schlich sich hinter ihnen rein: »Lass sie los, und mein Freund wird deinen Kameraden gehen lassen.«

Gwyneth war nicht wehrlos. Sie musste etwas tun, aber der faulige Geruch dieser Bestie, die sie angegriffen hatte – der Geruch eines Mannes, der sich seit Wochen nicht mehr gewaschen hatte –, überwältigte sie plötzlich und ihre Sicht trübte sich. Ihr Magen krampfte sich als Reaktion auf den Geruch so stark zusammen, dass sie sich nicht bewegen konnte. Sie war machtlos, es passierte ihr schon wieder. Wie konnte ein bloßer Geruch sie so ausschalten? Doch sie wusste warum. Es war derselbe Geruch, den sie vor sieben Jahren an Duff Erskine gerochen hatte, und derselbe Geruch wie der des Wikingers. Er würde sie nie loslassen. Duff überdeckte sie mit seinem ekelhaften Geruch.

Der große Unhold zitterte vor Angst, doch sein Griff blieb fest. »Nay, lass Fingal los, dann werden wir gehen. Ihr könnt die Mädchen haben. Lass ihn gehen oder ich schneide ihr die Kehle durch.«

Logan ging weiter in den Raum hinein, kam näher, bis er fast in der Reichweite von Gwyneth und dem Halunken war. Was zum Teufel hatte er sich dabei gedacht? Gwyneth starrte Logan an, in der Hoffnung, ihm zu signalisieren, dass er zurücktreten sollte. Sie wollte nicht, dass dieser Rüpel durchdrehte und sie umbrachte. Schweiß perlte von ihrer Stirn, als sie das Zittern in der Hand des Narren spürte.

Heißer, stinkender Atem blies ihr ins Ohr, und sie zuckte zusammen. »Noch einen Schritt und ich bringe sie um. Lasst uns gehen, und ihr könnt das ganze Hurentrio haben.«

Gwyneth blickte auf die Mädchen in der Ecke, auf Fingal, der von Tomas festgehalten wurde, und auf Logan Ramsay. Wie würden sie hier herauskommen, ohne dass jemand verletzt wurde? Die Klinge des Messers schnitt in ihre Haut, direkt vor ihrer Luftröhre. Eine kleine Bewegung und sie würde nicht mehr in der Lage sein zu atmen. Sie bemühte sich, einen kühlen Kopf zu bewahren und angesichts ihrer Umstände nicht zu schwächeln.

Logans Stimme drang zu ihr, als er mit dem Mann sprach, der sie festhielt. »Das geht nicht.« Ein Grinsen überzog Logans Gesicht. »Das ist mein Mädchen, das du da festhältst.«

Logan schaute sie nur einen Moment lang an, und sie schöpfte Stärke aus seinem Blick. Ein Blick, der ihr Kraft gab, denn mit diesem einen Blick wusste sie, dass er immer da sein würde, um sie zu beschützen, wie es niemand sonst vermocht hatte. Gwyneth bemühte sich, nicht auf seine Worte zu reagieren, weil diese sie verwirrten. Würde sie seinen Schutz wollen?

Sie löste ihren Blick von ihm und schaute zu Ashlyn, die mit ihrer Schwester in der Ecke kauerte. In der Hoffnung, dem Mädchen Kraft zu geben, lächelte sie ihr zu, bevor sie ihren Blick wieder auf ihren Bezwinger richtete.

»Wir wollen keinen Ärger«, sagte der große Mann. »Ihr könnt sie haben. Lasst uns gehen.«

»Das kann ich nicht tun«, erwiderte Logan.

»Warum nicht?« Sein Blick huschte zwischen Logan und Tomas hin und her.

»Weil du mein Mädchen angefasst hast. Niemand fasst mein Mädchen an.«

Noch bevor sie seine Worte verarbeiten konnte, warf Logan sein Messer, und Gwyneths Herz setzte einen Schlag aus, in der Hoffnung er möge richtig zielen. Sie spürte nicht viel mehr als einen Windstoß von der Waffe, bevor sie einen dumpfen Schlag und ein röchelndes Geräusch hörte. Sie atmete tief aus, als sie sah, dass das Messer zwischen den Rippen des Tölpels gelandet war. Er ließ sie los und sackte zu Boden, sein eigenes Messer fiel ihm dabei aus der Hand. Gwyneth lief direkt auf die Mädchen in der Ecke zu, ihre Beine knickten fast unter ihr ein.

Fingal schrie: »Du hast meinen Bruder getötet.« Gwyneth drehte sich rechtzeitig um, um zu sehen, wie er sein eigenes Messer herauszog und versuchte, Tomas zu erstechen, aber Robbies Messer landete in seinem Körper, während Tomas seinen Hals aufschlitzte.

Fingal fiel zu Boden, tot.

Die Mädchen waren in Sicherheit.

KAPITEL SECHS

ASHLYN RIEF: »GWYNETH!«, stürzte nach vorne und sprang in ihre Arme.

Gwyneth beugte sich hinunter, um auch Gracie zu packen, aber die Kleine rannte direkt an ihr vorbei, in Robbies Arme. Er hob sie hoch, und zu Gwyneths Erstaunen schlang sie ihre Arme um seinen Hals.

Gwyneth rümpfte die Nase und Ashlyn brach in Tränen aus. »Wir stinken, Gwyneth. Außer Gracies Windeln einmal am Tag zu wechseln, haben sie uns nicht erlaubt, uns zu waschen. Wir sind schmutzig. Mama wäre so wütend.«

Robbie meinte: »Wir haben jetzt keine Zeit, dich zu waschen, Ashlyn. Wir müssen gehen.«

Als hätte er die Worte des anderen Highlanders nicht gehört, reichte Logan Tomas einen Krug und sagte: »Hol etwas Wasser aus dem Bach.«

»Was zum Teufel machst du da, Ramsay?«, knurrte Robbie, die Hände in die Hüften gestemmt.

»Ich vermute, du schickst sie in den Norden, aye? Zu deinem Clan?«

»Aye. Und was ändert das an der Situation?«

»Kinder mögen es nicht, schmutzig zu sein, und wir haben eine lange Reise vor uns. Je weiter wir reisen, desto kälter wird es für sie werden. Es ist besser, wir waschen sie hier.« Logan zwinkerte Gwyneth zu, deren Arme immer noch um Ashlyn geschlungen waren.

Robbie stimmte schließlich zu und setzte Gracie ab. Er sagte zu ihr: »Wir müssen dich sauber machen, bevor wir gehen. Dann verspreche ich, dass ich euch beide von hier wegbringe.«

Wenig später kam Tomas mit dem Wasser zurück. Gwyneth starrte auf den Krug, unsicher, was sie als Nächstes tun sollte. Sie war schon mit Caralyns Mädchen zusammen gewesen, aber sie hatte sie noch nie gewaschen ... oder irgendwelche anderen Kinder, was das anging. Sie kratzte sich nachdenklich am Kopf und nahm den Krug entgegen, den Tomas ihr hinhielt, damit er und Robbie die beiden Toten in einen anderen Raum schleppen konnten, aus dem Blickfeld der Mädchen. Sie mochte die einzige Frau in der Gruppe sein, aber was zum Teufel wusste sie schon über das Waschen von Kindern?

Sie blickte zu Logan, in der Hoffnung auf Rat. Ashlyns Augen wurden feucht und sie flüsterte zu Gwyneth. »Bitte? Es macht dir doch nichts aus? Gracie mag es nicht, schmutzig zu sein, und Mama hasst es, wenn wir stinken.«

Logan schnappte sich eine große Schüssel und nahm das Wasser von Gwyneth, um es hineinzuschütten. Nachdem Tomas und Robbie zurückgekehrt waren, reichte er den dreien Schüsseln und Krüge und sagte: »Mehr.«

Gwyneth lief hinaus zum Bach, froh, eine Aufgabe zu haben, die sie zu bewältigen wusste, eine, bei der es nicht darum ging, die Mädchen zu waschen. Robbie sah genauso erleichtert aus wie sie, als er neben ihr am Bachufer stand und sich vorbeugte, um seinen Krug zu füllen.

Als sie zurückkamen, hatte Logan bereits die dreckigen Lumpen von Ashley geschält und die beiden Mädchen schrubbten sich mit einem Stück Seife das Gesicht. Er kippte die Krüge mit kaltem Wasser in eine große Schüssel, zog Gracie ihre Kleidung aus, hob sie unter den Armen hoch und fragte: »Bereit, Mädchen?« Gracie nickte, und Logan tauchte ihren Po ins Wasser und schwenkte sie darin herum. Sie quiekte und kicherte, während alle sie anstarrten.

Gwyneth hatte Gracie noch nie lachen oder sprechen gehört, doch hier kicherte sie mit Ramsay. Die Kleine vertraute diesen Highlandern ... mehr als Gwyneth bisher. Als Logan mit dem Baden von Gracie fertig war, nahm er sie aus dem Wasser und reichte sie mit einem weiteren Tuch an Gwyneth weiter. »Trockne sie ab.« Dann drehte er sich um, hielt sein Plaid zur Seite und sagte zu Ashlyn: »Da ist noch eine Schüssel mit frischem Wasser. Mach ruhig und wasch dich, Mädchen. Wir werden nicht hinsehen. Gwyneth kann dir helfen, wenn du Hilfe brauchst.«

Gwyneth war sprachlos. Dieser Flegel ging wundervoll mit den Kleinen um. Und sie schienen ihn beide zu mögen. Sie starrte den kräftigen Highlander schockiert an. Männer hatten normalerweise nicht die Geduld, richtig mit Kindern umzugehen.

Logan schaute sie an. »Was ist los?«

Robbie lachte. »Du hast Talente, die selbst ich nicht erwartet hätte, Ramsay.«

»Ich habe dir doch gesagt, dass ich eine Nichte habe, ich habe auch einen Neffen, beide waren sehr krank und hatten keine Mutter. Ich habe gelernt, wie man sie pflegt. Das ist nicht so schwer.« Er musterte Gwyneth, während er sprach.

Als Ashlyn fertig war, gingen sie hinaus zu den Pferden. Ashlyn ritt mit Tomas und Gracie mit Robbie. Gwyneth kletterte wieder mit Ramsay auf das Pferd, aber dieses Mal hatte sie nichts dagegen. Der Flegel hatte sich bisher als vertrauenswürdig erwiesen. Sie ritten nach Norden und raus aus der Stadt.

Gwyneth lehnte sich an Logan. Er schien nichts dagegen zu haben und zog sie fester an sich. Sie hätte wirklich etwas essen sollen, bevor sie das Kloster verließ, dann wäre sie jetzt nicht so geschwächt gewesen. Eine anstrengende Erfahrung nach der anderen hatte sie erschöpft. Sie schloss die Augen, und die Vorstellung eines kräftigen Highlanders erfüllte ihre Gedanken. Hatte er ernst gemeint, was er sagte? Hielt er sie für die Seine?

Durch ihr behütetes Leben mit ihrem Bruder in der Kirche hatte sie sich nie Gedanken über eine Beziehung zu einem Mann gemacht. Ihre ganze Zeit hatte sie damit verbracht, als Spionin für Dougal Hamilton zu arbeiten und sich auf die Rache für ihren Vater und Bruder zu konzentrieren. Der Gedanke an eine Beziehung zu einem Mann kam ihr nie in den Sinn. Ihre Mutter war früh gestorben, also hatte sie nichts, woran sie sich orientieren konnte.

Das Nächste, was sie wahrnahm, war, dass Logan an ihrem Arm rüttelte.

»Mädchen, wach auf.« Sein Atem wärmte ihr Ohr und eine unbekannte Hitze durchflutete sie.

Sie setzte sich auf und blickte über ihre Schulter zu ihm. »Ich bitte um Entschuldigung, Flegel.«

»Kein Grund, sich zu entschuldigen. Ich weiß nicht, wie du das in der Hütte ausgehalten hast, nach allem, was du durchgemacht hast.«

»Wo sind wir?« Gwyneth überflog die Gegend, erkannte sie aber nicht.

»Wir müssen uns neu gruppieren und entscheiden, was unser nächster Schritt sein soll. Robbie hat eine versteckte Lichtung entdeckt. Wir sind nicht weit von der Stadt entfernt.« Logan stieg ab und half ihr vom Pferd. Ashlyn lief zu ihr und ergriff ihre Hand, als sie sich bei einer Gruppe von Baumstämmen versammelten.

»Zum Teufel, Grant. Ich dachte, wir reiten zurück zum Kloster, um Caralyn zu finden«, fauchte Gwyneth.

»Nay, es ist schon dunkel und sie wäre schon bei Murray. Er kontrolliert sie noch immer.« Er zog beide Mädchen zu sich heran und sprach zu ihnen. »Mädchen, ich weiß, dass ihr eure Mutter sehen wollt, aber es wäre im Moment nicht sicher.«

Ashlyn ließ ihren Kopf sinken und ihre Schultern sacken. »Kannst du sie von Malcolm wegbringen, Captain Grant?« Sie wischte über die Tränen auf ihren Wangen. »Wir können ihn nicht leiden.«

Zwei kleine Gesichter starrten zu ihm auf, und Gwyneths Herz zersprang fast bei dem Anblick. Irgendwie wusste sie, dass Robbie Grant ihre Freundin retten würde, aber wie überzeugte man zwei Kleinkinder, dass sie gerade nicht bei ihrer Mutter sein konnten, um in Sicherheit zu sein?

»Das ist genau das, was ich vorhabe, Ashlyn, aber ich muss sicherstellen, dass ihr zwei in Sicherheit seid, damit er nicht kommen und euch wieder entführen kann. Eure Mutter ist gezwungen, zu tun, was er will, wenn er euch von ihr fernhält. Verstehst du das?«

Ashlyn nickte. »Ich glaube schon. Ich höre ihn immer zu Mama sagen, dass er uns wehtun wird, und einmal hat er uns beide verhauen, während Mama schrie und weinte. Sie sagte ihm, sie würde alles tun, was er wolle, solange er uns nicht mehr wehtue. Ich will nie wieder zu ihm zurückgehen. Wo wirst du uns verstecken?«

»Ich werde euch an einen wunderbaren Ort schicken, aber es wird eine Weile dauern, bis ihr dort ankommt, deshalb müsst ihr beide stark sein. Und ihr werdet eure Mutter eine Weile nicht sehen, aber jeder dort wird euch lieben und sich um euch kümmern, und ich verspreche, dass wir bald zu euch stoßen werden. Es gibt dort auch andere Kinder, mit denen ihr spielen könnt, aber vor allem weiß ich, dass ihr in Sicherheit sein werdet.«

»Wo ist das?«, Ashlyn starrte ihn mit weit aufgerissenen Augen an. »Wir haben noch nie mit anderen Kindern gespielt.«

»Ich schicke euch zu meinem Clan. Ihr geht in die Highlands zu den Grants, zu einer großen Burg mit vielen netten Leuten, die euch lieben und sich um euch kümmern werden.«

Gott segne ihn, Captain Robbie Grant würde sich um Caralyn und ihre Töchter kümmern. Gwyneth kamen bei der Vorstellung, dass die Albträume der lieben Caralyn endlich vorbei sein würden, fast die Tränen. In gewisser Weise wünschte sie sich, dass ihr das Gleiche widerfahren würde. Grant war ein guter Mann.

»Wird Mama auch kommen?«, fragte Ashlyn.

»Aye, sobald ich eure Mutter gerettet habe, bringe ich sie zu euch.«

»Können wir nicht auf euch warten?«, flüsterte Ashlyn.

»Nay, Malcolm wird versuchen, euch wiederzufinden. Ihr müsst fort von hier. Es tut mir leid, Mädchen, aber das ist der einzige Weg.« Er tätschelte ihr auf den Rücken und Ashlyn schenkte ihm ein flüchtiges Lächeln.

Ashlyn dachte über seine Worte nach und nickte dann. Sie ergriff Gracies Hand. »Solange wir zusammen gehen.«

»Aye, ihr geht zusammen.«

»Wie kommen wir dorthin?« Sie kaute auf ihrer Lippe, während sie die Gruppe um sich herum betrachtete.

»Logan und Gwyneth werden euch dorthin bringen. Tomas und ich werden eure Mutter finden.«

Gwyneth gab einen würgenden Laut von sich. Heiliger Herrgott! Was hatte er sich nur dabei gedacht? Auf keinen Fall konnte sie mit Logan Ramsay durch die Highlands reisen. Außerdem hatte sie eine Mission zu erfüllen … eine, bei der sie genau dort bleiben musste, wo sie war. Aber sie weigerte sich, in Gegenwart der Mädchen etwas zu sagen. Sie wollte nicht, dass sie dachten, ihre Ablehnung sei *ihretwegen*.

Ashlyn blickte zu ihr auf. »Gwyneth, kommst du mit uns? Bitte?«

Gwyneth nickte. Gleichzeitig warf sie Robbie einen strengen Blick zu, um seine Aufmerksamkeit zu erregen. Er bemerkte es offensichtlich, denn einen Moment später sagte er: »Tomas, nimm die Mädchen und gib ihnen ein paar Haferkuchen. Mädchen? Ihr seid doch hungrig, nicht wahr?« Beide nickten und folgten Tomas hinüber zu den Pferden.

Sobald sie außer Hörweite waren, drängte sich Gwyneth an ihn heran und blieb erst stehen, als sie nur noch wenige Zentimeter von seiner Nase entfernt war. »Das kann nicht dein Ernst sein. Ich werde *nicht* mit diesem Flegel reisen.«

»Gwyneth, ich versuche das Beste für die Mädchen zu tun. Ich brauche Leute, denen ich vertraue, um mit ihnen durch die Highlands zu reisen, was um diese Jahreszeit keine einfache Reise werden wird. Ich habe vier weitere Wachen, die ich zum Schutz mitschicke.«

Es würde sie dazu zwingen, mit ihrer Rache zu warten, aber sie wollte die Kleinen genauso sehr in Sicherheit wissen, wie er. Sie dachte über seine Worte nach und entschied, dass es ein Opfer war, das sie bereit war zu bringen.

»Na gut, dann schick Tomas mit uns. Logan kann hierbleiben.« Jeder außer Logan wäre akzeptabel. Der Mann war anstrengend. Und sie mochte es nicht, wie sie sich in seiner Gegenwart fühlte.

Robbie warf einen Blick über seine Schulter, und als Gwyneth sich umdrehte, um seinem Blick zu folgen, sah sie Logan dort stehen, die Arme verschränkt und ein Grinsen im Gesicht.

»Nay, Logan kennt die Highlands am besten von allen, die ich kenne, und er ist auch der beste Fährtenleser. Ich würde mich besser fühlen, wenn er bei euch wäre. Er wird nicht nur die Gruppe anführen, sondern auch vorausgehen und sicherstellen, dass niemand in der Gegend ist. Mit zwei Kindern zu reisen ist ein zu großes Risiko. Es gibt Wildschweine und Wölfe. Du wirst die Mädchen beschützen, während Logan die Führung übernimmt, jagt und wenn nötig tötet.«

»Aber ich war noch nie in den Highlands. Ich möchte nicht

so weit in den Norden gehen Es ist eiskalt dort oben.« Sie verschränkte die Arme, während sie verzweifelt versuchte, sich eine andere Lösung einfallen zu lassen, auch wenn sie wusste, dass dies das Richtige für die Mädchen war.

»Hast du mir nicht gesagt, dass du gut mit Pfeil und Bogen umgehen kannst?«, fragte Robbie.

»Aye, das stimmt, aber …«

»Dann kannst du auch helfen, Essen zu finden. Siehst du, wie dünn Ashlyn ist? Sicherlich wurden sie nicht oft gefüttert, und Ashlyn gibt Gracie ihren Anteil an dem, was sie zu essen bekommen. Ich möchte, dass du auf beide aufpasst. Es wird keine einfache Reise, und die Mädchen brauchen dich. Außerdem glaube ich, Caralyn wird sich besser fühlen, wenn sie weiß, dass du bei ihnen bist. Ich bitte dich, deine Probleme mit Logan für die Mädchen beiseitezuschieben. Dort angekommen, kannst du tun, was du willst, aber ich bin mir sicher, Caralyn würde es begrüßen, wenn du wartest, bis sie eintrifft, bevor du dich verabschiedest, und ich denke, die Mädchen werden sich sicherer fühlen, wenn du bei ihnen bist.«

Alles, was er sagte, war sinnvoll, und sie konnte keinen Einwand vorbringen. Sie sah wieder zu Logan, ihre Hände in die Hüften gestemmt.

Robbie versuchte sein Bestes, sie zu überzeugen. »Mädchen, ich glaube, die Highlands könnten dir gefallen. Es ist eine schöne Landschaft, und du kannst so lange beim Grant-Clan bleiben, wie du willst. Wir werden dich belohnen, wenn ich zurückkomme. Du kannst einen Abstecher in unsere Waffenkammer machen und neue Waffen für deine Sammlung finden. Ich bezahle dich mit Wollkleidung für den Winter. Was immer du brauchst, lass es mich wissen.«

Logan seufzte, das Grinsen wich aus seinem Gesicht. »Mädchen, ich habe es schon einmal versprochen, und ich werde es wieder tun – du hast mein Ehrenwort auf den Ramsay-Clan, dass ich dich nicht anfassen werde, es sei denn, du bittest darum. Ich werde mein Necken den Mädchen zuliebe im Zaum halten. Ich denke, Ashlyn wird sich wohler fühlen, wenn sie mit dir reitet.«

Dann schritt er zu seinem Pferd hinüber und zog eines seiner

Plaids hervor. »Hier, das kannst du tragen, wenn dir kalt wird, und glaub mir, es wird kalt sein, besonders nachts.«

Sie starrte Logan an und ging dann hinüber, um das Plaid zu nehmen, das er ihr anbot, warf es sich über die Schultern und band es in einem Wirrwarr um ihre Taille. »Herr, gib mir Kraft. Grant, ich muss mir dein Pferd für eine Weile ausleihen, um meine Familie über meine Pläne zu informieren, bevor wir losmachen.« Sie stolzierte in die Bäume, bevor sie über ihre Schulter rief: »Ich brauche mein eigenes Pferd, und ich bin nicht dein Mädchen, Ramsay.«

Sie hatte Logans vorherigen Kommentar gehört.

»Mit meinem Plaid an dir siehst du zumindest danach aus.«

Er konnte denken, was er wollte. Sie war *nicht* sein Mädchen, ungeachtet des Highland-Brauchs, ein Mädchen zu beanspruchen, indem man ihr sein Plaid gibt. Sie hatte seine Behauptung gehört, bevor er ihren Peiniger erstochen hatte, aber sie war sich sicher, dass er das nur gesagt hatte, um zu überzeugen. Gwyneth gluckste. Sie akzeptierte sein Plaid, weil sie wusste, dass es sie während ihrer Reise warmhalten würde, nicht aus einem anderen Grund. Er konnte glauben, was immer er wollte.

Sie hatte zwei wichtige Besuche zu machen, bevor sie gehen konnte – sie musste ihren Bruder und ihren Vorgesetzten, Dougal Hamilton, sehen.

Sie ging zuerst in der Kirche vorbei, und ihr Bruder schlang sie in eine heftige Umarmung, so erleichtert, sie in Sicherheit zu sehen, dass er weinte. Er hatte befürchtet, sie sei tot, als sie spurlos verschwand.

Er zog sie in ihren kleinen Wohnbereich im hinteren Teil der Kirche und setzte sich mit ihr an den Tisch. Gwyneths Worte sprudelten nur so aus ihr heraus, er hörte ruhig zu, gab ab und an einen Kommentar ab, und wischte sich über die Stirn, während sie sprach, aber ließ sie ihre Geschichte erzählen.

Als sie sich dem Ende näherte, konnte er sich offenbar nicht mehr zurückhalten und sprang von seinem Stuhl auf. »Duff? Duff Erskine hat dich entführt? Und er hat dich auf ein Schiff gebracht? Warum?«

»Aus demselben Grund, Rab.«

»Was für ein Grund?«

»Weißt du noch, als er Vater und Gordon getötet hat? Er hatte eine Fuhre Frauen in seinem Wagen.«

»Wofür? Was hatte er mit dir vor?« Rabs Augen weiteten sich, als er sprach.

»Er wollte mich in den Osten schicken, zusammen mit einigen anderen Frauen.«

Rab setzte sich wieder hin und legte den Kopf in seine Hände. »Gütiger Gott! Wie konnte er nur so etwas tun? Meine Gwynie …«

Sie beendete ihre Geschichte, und er flehte sie prompt an, nicht mitzureisen.

»Rab, bitte. Ich muss das für meine Freundin Caralyn tun.«

»Gwyneth, wie kannst du in Erwägung ziehen, den ganzen Weg in die Highlands mit mehreren Männern zu reisen? Es ist ungehörig, um nicht zu sagen gefährlich. Ich habe Angst um dich.« Rab befingerte das Kreuz um seinen Hals, während er sprach, und blickte auf das Kreuz an seiner Wand, um Trost zu finden. Er schloss die Augen und betete, wie Gwyneth wusste, dass er es so oft tat.

»Ich werde bei Logan Ramsay und den Grant-Kriegern viel sicherer sein, als ich es hier war«, erwiderte sie sanft. »Sieh nur, was mir direkt vor deiner Tür passiert ist. Ich wurde von der Seite der Kirche entführt.«

»Ich weiß, Gwyneth, und die ganze Zeit war ich krank vor Sorge. Ich kann dich nicht auch noch verlieren. Bitte geh nicht. Bleib hier bei mir.«

»Und was ist, wenn Erskine immer noch nach mir sucht?« Sie hasste zwar den verzweifelten Gesichtsausdruck ihres Bruders, aber sie hatte nicht vor, hier zu sitzen und darauf zu warten, dass Erskine wieder zuschlug. Wenn sie blieb, dann nur, um ihn zu jagen.

Rab wischte sich mit einem Leintuch über die Stirn, hielt einen Moment inne und seufzte. »Du könntest recht haben. Gwynie, du siehst furchtbar aus, ganz zerschrammt und verhauen. Ich werde viele Gebete für dich sprechen. Vielleicht wäre es wirklich das Beste, wenn du weggingst, um zu heilen. Ich hörte die Grant-Krieger sind stark und ehrenhaft. Ich glaube nicht einmal

Duff Erskine würde es wagen, sich mit ihnen anzulegen.« Er schlang sie wieder in seine Arme, dann trat er zurück und hielt sie eine Armeslänge vor sich. »Bleibst du erst noch ein bisschen? Ich würde gerne mit dir reden. Du hast keine Ahnung, wie sehr ich mir Sorgen gemacht habe.«

»Rab, es tut mir leid, aber ich muss jetzt gehen. Zwei Mädchen sind auf mich angewiesen. Ich kann sie nicht mit gutem Gewissen allein mit den Männern losschicken. Ich gehe, um sie zu beschützen und ihnen die Reise zu erleichtern. Ich liebe dich und werde dich wissen lassen, sobald ich zurück bin.«

Damit verabschiedete sie sich, auch weil sie es nicht ertragen konnte, ihren Bruder so gequält zu sehen.

Ihr nächster Halt war ein Besuch bei ihrem Vorgesetzten, Dougal Hamilton, Assistent des Stewards Alexander von Dundonald, dessen Aufgabe es war, wichtige Informationen für die schottische Krone zu beschaffen. Gwyneth hatte das letzte Jahr für ihn spioniert, verdeckt Männer von Bedeutung verfolgt, um zu sehen, ob sie der Krone gegenüber loyal waren oder nicht. Ihre Aufgabe war durch die Priester der Kirche arrangiert worden, auch wenn ihr Bruder nur wegen Hamiltons Wichtigkeit und Hartnäckigkeit zugestimmt hatte.

Als Hamilton sich ihr zum ersten Mal genähert hatte, war er vorsichtig gewesen. Ihre Fähigkeiten als Bogenschützin hatten sich herumgesprochen und er war auf der Suche nach einem weiteren Spion. Die Nachricht von Unruhen zwischen den westlichen Inseln und dem König von Norwegen hatte sich wie ein Lauffeuer im Land verbreitet, aber die Informationen waren oft lediglich Gerüchte. Er hatte jemanden gesucht, dem er vertrauen konnte, um sich heimlich in die Nähe bestimmter Personen zu schleichen.

Ihr erster Auftrag hatte sie in die königliche Stadt Ayr geführt, auf der Suche nach einem Verräter, der Informationen verkaufte. Gwyneth hatte seine Identität innerhalb einer Nacht aufgedeckt. Er war verhaftet und vom Sheriff der Stadt gehängt worden.

Hamilton hatte gelächelt, als sie zu ihm nach Glasgow zurückgekehrt war. Sie hatte ihre Feuerprobe bestanden, weil niemand ihre Rolle aufgrund der Tatsache, dass sie eine Frau war, vermutet hatte. Gwyneth hatte nur mit den Schultern gezuckt, während er erfreut gluckste.

Ihr letzter Test war gewesen, ihr Geschick am Scheibenstand zu demonstrieren, da Hamilton angeblich sicherstellen wollte, dass sie in der Lage war, sich im Kampf zu schützen. Dougal hatte jedes Mal, wenn sie ihr Ziel traf, entzückt gelacht und sie, ohne zu zögern, angeheuert.

Mit dem Näherkommen der nordischen Flotte war sie im Dauereinsatz gewesen. Eine ihrer ständigen Aufgaben war es, Duff Erskine zu finden und seine Aktivitäten aufzudecken. Hamilton hatte sie ermutigt, ihm zusammen mit drei anderen zu folgen. Gwyneth war es gelungen, die hinterhältigen Aktionen der anderen drei Verräter aufzudecken, aber Erskine war so schwer zu fassen gewesen wie immer.

Ihr letzter Auftrag war es gewesen, Duff Erskine zu verfolgen und mehr über seine aktuellen Beschäftigungen zu erfahren. Die Regierung hatte von den früheren Geschäften mit Frauen gewusst, aber sie wussten nichts über seinen jüngsten Aktivitäten. Es waren keine vermissten Frauen gemeldet worden. Er war ein Hauptverdächtiger beim Verkauf von Informationen an die Wikinger, aber sie waren nicht in der Lage gewesen, dies zu beweisen.

Dougal Hamilton würde schockiert sein, wenn er erfuhr, was sie entdeckt hatte ... und dass sie Teil von Duffs Fracht gewesen war.

Sobald er Gwyneth im Schloss bemerkte, winkte Dougal Hamilton sie in sein Arbeitszimmer. »Erzähl mir alles. Rab hatte mich wegen deines Verschwindens kontaktiert und ich habe Männer losgeschickt, die nach dir suchen. Woher hast du diese blauen Flecken?«

Gwyneth informierte ihn über die Details.

»Ich bitte um Entschuldigung. Erskine muss aufgehalten werden. Ich wollte ihn beim Verkauf von Informationen erwischen, aber Frauen an den Osten zu verkaufen ist mehr als abscheulich. Wir müssen ihn sofort ausschalten. Wirst du deine Mission beenden können?«

»Nay. Ich muss erst noch etwas für eine Freundin erledigen.« Sie keuchte, außer Atem von der Reise über das Land. Irgendwie würde sie ihn davon überzeugen müssen, wie wichtig diese

Angelegenheit für sie war. Die Mädchen brauchten sie, und sie würde sie nicht im Stich lassen, auch wenn es sie Zeit kostete, die sie mit der Verfolgung von Erskine hätte verbringen können. Robbie hatte recht gehabt. Das Ungeheuer konnte warten. »Ich soll zwei kleine Mädchen mit Captain Robbie Grant von den Grant-Kriegern und Logan Ramsay aus Lothian in die Highlands begleiten. Wenn ich nicht mitgehe, könnte es Probleme für die Kleinen geben. Und Ramsay ist herrisch und starrköpfig; er würde nicht so leicht aufgeben. Ich werde zurückkommen, um den Auftrag so schnell wie möglich zu erledigen.«

»Gwyneth, ich kann die Kampfspuren auf deinem Gesicht sehen. Du hast viel, was versorgt werden muss, und das ist der einzige Grund, warum ich dieser Reise zustimme. Du siehst erschöpft aus. Bitte gehe es langsam an, damit du dich erholen kannst. Ich werde ihm in deiner Abwesenheit zwei andere Spione zuweisen, aber ich vermute, dass dieses Dilemma bis zu deiner Rückkehr nicht gelöst sein wird. Erskine ist jetzt über deine Aktivitäten informiert. Ich fühle mich besser, wenn ich weiß, dass du dich an einem anderen Ort erholst. Ich hoffe, du bist auf dem Weg hinaus aus Glasgow.«

»Wir reisen in die Highlands und beschützen zwei kleine Mädchen.«

»Tu, was du tun musst. Aber ich will, dass dies innerhalb eines Mondes abgeschlossen ist. Du verstehst die Notwendigkeit besser als jeder andere, Gwyneth.« Er nickte ihr zu. »Denke daran, Zeit ist von entscheidender Bedeutung.«

Gwyneth stieß einen Seufzer der Erleichterung aus. Sie musste das zuerst erledigen.

Was sie nicht wusste, war, dass Logan Ramsay gerade vorbeigekommen war, um Dougal Hamilton mit genau denselben Informationen zu versorgen.

KAPITEL SIEBEN

TOMAS BETRAT DIE Lichtung mit den Mädchen im Schlepptau, sein Gesichtsausdruck war verwundert. »Habe ich gerade Gwyneth mit deinem Plaid gesehen, Ramsay?«

»Aye, aber sie weiß anscheinend nicht, was das bedeutet, also schweig darüber. Das wird ein kalter Ritt und das weißt du«, antwortete Logan und bückte sich, um die kleine Gracie hochzuheben.

Robbie gluckste. »Ich bezweifle, dass du Gwyneth dein Plaid nur gegeben hast, um sie vor der Kälte zu schützen. Ich hätte nicht gedacht, dass ich den Tag erlebe, aber ich sehe euch beide gerne zusammen. Gwyneth ist in der Tat einzigartig und deine Reaktion auf sie ist noch interessanter. Ich habe mich immer gefragt, welche Art von Frau dir ins Auge stechen würde.«

Logan wiegte Gracie in seinen Armen, bis sie lächelte. »Es musste jemand Besonderes sein, nicht wahr, Gracie? Gwyneth wird diese Reise definitiv erhellen.«

Robbie schickte Tomas mit Anweisungen zurück in die Stadt, während Gwyneth nach Hause ging. »Ich möchte nicht lange warten, Tomas. Besorge schnell etwas Proviant und die Wachen und komm zurück. Wir haben wahrscheinlich nur ein paar Stunden, bis Murray das Fehlen der Mädchen bemerkt. Er wird vermutlich sofort Wachen losschicken.«

Logan meinte: »Mach dir keine Sorgen. Wir werden sie abhängen, wenn sie uns verfolgen.« Da Malcolm Murray die Mädchen benutzte, um Caralyn zu erpressen, damit sie sich unterordnet, würde er nicht glücklich sein, wenn er das Fehlen der Mädchen entdeckte. Der Bastard musste aufgehalten werden. Er fragte sich, was Robbies Absicht mit der Frau war.

Nachdem Tomas gegangen war, grinste Robbie Logan wieder an. »Quade wird sich freuen, das zu hören.«

»Aye, was ich in der Hütte gesagt habe, meinte ich so. Sie gehört zu mir und niemand rührt sie an. Das Plaid wird dafür sorgen, dass deine Wachen ihre Grenzen kennen.« Dann gluckste er. »Informiere sie einfach nicht über die Bedeutung. Ich verstehe nicht, warum sie es nicht weiß, aber vielleicht tun sie das in den Lowlands westlich von Glasgow nicht. Und ich werde es meinem Bruder sagen, wenn er es wissen muss.« Er bestieg sein Pferd und rief: »Grant, ich bin bald zurück. Ich muss noch etwas besorgen, bevor wir aufbrechen.«

Logan wusste, dass Robbie allein mit den Kindern zurechtkam. Er musste Dougal Hamilton sprechen und ihn über seine bevorstehende Reise informieren.

Ein paar Stunden später schaffte er es, vor Gwyneth, zurück zur Lichtung zu gelangen. Tomas war ebenfalls zurückgekehrt und sie warteten auf sie. Sobald sie ankam, schritt Logan hinüber, um ihr beim Absteigen zu helfen. »Wohin musstest du reisen, was so wichtig war?«

»Das muss dich nicht interessieren, Ramsay. Ich muss mit dir reisen, aber es muss mir nicht gefallen und ich muss dir nicht gehorchen. Tu deine Arbeit, und ich tue meine.«

Verdammt, aber sie sah wirklich gut aus mit seinem Plaid über ihrer Schulter. Das Blau passte gut zu ihren blauen Augen, wenngleich ihre Augen ein bisschen heller waren. Sie machte sich auch gut auf einem Pferd. Er ertappte sich dabei, wie er sich über ihren Hintergrund wunderte – er hatte noch nie eine Frau wie sie getroffen und wollte wissen, was sie so einzigartig und stark machte. Er beobachtete ihren Hintern, als sie zu den beiden Mädchen hinüberschlenderte. *Einen süßen Hintern hast du, Mädchen.* Aye, er freute sich auf die Reise.

In kürzester Zeit war die Gruppe gesattelt und bereit zum Aufbruch. Kurz bevor Gwyneth aufsitzen wollte, lief eine traurig dreinblickende Gracie zu Robbie hinüber und hielt ihm ihre Arme hin. Robbie hob sie hoch und sie flüsterte ihm ins Ohr: »Bitte, rette meine Mama.« Sie nahm sein Gesicht in ihre kleinen Hände und gab ihm einen Kuss, bevor sie heruntersprang und zurück zu Gwyneth lief.

Logan hatte Gracie noch nie ein Wort sprechen hören. Captain Grant hatte einen harten Weg vor sich.

Logan suchte die Hügel ab, konnte aber nichts ausmachen. Er musste zugeben, dass der Schutz von drei Mädchen ihn dazu zwang, wachsamer zu sein als sonst, wenn das überhaupt möglich war. Sie hielten sich nie zu lange an einem Ort auf, da Logan und seine vier Männer befürchteten, von Murray verfolgt zu werden. Er schickte zwei voraus und die beiden anderen bildeten die Nachhut, nur um sicherzugehen.

Der Herbst lag während ihrer Reise definitiv in der Luft. Logan atmete tief ein, um die Frische der Highlands zu genießen. Wie sehr er die freie Natur liebte, vor allem das Spielen draußen mit Lily und Torrian. Jetzt da es ihnen gut ging, konnte er sie herumjagen – ein Spiel, das allen dreien Spaß machte. Die Blätter begannen gerade sich zu verfärben. Zum Glück hatte es noch keinen harten Frost gegeben, sodass der Boden noch weich war, es gab auch noch reichlich Blätter an den Bäumen und noch genug Nahrung zum Pflücken und Ausgraben. Die Eichhörnchen waren damit beschäftigt, ihre Wintervorräte zu verstecken, und die Kaninchen hatten sich noch nicht in den Winterschlaf begeben, also sollte zumindest ihre Reise fruchtbar sein. Die Mädchen waren zu dünn und konnten etwas Fleisch auf ihren Knochen gebrauchen.

Da sie alle zu Pferd unterwegs waren, kamen sie am ersten Tag gut voran, was ihn ein wenig entspannte. Er hatte ein paar verschiedene Abzweigungen vom Hauptweg genommen, um jeden zu verwirren, der ihnen folgen könnte, und er schickte oft einen seiner Männer hinterher, um ihre Spuren zu beseitigen. Es war ein gutes Zeichen, dass sie den ersten Tag ohne jegliche Anzeichen von Verfolgung überstanden hatten.

Kurz vor der Dämmerung fand er eine Lichtung und gab der Gruppe ein Zeichen anzuhalten, in der Hoffnung, dass es noch hell genug zum Jagen war. Er war ausgehungert, nachdem er tagsüber nur Haferkuchen zu sich genommen hatte, also mussten die anderen es auch sein. Nachdem er den Kindern heruntergeholfen hatte, griff er nach Gwyneth, aber sie schob seine Hände weg.

Sie hüpfte mit einem kurzen »Ich kann mir selbst helfen, Ramsay« vom Pferd.

»Ich sehe, dass du das kannst«, erwiderte er grinsend. »Ich wollte nur eine Gefälligkeit anbieten.«

Gwyneth schnaubte, und er lachte. Sie war recht unterhaltsam, auch wenn er seine Faszination für sie in der Nähe der Mädchen in Grenzen halten musste. Logan schickte zwei Männer als Wachen und zwei zum Jagen los. »Mädchen, willst du jagen oder bei den Kindern bleiben?«

Gwyneth schnappte sich ihren Bogen und lief den beiden Jägern hinterher, dabei rief sie über die Schulter: »Jagen. Man kann sich nicht darauf verlassen, dass ein Mann genug erwischt.«

Logan gluckste und war gespannt, was sie mit Pfeil und Bogen anstellen konnte. Er wusste, dass einer von Robbies Männern ein guter Bogenschütze war, die Konkurrenz war also groß. »Ashlyn, würdest du mit Gracie ein paar Äste für mich sammeln, damit ich ein Feuer machen kann? Es wird heute Nacht kalt werden.«

Gracie rannte gerade von der Lichtung, als Logan pfiff. »Nicht zu weit, Kleine. Ich will dich sehen können.« Sie sammelten genug Äste, um das Feuer in Gang zu bringen. Gracie bei der Arbeit zu beobachten war definitiv unterhaltsam. Sie fand einen Zweig, kam dann zurück und legte ihn sorgfältig auf den wachsenden Haufen, bevor sie losrannte, um einen neuen zu suchen. Er lachte, als er sie beobachtete, aber anstatt ihr vorzuschlagen, dass sie versuchen sollte, mehr als einen auf einmal zu tragen, sagte er: »Gutes Mädchen, du bist eine großartige Gehilfin.« Sie hatte wohl etwas Energie zu verbrauchen, weil sie den ganzen Tag auf dem Pferd gesessen hatte. Wenigstens gaben ihr ihre Lumpenwindeln etwas Polsterung, damit ihr Hintern nicht wund wurde. Sie schien sich an nichts zu stören.

Er entfachte das Feuer und schürte die Flammen, indem er Gracies Kleinholz hineinwarf, um es zum Lodern zu bringen, als Neil und Gilroy mit je einem Kaninchen zurückkamen.

»Was zum Henker, Gilroy.« Logan starrte ihn an, als er sprach. »Glaubst du, dass zwei Kaninchen uns acht ernähren können? Ich dachte, du wärst ein erfahrener Bogenschütze.«

Gilroy warf ihm einen beschämten Blick zu. »Ach, die Mädchen werden ohnehin nicht viel essen.«

Neil stand neben seinem Kameraden. »Um diese Jahreszeit gibt es nicht viele Kaninchen, Ramsay. Versuch du doch dein Glück.«

Ein Rascheln in den Büschen ließ sie alle sich rechtzeitig umdrehen, um zu sehen, wie Gwyneth mit vier Kaninchen, die an ihrem Gürtel hingen, auf die Lichtung schritt. Sie warf sie in der Nähe des Feuers ab und sagte: »Wollt ihr noch mehr?«

Logan zog eine Augenbraue hoch. »Gut gemacht, Mädchen.« Er wandte sich an Neil und sagte: »Nicht genug Kaninchen da draußen?«

Neils Stirn runzelte sich. »Aye, sie erwischte alle.«

Er gab jedem von ihnen ein Kaninchen zum Häuten, auch Logan nahm sich eines. »Sechs sollten genügen. Nehmt sie aus. Ich bin am Verhungern.«

Ashlyn drehte den Kopf weg, als sie mit dem Schneiden anfingen, aber Gracie stand direkt neben ihm, ihre Augen auf das Kaninchen gerichtet, ihre kleine Hand auf seinem Bein. Sie zeigte auf das Kaninchen. »Essen?«

Logan lächelte sie an. »Bist du hungrig, Mädchen?«

Gracie nickte. »Ich hungrig.« Dann tätschelte sie ihren Bauch, bevor sie das Gleiche mit Logans Bauch tat. »Du hungrig?«

Logan lachte. »Aye, das bin ich, aber ich werde dir etwas abgeben. Kannst du mit den Knochen vorsichtig sein?«

Sie nickte und ihr Blick fing seinen ein, bevor er zu dem Kaninchen zurückkehrte.

Das arme Mädchen war hungrig. Wahrscheinlich hatten die Narren, die sie gefangen gehalten hatten, ihnen nicht viel zu essen gegeben. Beide Mädchen mussten gemästet werden, denn ihre Wangen zeigten dunkle Vertiefungen. Zur Hölle, er würde den Mädchen seine Portion geben. Der Kleinen lief fast das Wasser im Mund zusammen, und auch wenn Ashlyn nicht auf das Blut der Kaninchen schaute, konnte er sehen, dass sie genauso ausgehungert war. Logan richtete seine Frage an Ashlyn: »Haben sie euch in der Hütte zu essen gegeben?«

Ashlyn starrte auf den Boden, während sie den Kopf schüttelte. Dem armen Geschöpf war es peinlich, so hungrig zu sein. »Nicht viel. Nur altes Brot. Ich musste meins Gracie geben, weil sie so hungrig war.«

Logan hob eine Augenbraue, schaute zu Gwyneth und nickte auf ihre Verbeugung hin. Donnerwetter, wie lange war es her, dass Ashlyn gegessen hatte, wenn sie ihrer Schwester ständig ihr Essen gab?

Mit einem erwiderten Nicken stand Gwyneth auf und verließ die Lichtung wieder. Ein paar Minuten später kehrte sie mit mehreren Äpfeln zurück, in denen noch einige ihrer Pfeile steckten. Sie setzte sich auf einen Baumstamm, zog sie raus und bot Ashlyn einen an. Gracie rannte hinüber und faltete ihre Hände vor sich und sagte »Bitte?«, bevor sie sich an Gwyneths Bein lehnte und sich ein Stück Obst schnappte, das sie mit ihren winzigen Händen fest umklammerte.

Gwyneth warf einen Blick über ihren Kopf hinweg zu Logan und meinte: »Wenn ihr die beiden Rüpel nicht getötet hättet, würde ich jetzt zurückgehen und sie mit bloßen Händen umbringen. Keiner der beiden Bestien sah aus, als hätten sie jemals eine Mahlzeit verpasst.«

Sobald die Kaninchen fertiggekocht waren, reichte Logan Gwyneth etwas Fleisch, um es an Gracie zu weiterzugeben, und gab auch Ashlyn etwas davon. Dann verließ er die Lichtung mit einem leeren Beutel, den er aus seiner Satteltasche zog. »Ich bin gleich wieder da. Schaut, dass das Feuer nicht ausgeht.«

»Wo gehst du hin?«

Er blickte über seine Schulter. »Nachtisch suchen.«

Gracie klatschte in die Hände.

Die Mädchen hatten alles aufgegessen, was sie in die Finger bekamen. Logan konnte es nicht ertragen, sie Kleinen hungrig zu sehen. Er erinnerte sich nur zu gut an den gleichen gequälten Blick in den Augen seines Neffen, der daher kam, dass er so lange nichts gegessen hatte. Das Essen hatte ihn zum Erbrechen gebracht, also hatte der arme Junge alles bis auf einen dünnen Brei aufgegeben, bis Brenna kam und das Problem erkannte. Der Junge und seine Schwester konnten keinen Weizen vertragen.

Hungrige Kinder waren etwas, womit er nicht umgehen konnte. Er würde Vorräte für sie finden, die sie auf ihrer Reise mitnehmen konnten … genug, damit die Kleinen nie wieder ohne Essen auskommen mussten. Er streifte durch den dichten

Wald, suchte in Ritzen und Spalten und kletterte auf Baumstämme, um zu sehen, was es zu ernten gab. Ein paar Augenblicke später lächelte er. Er hatte genau das gefunden, wonach er gesucht hatte – Haselnüsse. Er füllte seinen Beutel und suchte weiter die üblichen Verstecke ab. Er fand ungiftige Pilze und einige Erbsenschoten. Er schnitt so viele ab, wie er konnte, und brachte sie zusammen mit etwas wildem Grünkohl zurück. Er schickte Brenna einen Segen – sie hatte nicht nur die Kinder seines Bruders geheilt, sondern ihm auch genug über das Gemüse beigebracht, das in der Wildnis wuchs, damit er die Bäuche der Kleinen füllen konnte.

Als er zurück zur Lichtung kam, lief Gracie zu ihm hinüber, ihr Blick was hoffnungsvoll.

»Halt deine Hände auf, Kleines.« Logan winkte Ashlyn ebenfalls heran. Gwyneth kam hinter ihnen her, um zu sehen, was er gefunden hatte. Als er die kleinen schalenförmigen Handflächen sah, füllte er sie mit Erbsenschoten und jeweils ein paar Haselnüssen. Gracies Gesicht leuchtete auf und Ashlyn sagte: »Dein Lieblingsessen.« Ein Lächeln erhellte dabei ihr mageres Gesicht.

Gwyneth sagte: »Gut gemacht, Flegel.« Sie schenkte ihm ein Nicken und ein Lächeln.

Logan grinste und hielt ihr mit einem unschuldigen Gesichtsausdruck seine Hand hin. »Nüsse, Gwyneth?«

Gwyneth hustete und meinte: »Nay, ich danke dir, Flegel.«

Die beiden Kleinen saßen in der Nähe des Feuers, öffneten ihr Schoten und kauten vorsichtig auf ihren Leckereien herum. Zu seiner Überraschung kaute Gracie, nachdem sie die süßen Erbsen aus dem Inneren der Schoten gegessen hatte, auch auf der faserigen Außenseite herum und knabberte, als hätte sie tagelang nichts zu essen bekommen. Logan zerschlug die Haselnüsse, damit sie das süße Fleisch aus den Schalen herausholen konnten.

»Bist du sicher, dass du keine willst, Gwyneth?«, fragte Logan.

»Nay, Flegel.«

»Gwyneth, warum nennst du Logan einen Flegel?« Ashlyn sah zu ihr auf.

Gwyneth blickte finster drein und wandte sich ab, da sie nicht wusste, wie sie darauf antworten sollte. Also antwortete er für sie.

»Das ist ihr lieblicher Ausdruck für mich, Ashlyn. Es bedeutet das

Gegenteil.«

Sie wirbelte herum und sah ihn an, ihre Augen blitzten wütend.

Er hielt die Hände hoch. »Entschuldige. Ich habe es versprochen, oder? Es wird nicht wieder vorkommen.«

Gwyneth stapfte mit einem leisen Knurren ins Gebüsch.

Logan lachte.

»Ich glaube, sie mag dich sehr, Logan. Mach dir nichts draus«, erwähnte Ashlyn.

»Ich glaube, du hast recht«, flüsterte er.

Ein Schnauben hallte von den Bäumen nicht weit entfernt. Logan lachte wieder. »Nicht meine Worte, Gwyneth. Nur die Beobachtungen eines Kindes.«

Als sie ihre Schätze aufgegessen hatte, ging Gracie zu Logan hinüber und küsste ihn auf die Wange, nachdem sie sich den Bauch getätschelt hatte. Welche bessere Belohnung konnte man sich wünschen?

Seine größte Herausforderung, um die Mädchen sicher und wohlbehalten zu wissen, würden die kalten Nächte in den Highlands sein. Er hatte ein paar Felle und zwei Plaids, aber die Luft würde bald ziemlich kalt werden. Alle drei Mädchen waren zu dünn, um warm zu bleiben, ein weiterer Grund für ihn ihre Reise zu beschleunigen. Er musst sie ohne Verzögerungen zu den Grants bringen.

Er beschloss, sich für die Nacht einzurichten und nach Gwyneth zu sehen. Sobald er sein Plaid auf den Boden legte, trottete Gracie mit erhobenen Armen und einem breiten Lächeln auf dem Gesicht auf ihn zu. »Willst du bei mir schlafen, Kleines?«

Gracie nickte und ließ sich auf seinen Schoß plumpsen. Sie schaute zu ihm hoch und sagte: »Er rettet Mama?«

Logan nickte. »Aye, Captain Grant wird deine Mutter retten. Wir werden im Schloss der Grants auf sie warten. Du wirst schon sehen.«

Gracie zeigte auf die gegenüberliegende Seite der Lichtung und legte dann den Finger an ihre Lippen. »Pssst.«

Als er sich umschaute, sah er die beiden Wachen, die außer Dienst waren, an einer Seite der Lichtung dösen, einer von ihnen schnarchte bereits. In der Mitte der Nacht würden sie ihren Platz mit den beiden anderen Wachen tauschen. Gwyneth, die offensichtlich gewartet hatte, bis die Wachen eingeschlafen waren, bevor sie zurückkehrte, um sich einen Schlafplatz zu suchen, war so weit wie möglich von ihnen entfernt. Ashlyn hielt Gwyneths Hand, während sie ein Fell auf dem Boden, nicht weit von Logan und dem Feuer, auslegte.

»Ashlyn, dir wäre es hier drüben bei Gracie und mir wahrscheinlich wärmer. Es wird heute Nacht sehr kalt werden.«

Ashlyn schüttelte den Kopf und umklammerte Gwyneths Hände fest, bis ihre Knöchel ganz weiß wurden.

Verdammt, er würde gerne den Bastard töten, der diese Angst in die Augen eines Mädchens gesetzt hatte. Seine Nichte Lily würde nicht zögern, in der Nähe eines warmen Menschen zu schlafen, den sie kannte. Er verstand ihr Zögern gegenüber den fremden Wachen, aber er hatte gehofft, dass sie ihm inzwischen vertrauen würde.

»Ramsay, geh schlafen. Wir kommen schon klar.« Gwyneth platzierte sich mit Ashlyn an ihrer Seite und wickelte das Plaid um sie beide.

»Wie ihr wollt. Ich bin hier, falls ihr eure Meinung ändert.« Er zwinkerte Gwyneth zu. »Mein Plaid ist immer offen.«

Gwyneth schnaubte. »Darauf wette ich.«

»Kein Grund, böse zu werden, Gwyneth. Das ist übrigens ein nicht sehr damenhaftes Geräusch, das du gemacht hast.« Ihr Gesicht war nicht mehr zu sehen, jetzt, da sie beide lagen, aber wie sehr wünschte er sich, es sehen zu können, um ihre Reaktion auf seinen Kommentar zu sehen. Es machte ihm Spaß, sie zu reizen. Er versuchte sein Bestes, da er ihr versprochen hatte, sich zu benehmen, aber zur Hölle, sie ließ sich leicht necken. Wie sehr er eine Frau mit Temperament liebte, und Gwyneth hatte reichlich davon.

Sie schnaubte wieder, für den Effekt. Er gluckste und schmiegte sich an sein Plaid, wobei er Gracie dicht an deine Wärme drückte.

Logan wachte auf, als die Wachen den Posten wechselten. Er wollte gerade wieder die Augen schließen, als er eine winzige Gestalt bemerkte, welche zitternd vor ihm stand. »Ashlyn, möchtest du dich uns anschließen?«

Sie nickte. »Mir ist kalt.«

Logan öffnete sein Plaid und schob Gracie beiseite, um Platz für ihre Schwester zu machen. Als er die beiden Mädchen neu positioniert hatte, schlang er seine Arme um sie und bedeckte sie alle mit seinem Plaid. »Och, Mädchen, du bist ja ein Eisklotz.« Er legte eine seiner warmen Hände an ihre kalte Wange und sie seufzte erleichtert auf. Es dauerte einige Minuten, bis sie aufhörte zu zittern, aber schließlich beruhigte sie sich.

»Gwyneth, du solltest dich zu uns legen. Logan ist warm.« Ihre Stimme quiekte durch das Plaid hindurch.

»Ich bin froh, dass dir warm ist, Ashlyn. Mir geht es gut. Schlaf jetzt.«

Logan hätte schwören können, dass ihre Stimme zitterte. Etwa eine Stunde später spürte er, wie sich ihr kalter Rücken gegen seinen presste. Sie hatte sich mit ihrem Fell angenähert. Er flüsterte über seine Schulter: »Vorne ist es viel wärmer. Die Mädchen haben es jetzt schön warm.«

Stille. Die Frau war eiskalt, aber zu stur, um sich zu bewegen. »Du hast mein Ehrenwort als Ramsay. Ich habe Grant versprochen, mich zu benehmen, und ich habe zwei Kinder neben mir. Was glaubst du denn, was ich tun würde, Gwyneth?« Nach ein paar weiteren Momenten der Stille, hörte er, wie sie das Fell vor ihn hinschob.

Ihre blauen Augen bohrten sich in seine. »Versprochen?«

»Aye.«

»Weil ich nach dem Vorfall auf dem Schiff nicht damit umgehen könnte. Es war schlimm.« Er hörte das Zittern in ihrer Stimme, während sie auf den Boden starrte, und er wusste, wie schwer es ihr fiel, diese Worte zu sagen.

»Aye, du hast mein Wort.« Er hielt sein Plaid hoch.

»Wie sollen wir das nur zu dritt schaffen?«, flüsterte sie.

»Gracie braucht meine Wärme am meisten. Ich bin größer als du, also kann sie sich zwischen deine Schultern und mich quetschen. Ashlyn kann vor dir Platz nehmen und meine Arme sind lang genug, um euch alle drei zu umschließen.«

Sie nickte und kletterte hinter Ashlyn, die sich im Schlaf kaum rührte. Sobald er es allen bequem gemacht hatte, warf er ihnen das Plaid über und zog sie zu sich heran. Warum waren Frauen immer so kalt? Gwyneth zitterte ein paar Minuten lang an ihm und musste am Einschlafen gewesen sein, denn sie stieß ein Stöhnen aus, das direkt in seinen Unterleib schoss. Sie musste seine Härte gespürt haben, weil sie erstarrte und den Atem anhielt.

»Ich habe es versprochen, ich kann jedoch nichts dafür, dass ich ein Mann bin. Vergiss es, und ich werde es auch tun.«

Herrgott, sie fühlte sich wie der Himmel an in seinen Armen.

KAPITEL ACHT

DIESE ERSTE NACHT legte ein Verhaltensmuster für den Rest der Reise fest, und Logan war froh, dass die Mädchen weiterhin alles aßen, was er für sie fand. Auf dem weiteren Weg fand er einige Karotten und Rüben im Boden. Nachdem er den Schmutz von ihnen geschrubbt hatte, verbrachte die kleine Gracie den ganzen Tag damit, an einer Karotte zu knabbern, während sie vor ihm auf dem Pferd saß. Eines Abends waren Gwyneth und Ashlyn in schallendes Gelächter ausgebrochen und als sie endlich aufhörten, sah er den Grund – Gracies Gesicht war ganz orange von dem Saft der Karotten, der auf ihren Wangen verschmiert war. Gwyneths Lachen war ein süßer Klang, das musste er zugeben. Die Frau war viel zu ernst und hatte in ihrem kurzen Leben schon so viele Tragödien erlebt, sodass der Klang ihres Vergnügens wunderbar anzuhören war.

Nach einer kurzen Mahlzeit kehrte er zu seinem Pferd zurück und packte die Reste in seinen Beutel.

»Ramsay, bist du bereit, deine Fähigkeiten zu teilen?« Gwyneth stand auf der anderen Seite der Lichtung, ihren Bogen über die Schulter gehängt.

Er grinste. »Aye. Ich wüsste einige Fähigkeiten, die ich mit so einem feinen Mädchen wie dir teilen würde, Gwyneth.«

Sie funkelte ihn an. »Vergiss nur nicht, dass ich nachts nah genug bei dir bin, um den Dolch so zu benutzen, wie ich es angekündigt habe.«

Ashlyns Kopf wirbelte herum und sie starrte Gwyneth an. »Was? Was würdest du tun?« Ihre Augen waren groß vor Sorge.

Mit den Schultern zuckend stieß Gwyneth einen tiefen Seufzer aus. »Nichts. Ich habe ihn nur geneckt, Ashlyn. Ich verspreche, dass ich Logan nicht wehtun werde.«

»Welche Fähigkeit soll ich mit dir teilen?« Logan schlich sich heran und flüsterte ihr ins Ohr.

Sie trat einen Schritt zurück. »Spurenlesen. Ich möchte unsere Spuren verfolgen, damit ich den Weg zurück alleine finden kann.«

»Das musst du nicht tun, Mädchen, Ich werde dich höchstpersönlich zurückführen.« Logans schiefes Grinsen verleitete sie aber nicht zu einem Lächeln. Er würde sich etwas mehr anstrengen müssen, um sich ein Lächeln von ihr zu verdienen – das war alles, was er wollte. »Nur du und ich.« Er schaute sie an. Nichts, nicht einmal ein Zucken ihres Mundes. Tatsächlich wurden ihre Augen zu schmalen Schlitzen.

»Ich brauche keine Hilfe. Ich werde meinen eigenen Weg zurückfinden. Wirst du es mich nun lehren, oder nicht?«

Er nahm Gracie hoch und meinte: »Komm, ich zeige dir ein paar Dinge. Ashlyn? Bleib bei uns. Du kannst auch etwas lernen. Mädchen müssen schlau sein.«

Gracie klopfte ihm auf die Schulter und er grinste sie an. »Du auch, Kleine?«

Gwyneth zog die Stirn in Falten, dann entdeckte er schließlich ein kleines Lächeln in ihren Mundwinkeln. Jetzt wusste er, wie er sie zum Lächeln bringen konnte.

»Was zeigst du uns, Logan?«, fragte Ashlyn.

»Ich zeige euch, was ihr in der freien Natur lernen könnt, über das Aufspüren anderer Menschen, das Sammeln von Nahrungsmitteln, über Tiere und wie ihr euch den Rückweg merken könnt.«

»Warum?«

»Weil Mädchen auch stark sein müssen. Willst du nicht ebenfalls stark sein und eine Bogenschützin wie Gwyneth werden?«

»Benutzen nicht die meisten Frauen Pfeil und Bogen? Allerdings weiß ich, dass meine Mama das nicht tut.« Ashlyn verschränkte ihre Hand fest mit Gwyneths.

»Nay, die meisten Frauen benutzen Pfeil und Bogen nicht. Gwyneth ist in der Tat eine besondere Frau.« Er schaute sie an und lächelte. Was er sagte, meinte er absolut ernst. Es gab nicht viele wie sie.

»Wenn ich größer bin, will ich wie Gwyneth sein. Wirst du es mir beibringen, Gwyneth?« Ashlyn sah mit einem bewundernden Blick zu ihr auf.

Gwyneth nickte. »Natürlich, Ashlyn.« Sie sah ihn aus dem Augenwinkel an, ein kleines Gefühl der Dankbarkeit huschte in ihren Blick.

Aye, das Umwerben hatte begonnen.

Ein paar Tage später kamen sie, kurz nach Einbruch der Dunkelheit, endlich auf dem Grant-Schloss an. Gracie bewegte sich nicht auf Logans Schoß, also musste sie eingeschlafen sein, aber Ashlyn saß aufrecht vor Gwyneth und saugte alles in sich auf.

»Gwyneth, ich habe noch nie etwas so Großes gesehen. Du etwa?« Sie drehte sich um und sah Gwyneth an, ihre Augen groß wie Untertassen.

»Nay, das habe ich nicht. Es ist ein schöner Ort.« Vor dem Burgfried reihten sich Hütten an Hütten. An jeder der vier Ecken der Steinmauer des riesigen Gebäudes befanden sich Türme, die hoch genug waren, um die meisten Eindringlinge fernzuhalten. Männer überquerten die Zinnen und es herrschte ein reges Treiben, als sich die Gruppe dem Bergfried näherte.

Sie durchquerten den äußeren Vorhof und wurden von ein paar vereinzelten Clanmitgliedern begrüßt, aber die Nachricht von den nahenden Besuchern verbreitete sich schnell und eine Gruppe von Kriegern eilte herbei, um sie zu begrüßen. Als sie die vier Mitglieder ihres Clans unter den Reitern ausmachten, entspannten sich die Männer.

Das Horn ertönte, als sie an das Fallgitter herankamen. Ashlyn starrte auf all die Fackeln an den Toren und den Brüstungen. »Es sieht magisch aus, nicht wahr?«

»Aye, die Fackeln in der Nacht geben dem Schloss ein besonderes Aussehen. Es ist ein riesiger Ort.«

»Gwyneth, ich war besorgt, dass sie keinen Platz zum Schlafen für uns haben werden. Ich denke, sie werden bestimmt einen Platz finden.«

Sie lachte. »Ich würde vermuten, dass sie hier Platz für ganz viele zum Schlafen haben. Die Burg ist drei Stockwerke hoch, und sieh dir nur all die Hütten hier an. Es ist fast eine eigene Stadt.«

Sie ließen die Wachen am Tor zurück und ritten zu den Ställen, wo ein sehr großer Mann auf sie zukam, um ihnen herunterzuhelfen. »Meine Damen, ich bin Laird Alexander Grant. Willkommen in meinem Zuhause.«

Alex Grant war eine überaus beeindruckende Gestalt, größer als jeder, den Gwyneth je gesehen hatte. Er hatte langes dunkles Haar, graue Augen und massive Schultern, aber ein Lächeln, welches versprach, dass er meinte, was er sagte.«

»Logan Ramsay«, er klopfte ihm auf die Schulter. »Schön, dich wiederzusehen. Ich nehme an, du hast Robbie gefunden und Neuigkeiten mitgebracht?«

»Aye, Robbie schickte uns voraus. Er wird mit der Mutter der Mädchen nachkommen.«

Ashlyn starrte nur zu ihm hoch. »Captain Grant rettet unsere Mama. Bist du auch ein Captain Grant?«

»Nay, Mädchen«, er zerzauste ihr Haar, »ich bin Laird Grant. Seid ihr hungrig?«

Gracie nickte so heftig mit dem Kopf, dass Alex lachte. »Kommt, wir suchen euch etwas zu essen, Meine Frau wird euch die Bäuche füllen.«

»Laird Grant, hast du genug Platz für uns, um heute Nacht drinnen zu schlafen? Es ist wirklich kalt, wenn man auf dem Boden schläft.« Ashlyn hielt die Hand ihrer Schwester. »Können wir drinnen schlafen?«

»Wir werden uns gut um euch kümmern, bis eure Mutter eintrifft. Das verspreche ich. Ihr könnt heute Nacht im Zimmer der Mädchen schlafen.«

Gwyneth fragte sich kurz, wo sie wohl unterkommen würde.

Er wandte sich an Logan und führte sie über den Hof und die Stufen zur großen Halle hinauf, dabei stellte er ihnen Fragen über Robbie. Zuoberst auf der Treppe stand ein weiterer Mann, der wie Robbie aussah, und lächelte sie an.

»Seid gegrüßt, ich bin Brodie, Robbies Bruder.« Er hielt ihnen die Tür auf, damit sie den Bergfried betreten konnten.

Drinnen angekommen, trafen sie Alex` Frau Maddie, Logans Bruder Quade und dessen Frau Brenna. Nachdem sie herzliche

Begrüßungen ausgetauscht hatten, bedeuteten sie ihnen, sich an einen langen Tisch zu setzen, der von spielenden Kindern umgeben war. Diener brachten Essen und Ale, und schon bald rannten ein Junge und ein Mädchen zu Logan hinüber und riefen: »Onkel Logan!«

Logan stellte seine Nichte und seinen Neffen, Lily und Torrian, vor. Sie trafen auch Jenny, Robbies Schwester; Celestina, Brodies Frau; Loki, Brodies Sohn; und Avelina, Logans Schwester. Lily streckte ihre Hand nach Gracie aus. »Komm, spiel mit mir.«

Gracie blickte zu ihrer Schwester auf, woraufhin Ashlyn zustimmend mit dem Kopf nickte. »Geh nur, Gracie.« Avelina und Jennie kamen herüber, um mit Ashlyn zu sprechen.

Gwyneth war so verwirrt von all den neuen Namen und Gesichtern, dass sie, nachdem sie zu ihrem Stuhl gestolpert war, einfach nur dasaß und die Leute im Raum, welche alle lachten und Geschichten erzählten, anstarrte. Sie beobachtete Logan mit seiner Nichte und seinem Neffen und war erstaunt, wie viel Liebe er den Kleinen entgegenbrachte. Sein Bruder sah ihm überhaupt nicht ähnlich, abgesehen von den Augen. Quade schien viel ruhiger zu sein als Logan.

Schließlich war es Zeit, um zu essen und die Mädchen kehrten an den Tisch zurück. Gracie aß, so viel sie konnte, Ashlyn jedoch stocherte in ihrem Essen herum, mehr mit Gracie beschäftigt als mit sich selbst.

Nachdem ihre Bäuche voll waren, kam Lily herüber und ergriff Gracies Hand. »Komm, du kannst bei uns schlafen.«

Maddie hielt sie auf. »Lily, bitte warte.« Sie wandte sich an Gwyneth und fragte: »Möchtest du eine eigene Kammer, oder ist es dir lieber, wenn die Mädchen bei dir schlafen?«

Gwyneth starrte sie einen Moment lang an, unsicher, was sie sagen sollte.

»Wenn du lieber alleine schlafen möchtest, können sie in der Mädchenkammer bleiben. Jennie, Avelina und Lily schlafen dort zusammen in einem riesigen Bett. Mein Dienstmädchen schläft auf ihrer eigenen Pritsche im selben Raum. Ich werde dir Alice noch vorstellen.«

Die kleine Gracie drehte sich um und sah ihre Schwester an, als ob sie ihr die Entscheidung überlassen wollte. Lily, die immer noch vor ihnen stand, begann vor Aufregung auf der Stelle zu hüpfen. »Schlaft bei uns, bitte. Es macht so viel Spaß, zusammen zu schlafen.«

Ashlyn blickte fragend zu Gwyneth auf. »Geht nur, Mädchen«, sagte sie lächelnd. »Schlaft mit den Mädchen und wisst, dass ich nicht weit weg sein werde. Wenn ihre eure Meinung ändert, könnt ihr später zu mir kommen.«

»Warum sehen wir es uns nicht alle gemeinsam an?«, fragte Maddie lachend.

Die Kinder rannten die Treppe hinauf, aufgeregt, um den Neuankömmlingen die Mädchenkammer zu zeigen. Gwyneth ging mit Maddie hinterher, unsicher, was sie denken sollte.

Sie war in ihrem ganzen Leben noch nie mit so vielen Mädchen zusammen gewesen.

Als sie die Kammer erreichten, folgte Maddie den lachenden Mädchen hinein, Gwyneth steckte erst nur ihren Kopf in den Raum, um sicherzugehen, dass sie alle hineinpassen würden.

Ashlyn drehte sich zu ihr um. »Schau mal, wie groß das Bett ist und wie viele Felle darauf liegen.«

Eine Stimme von hinten erregte ihre Aufmerksamkeit. »Komm, Gwyneth, ich bringe dich zu deiner Kammer.« Brenna führte sie den Gang entlang und trug ihre Tochter, die kleine Bethia, die etwa ein halbes Jahr alt war, mit sich.

»Wie war eure Reise?«

»Nicht allzu schlimm, obwohl es ein bisschen kalt für die Kinder war.«

Brenna trat in das Zimmer und hielt Gwyneth die Tür auf. Im Kamin loderte ein Feuer und das Bett war mit warmen Fellen bedeckt. »Passt dir diese Kammer?«

Gwyneth nickte, rieb sich die Arme gegen die Kälte und bewegte sich auf die Flammen im Kamin zu. Sie musste zugeben, dass das Bett sehr einladend aussah, auch wenn es ihr normalerweise nichts ausmachte, auf dem Boden zu schlafen.

»Hat dich die Kälte nicht gestört, als du draußen geschlafen hast?«

»Nay, ich ziehe es vor, draußen zu sein.« Sie zeigte auf ihre Kleidung. »Deshalb kleide ich mich meistens so.«

»Logan ist der Bruder meines Mannes. Ich hoffe er war nicht

zu anstrengend auf der Reise.« Brenna deutete ihr den Weg zu einem Stuhl in der Nähe.

»Nay, er war hilfsbereit, aber er kann manchmal ein bisschen stur sein.«

Brenna setzte sich neben sie vor den Kamin und ließ Bethia auf ihrem Schoß Platz nehmen »Wie habt ihr beide euch kennengelernt?«

»Wir lernten uns kennen als …« Gwyneth traf die schnelle Entscheidung, Brenna zu vertrauen. »Nun, er war mit Robbie zusammen, als sie nach Ayr kamen, um eine Gruppe von uns nach Glasgow zu eskortieren.«

»Ich will nicht neugierig sein, aber du siehst nicht wie jemand aus, die eine Begleitung irgendwohin braucht. Du wirkst auf mich wie eine unabhängige Frau.« Ihre Augen funkelten und ein schiefes Grinsen breitete sich auf ihrem Gesicht aus. Die Kleine auf ihrem Schoß schenkte Gwyneth ebenfalls ein Lächeln, als ob sie die gute Laune ihrer Mutter spüren konnte.

»Das bin ich auch, aber wir wurden von den Wikingern angegriffen. Die meisten von uns wurden verwundet.«

Brennas Stirn runzelte sich. »Es tut mir so leid. Das muss schrecklich gewesen sein. Ich bin eine Heilerin. Wenn du jemals meine Hilfe brauchst, sag es mir bitte. Geht es dir jetzt gut?«

»Aye. Ich sage Logan immer wieder, dass es mir gut geht und ich auf mich aufpassen kann, aber er glaubt mir nicht.«

»Dann müssen auf der Reise zwischen euch beiden die Fetzen geflogen sein. Er ist ein willensstarker Mann, und ich kann sehen, dass du eine willensstarke Frau bist. Mir ist nicht entgangen, dass sein Blick dir gefolgt ist. Ich bin sicher, dass du nach deiner Tortur Männern gegenüber misstrauisch bist, aber du kannst Logan vertrauen.«

»Aye, er ist stur, aber ich halte ihn für vertrauenswürdig.«

»Eine Frage noch, wenn es dir nichts ausmacht. Ich habe meinen Bruder schon eine Weile nicht mehr gesehen. Hat Robbie Interesse an Caralyn? Hat er deshalb ihre Töchter hergeschickt?«

»Aye, ich denke das Gefühl beruht auf Gegenseitigkeit, aber Caralyns Situation ist außergewöhnlich. Ich lasse sie es dir selbst erzählen. Caralyn ist wirklich eine sehr gute Freundin für mich.« Gwyneth faltete die Hände in ihrem Schoß, unsicher, was sie noch sagen sollte. »Captain Grant war sehr hilfreich.«

»Nochmals, herzlich willkommen beim Clan Grant. Niemand von uns hier wird etwas dagegen haben, dass du die Kleidung eines Kriegers trägst.« Brenna lächelte sie an, während sie Bethia auf ihrem Schoß schaukelte. »Es kann nie zu viele Krieger geben. Normalerweise halten wir uns in Lothian auf, aber mein Mann und mein Bruder wollten uns für die Dauer der Kämpfe mit den Wikingern hier haben. Lass es mich einfach wissen, wenn du etwas brauchst.«

»Meinen Dank.« Gwyneth nickte und warf dann einen Blick auf die Tür. »Bin ich in der Lage, die Tür von innen zu verriegeln?«

»Aye.« Brenna hielt einen Moment inne. »Hast du irgendwelche Schwestern oder Familie?«

»Nay, nur einen Bruder.«

»Du bist es also nicht gewohnt, mit so vielen Frauen zusammen zu sein?«

Gwyneth schüttelte ihren Kopf.

»Ich würde dir gerne saubere Kleidung bringen, aber ich weiß nicht, ob wir Kleidung für Krieger haben, die dir passt. Am Ende des Ganges gibt es eine Waschkammer, die du gerne benutzen kannst.« Sie stand auf und ging zur Tür hinüber, Bethia auf der Hüfte haltend. »Wenn du irgendetwas brauchst oder einfach nur reden willst, kannst du jederzeit zu mir kommen.« Sie fuhr fort zu erklären, wo ihr Zimmer war.

Irgendwie mochte Gwyneth Brenna Grant. »Mir geht es gut, und ich danke dir für deine Gastfreundschaft. Ich werde nicht sehr lange bleiben, nur bis Caralyn und Robbie eintreffen.«

Sobald Brenna weg war, verriegelte sie die Tür. Sie hoffte, dass die anderen bald kommen würden. Sie war es gewohnt, Zeit allein zu verbringen und wusste nicht, wie sie in diesem riesigen Bergfried mit all diesen Menschen zurechtkommen sollte.

Nach einem Abstecher in die Waschkammer fühlte sie sich viel besser. Ihre Kleidung würde sie am nächsten Morgen reinigen. Sie kletterte auf den Fellstapel und genoss das Gefühl des weichen Materials auf ihrer Haut. Aber etwas fehlte. Sie gab es nur ungern zu, aber sie hatte sich daran gewöhnt, in der Nähe von Logans Wärme zu schlafen. Sein Blick in der Hütte in Glasgow hatte ihr gesagt, dass er sie beschützen würde, also konnte sie tief schlafen und sich keine Sorgen um Duff Erskine machen. In Logans Armen hatte sie keinen einzigen Albtraum gehabt.

Sie fragte sich, wo er heute Nacht schlief. Würde er überhaupt an sie denken?

Am nächsten Morgen saßen alle am Familientisch in der großen Halle und genossen ein Festmahl, während sie sich alle durcheinander unterhielten. Logan war froh, dass er den Grants – vor allem Brenna – berichten konnte, dass Robbie in wenigen Tagen ankommen würde.

Die Nacht zuvor war chaotisch gewesen, also war dies die erste Gelegenheit für sie alle, sich kennenzulernen. Lady Madeline hatte die Köchin angewiesen, ein Festmahl vorzubereiten, und hatte ausdrücklich um Gebäck für die beiden Mädchen gebeten.

Gracie und Ashlyn aßen mit Begeisterung. Gracie hatte mit Haferbrei begonnen, dann frisch gebackenes Schwarzbrot mit gekochten Eiern gegessen und verschlang gerade Wildschweineintopf und trank Ziegenmilch dazu. Ashlyn hatte nicht ganz so viel gegessen, aber sie hatte sich definitiv den Bauch vollgeschlagen. Es war eine Freude, sie auf diese Weise zu sehen.

Lily saß auf seinem Schoß und plauderte mit Gracie auf der einen und mit Ashlyn auf der anderen Seite, Gwyneth saß ihnen gegenüber am Tisch und nahm alles stillschweigend auf. Er fand, sie sah immer noch müde aus, aber besser.

Lily überschlug sich fast vor Aufregung. Was für ein Temperament sie hatte. »Onkel Logan, ich bin so froh, dass du mir neue Freunde zum Spielen mitgebracht hast.« Sie drehte sich um, und gab ihm einen Kuss. »Willst du mit uns Steine spielen?«

»Ich glaube, Gracie würde lieber mit dir Steine spielen. Onkel Logan braucht nach der langen Reise eine Pause«, antwortete er und tätschelte ihr den Rücken.

Gwyneth schnaubte, sagte aber nichts.

Quade hob die Augenbraue und schaute seinen Bruder an. »Hattest du eine beschwerliche Reise, Logan?«

»Och, nay, nur eine etwas andere Reise, da ich mit drei Mädchen unterwegs war.« Er grinste Gwyneth an und erntete ein Stirnrunzeln als Antwort. Er hatte sein Versprechen, auf der Reise nicht zu viel mit ihr zu scherzen, eingehalten. Jetzt, wo sie hier waren, war er bereit, sie wieder zu necken. Er starrte sie weiterhin an und sie ignorierte ihn.

Die Diener brachten das Apfel- und Kirschgebäck für die Mädchen heraus und stellten es auf den Tisch. Lily beugte sich zu Gracie hinunter und sagte: »Der Koch hier macht das beste Gebäck. Magst du lieber Äpfel oder Kirschen?«

Gracie nickte und Logan lachte. So etwas wie ein Gebäck hatte sie wahrscheinlich schon lange nicht mehr gegessen.

»Welches möchtest du?«, fragte Lily und wartete geduldig auf eine Antwort.

Gracie zeigte schließlich auf ein Stück Kirschkuchen aus Haferflocken mit einer Honigglasur darüber. Lily stellte es vor sie hin und meinte: »Hier, ich zeige dir, wie man es isst.« Lily füllte ihren Mund und murmelte: »Lecker. Hier Gracie, du kannst den Rest essen.«

Gracie steckte einen ihrer kleinen Finger in den Kuchen und schob ihn dann in den Mund. Ihre Augen weiteten sich, als sie die süße Köstlichkeit schmeckte und alle am Tisch kicherten.

Ashlyn fragte: »Ist es so gut, Gracie? Lass mich mal probieren.«

Die Mädchen stürzten sich auf die Süßigkeiten und Logan erhaschte wieder Gwyneths Blick. »Probiere doch auch etwas vom Gebäck, Gwyneth. Vielleicht versüßt es dich ein wenig.«

Ihr Blick schleuderte Dolche in seine Richtung, was ihn zum Lachen brachte.

Alex fragte: »Wie konntest du jagen, wenn du all diese Mädchen bewachen musstest, Logan? Das kann nicht einfach gewesen sein.«

Gwyneth antwortete: »Er hat nicht gejagt. Ich schon. Und ich könnte ihn jeden Tag beim Jagen besiegen.«

Logan mischte sich ein: »Sie hat sich gut geschlagen, Alex, aber sie ist nur gegen Neil und Gilroy angetreten. Meine Aufgabe war es, die Mädchen zu beschützen, während die anderen jagten. Wäre ich mit ihr gegangen, hätte ich sicher mehr Kaninchen aufgespießt als sie, auch wenn sie es gut machte und in der ersten Nacht vier davon erlegte. Und mit meiner Hilfe haben wir den Fasan gefangen, den wir zurückgebracht haben.«

Gwyneth sprang von ihrem Stuhl auf. »Bring mich zu irgendeinem Schießplatz, irgendeinem, Ramsay, und wir werden sehen, wer der bessere Bogenschütze ist.« Offensichtlich verlegen über ihren Eifer, errötete sie und setzte sich wieder hin.

Der ganze Tisch war still geworden und wartete auf Logans Antwort. Er schaute zu Quade und sah das Glitzern in den Augen seines Bruders, das ihn herausforderte, ihr Angebot anzunehmen.

Logan lächelte und nickte. »Nichts würde mir mehr Freude bereiten, als deine Herausforderung anzunehmen, Mädchen. Versprich mit nur, dass du dich nicht aufregst, wenn du verlierst.«

Gwyneth knurrte: »Ich werde nicht verlieren.« Dann warf sie einen Blick auf Alex. »Gibt es hier in der Nähe einen Schieß-platz, den wir bald nutzen könnten, Laird Grant?«

Alex gluckste. »Aye, ich werde einen für dich finden. Klingt nach einer guten Unterhaltung für den Nachmittag.« Er grinste Logan an. »Nur damit du es weißt, Ramsay, ich drücke dem Mädchen die Daumen.«

Gwyneth richtete ihre nächste Bemerkung an Alex. »Wirst du einen unvoreingenommenen Richter für unseren Wettkampf finden und ein faires Ziel vorgeben?«

Quade sprang auf. »Ich würde gerne helfen, ein Ziel für dich zu finden, Gwyneth, aber ich sollte wahrscheinlich nicht als Richter fungieren, da Logan mein Bruder ist. Was hältst du davon, wenn wir drei Richter finden, nur um fair zu sein?«

Logan und Gwyneth nickten beide zustimmend. »Dann ist es abgemacht«, bestätigte Logan. »Du bekommst eine Stunde, um dich vorzubereiten, bevor der Wettkampf beginnt, Gwyneth.«

»Ich brauche keine Vorbereitung, Ramsay. Du hast keine Ahnung, mit wem du es zu tun hast.«

Logan zwinkerte ihr als Antwort nur zu.

Als alle aufstanden, um sich auf den Wettkampf vorzubereiten, belauschte Logan Quade, als er sich zu seiner Frau hinüberbeugte und ihr zuflüsterte: »Du hast recht. Da werden heute Nachmittag auf dem Feld ein paar Funken herumfliegen.«

Was zum Teufel sollte das bedeuten? Konnte es sein, das Gwyneth sein Interesse erwiderte? Hatte sie etwas zu Brenna gesagt? Er würde heute Nachmittag auf sehr vorsichtig sein müssen, wenn er Gwyneth nicht von sich wegstoßen wollte. Er konnte sich nicht vorstellen, dass sie gerne verlor.

Als Gwyneth ankam, hatte sich bereits eine stattliche Menge an Leuten versammelt. Grant hatte eine große Wiese mit mehreren Bäumen am Ende ausgewählt, um verschiedene Seilziele für den Wettkampf aufzuhängen. Die Bäume waren unterschiedlich weit entfernt, aber beide erschienen ihr als machbar. *Gut, ich werde ihn vor einer Menschenmenge noch mehr in Verlegenheit bringen.* Das Publikum saß am Rande der Wiese, wobei außer den Richtern niemand am Ende zugelassen war.

Gwyneths gesamte Familie hatte das Bogenschießen zum Spaß praktiziert. Sie war zunächst von ihrem Vater und ihrem Bruder Gordon unterrichtet worden. Sie hatten vielen Wettkämpfe veranstaltet, und es hatte lange gedauert, bis sie jemals gut genug war, um einen Wettkampf zu gewinnen. Nach deren Tod hatte das Bogenschießen eine andere Bedeutung für sie bekommen und sie hatte täglich geübt. Onkel Innis hatte mit ihr gearbeitet, bis er nicht mehr in der Lage dazu gewesen war. Dann hatte Rab sie an den Schießständen in der Nähe der Kirche ausgebildet. Als sie von der Krone angeheuert wurde, musste sie zwar Abstriche machen, aber sie schaffte es immer noch, mindestens dreimal pro Woche zu den Ständen zu gehen.

Nichts hatte sie mehr angetrieben als der Gedanke, Duff Erskine einen Pfeil ins Herz zu jagen. Aye, sie hatte einen Pfeil für den Mann aufgehoben, der versucht hatte, sie zu verkaufen, als wäre sie ein Objekt. Aber ihr Ziel für heute war es, zu beweisen, dass Frauen genauso gut sein können wie ein Mann. Ramsay war dabei eine Niederlage zu erleiden.

Es war ein herrlicher Tag, mit einer leichten Brise, welche die gefallenen Blätter um ihre Füße herumwirbelte. Sie wartete und ging gelegentlich auf und ab, um ihre Kräfte zu sammeln, während sich der Clan an den Seiten einfand.

Eine Stimme unterbrach ihre Gedanken und sie sah rechtzeitig auf, um einen übermütigen Loki zu sehen, der über das Feld sprang. »Ich bin einer der Richter. Mein Laird hat mich ausgewählt.«

Sie konnte nicht anders als den Jungen anzulächeln. »Überrascht dich das, Loki?«

Er kam vor ihr zum Stehen und keuchte vor Aufregung. »Aye.

Ich gehöre ja noch nicht so lange zu den Grants.«

Gwyneths Stirn runzelte sich, als sie den Jungen anstarrte. Sie hatte einen Teil seiner Geschichte gehört, aber nicht alles.

»Weißt du, ich habe in einer Holzhütte hinter einer Taverne in Ayr gelebt, Brodie Grant hat mich gefunden und ich habe ihm geholfen, Fräulein Engel, Celestina, zu finden, und dann haben wir Fräulein Engel vor dem Widerling gerettet« – seine Augen wurden groß, als er die Faust in die Luft schwang – »und wir kämpften zusammen gegen die bösen Wikinger, aber dann musste ich meinen Sire zu einem Heiler bringen, weil er verwundet war.« Er hielt inne, um Luft zu holen. »Dann ging ich zu meiner Mutter, um ihr zu sagen, dass Brodie verwundet ist, aber sie war damals noch nicht meine Mutter.« Er blieb stehen, zeigte auf Celestina und schenkte ihr ein breites Grinsen. Er neigte den Kopf zur Seite und führte in Gedanken versunken seine Hand zum Mund. »Ich … habe ihr geholfen hierher zu kommen und …« Er hielt inne, ein finsterer Ausdruck huschte über sein Gesicht, als hätte er etwas in seiner Erzählung vergessen. Sein Gesicht erhellte sich wieder. »Dann hat mein Laird eine offizielle Zeremonie veranstaltet und machte mich zu einem Grant. Jetzt habe ich also einen Vater, Brodie Grant, und eine Mutter, und ich bin Loki Grant.« Er klopfte sich lächelnd auf die Brust.

»Nach diesem Wettkampf würde ich gerne mehr darüber hören. Sag mir, du hast doch kein Problem damit, wenn ein Mädchen einen Jungen besiegt, oder, Loki Grant?« Sie schmunzelte, als er sie mit großen Augen anstarrte.

»Nay, Mylady. Ich werde für denjenigen stimmen, der am besten ist. Ich verspreche, ehrlich zu sein. Das gehört dazu, wenn man dem Grant-Clan angehört. Ich muss immer die Wahrheit sagen.«

Gwyneth zerzauste sein Haar. »Darauf vertraue ich, mein Junge. Warum überprüfst du nicht die Ziele, um sicherzustellen, dass alles richtig aufgestellt ist?«

»Das werde ich Mylady«, rief Loki über seine Schulter zurück, als er das Feld hinunterlief.

Alex kam auf die Wiese und trug einen Stuhl über seinem Kopf, den er am Rande des Feldes aufstellte. Er verschwand wieder, bevor er mit seiner Frau zurückkam, die er mit einem Fell über dem Schoß auf den Stuhl niederließ.

Maddie hob beide Arme über ihren Kopf und rief: »Los, Gwyneth! Ein Hoch auf die Frauen.«

Gwyneth verbeugte sich vor ihr und winkte, während die Menschenmenge weiter wuchs. Quade und Brenna ließen sich in der Nähe von Maddie nieder, zusammen mit Gracie, Ashlyn und dem Rest der Kinder – Jake, Jamie, Torrian und Lily. Kyla und Bethia waren mit Alice, Maddies Dienstmädchen, drinnen geblieben.

Gracie und Ashlyn liefen hinüber, um ihr Glück zu wünschen, und das ältere Mädchen umarmte sie. »Ich hoffe, du gewinnst, Gwyneth. Ich wünschte, Mama wäre hier, um dir zuzusehen. Wirst du mich eines Tages unterrichten?«

Gwyneth gab ihr einen Kuss auf die Wange. »Natürlich, das werde ich.«

Die Kleine zerrte an ihrem Rock, also beugte sie sich vor, um Gracie hochzuheben, und setzte sie auf ihre Hüfte. Gracie küsste sie und lächelte. »Meine Mama kommt bald.«

»Aye, sie wird hier sein, bevor du dich versiehst. Sie vermisst dich, da bin ich mir sicher.« Sie setzte sie wieder ab, und die Mädchen rannten hinüber, um sich zu Brenna zu setzen.

Alex, Brodie und Celestina gesellten sich zu ihr, mit Logan direkt hinter ihnen. Er verbeugte sich vor ihr und warf ihr ein breites Grinsen zu. »Ich kann es kaum erwarten, anzufangen, Mädchen.«

Brodie sprach beide mit einer Stimme an, die so laut war, dass die Menge sie hören konnte. »Ich bin für den Wettkampf verantwortlich. Eure Richter sind, Alex, Celestina und ein weiterer. Wo ist er?«

Mit voller Kraft über die Wiese stürmend, rief Loki: »Ich bin hier. Ich bin ein offizieller Richter.« Er blieb keuchend neben Alex stehen und schaute zu seinem Adoptiv-Onkel auf. »Habe ich nicht recht, mein Laird?«

»Aye, das ist wahr, und wir zählen darauf, dass du deine Grant-Ehrlichkeit einsetzt.« Er klopfte dem Jungen auf die Schulter und trat zurück, um Brodie zu signalisieren, dass er fortfahren sollte.

Während Brodie dem Publikum den Wettkampf erklärte, begutachtete Gwyneth ihren Konkurrenten aus dem Augenwinkel. Logan Ramsay war ein Prachtexemplar von einem Mann. Sein Haar glitzerte fast in der Sonne, und seine braunen Augen funkelten vor Aufregung. Sie war sich ziemlich sicher, dass er das genauso genießen würde wie sie … zumindest, bis er verlor.

Er war ein paar Zentimeter größer als sie, was selten war. Sie konnte vielen Männern in die Augen sehen. Er bewegte seine Hände, während Brodie sprach, und ließ seine Muskeln unter der engen Tunika, die er für den Wettkampf trug, spielen. Ein warmes Glühen breitete sich über ihren Bauch bis hinunter zu ihren Schenkeln aus. Sie schluckte, sich der Reaktion ihres Körpers auf die Nähe dieses Mannes unangenehm bewusst. Wie aufs Stichwort drehte er sich um und zwinkerte ihr zu. Sie drehte den Kopf weg und konzentrierte sich auf Brodies Worte, konnte das Bild von Logan in ihrem Kopf aber nicht verdrängen. Sie fragte sich, wie es sich anfühlen würde, wenn er sie in eine warme Umarmung hüllen würde oder seine Hände in einer sanften Liebkosung über ihren Körper strichen.

Sie konzentrierte sich wieder auf den Wettkampf, immer noch schockiert, dass ein Mann sie so ablenken konnte. Zwei verschiedene Entfernungen, jeweils drei Schüsse. Der Gesamtsieg würde an den Bogenschützen gehen, der die größte Entfernung erreichte. Für die Ziele waren zwei große Eichen ausgewählt worden, denen nur wenig im Weg war.

Sie sollte den ersten Schuss abgeben. Als sie auf dem Weg zur Markierung an Logan vorbeiging, beugte er sich vor und flüsterte: »Mädchen, ich lasse dich die kürzere Distanz gewinnen, damit niemand schlecht von dir denkt, wenn ich dich auf der längeren Distanz besiege.«

Gwyneth wirbelte herum und starrte Logan an, in ihren Augen loderte das Feuer.

Brodie sagte: »Spott ist nicht erlaubt. Dies soll ein fairer Wettkampf sein.«

Logan hielt seine Hände hoch. »Ich bitte um Entschuldigung, Mädchen.«

Dann zwinkerte er ihr wieder zu – diese lästige Geste, die er immer machte.

Gwyneths Augen verengten sich. Jetzt begann der Wettkampf und sie würde ihm in den Hintern treten, aber so richtig.

KAPITEL NEUN

LOGAN HÄTTE WETTEN können, dass er den besten Platz auf dieser Wiese hatte. Er stand hinter Gwyneth, ein bisschen links von ihr, der perfekte Platz, um ihre Kurven zu betrachten, während sie sich auf den Schuss vorbereitete. Genauer gesagt, betrachtete er ihren süßen Hintern; diese engen Hosen, die sie trug, verbargen nichts, sie enthüllten sogar die Bewegungen ihrer Muskeln. Es sollte ihr nicht erlaubt sein, solche Sachen zu tragen. Wenn er gegen sie verlor, dann nur, weil sie in ihrer Kriegerkleidung so verführerisch war.

Er stellte sich vor, hinter ihr zu stehen und die weiche Oberfläche ihres Hinterns zu reiben, während sie ihren Bogen spannte, und ihr Stöhnen zu hören, während er ihre weiche Haut streichelte. Sie würde diese Hosen ausziehen müssen. Sein nächster Gedanke war, dass die beiden mit nichts an ihren Körpern übten. Er fragte sich, ob sie ihre Brüste abgebunden hatte. Sie waren nicht im Weg, aber hatte sie sie plattgedrückt oder waren sie einfach flach?

Ihr erster Pfeil flog und die Menge tobte, als sie die gewickelte Zielscheibe auf verfilztem Stroh traf. Heiliger Herrgott, er blinzelte, sie traf fast genau in die Mitte. Lucky Loki lief hinüber und maß die Entfernung mit seinen Händen und drehte sich dann um, um den Zuschauern zu zeigen, wie nah am Ziel ihr Pfeil gelandet war.

Sie drehte sich um und zwinkerte ihm zu, sichtlich stolz auf ihre Leistung. Herrgott, sie war ein freches Weib. Er musste einen klaren Kopf bekommen, sonst würde ihn seine ausgebeulte Hose vor der Menge in Verlegenheit bringen.

Brodie grinste ihn an, als er an der Reihe war und auf die Markierung zuging. Er schaute in die nahe Zuschauerreihe und bemerkte ein Meer von grinsenden Gesichtern, das vorher noch nicht da gewesen war. Gwyneth hatte sie mit ihrem Können überrascht. Kein Problem, er konnte sie schlagen. Er zog seinen Pfeil zurück und zielte. Unglücklicherweise flackerte, kurz bevor er ihn losließ, ein Bild von Gwyneth in seinem Kopf auf, wie sie ihren Pfeil nackt einspannte.

Er war nahe an ihrem Pfeil, aber er konnte nicht mit Sicherheit sagen, wessen Schuss besser getroffen hatte. Loki maß und wandte sich an die Menge, um den Abstand zwischen seinem Pfeil und dem Zentrum zu zeigen. Die erste Runde ging an Gwyneth. Logan versuchte, den Schock auf seinem Gesicht zu verbergen, verriet sich wohl aber, da er seinen Bruder Quade drüben in der Ecke glucksen hörte.

»Sehr gut, Bruder, das Mädchen schlägt dich.«

Er drehte sich um, gratulierte Gwyneth und trat zurück, um ihr den Weg zum Ziel frei zu machen, während die Menge ihren ersten Sieg beklatschte. »Gute Arbeit, Gwyneth.« Er kehrte zu seinem Platz zu ihrer Linken zurück, entschied dann aber, dass er die Seite wechseln musste, wenn er eine Chance haben wollte, diesen Wettkampf zu gewinnen. Ihr süßer Hintern hatte die Macht, ihn bloßzustellen, und das konnte er nicht zulassen. Nicht hier. Nicht vor seiner Familie und seinen Freunden.

Herrgott, sie war so geschmeidig, als sie den Bogen spannte. Er musste zugeben, dass er so etwas noch nie gesehen hatte. Irgendwie begegnete sie dem Sport mit einer Anmut, die ein Mann nie erlangen könnte.

Logan gewann den zweiten Pfeil und konnte sich damit rehabilitieren, jetzt wusste er, dass er das Duell gewinnen konnte, wenn sie nicht so sündhaft ablenkend wäre. Aber dann zog sie ihren dritten Pfeil, zielte, ließ los, und traf die Zielscheibe genau in der Mitte, genau im Ziel.

Die Menge tobte, als sie den dritten Pfeil gewann, was ihr ein Ergebnis von zwei zu eins und den Sieg auf die kürzere Distanz einbrachte. Jetzt war er froh, dass er sie mit der Ankündigung verspottet hatte, er würde sie in der ersten Runde gewinnen lassen. Nicht, dass er wirklich geplant hatte, sie gewinnen zu lassen, aber er hoffte, dass er es geschafft hatte, sie damit ein wenig zu verwirren. Das konnte seine einzige Chance auf den Sieg sein.

Sie machten eine kurze Pause und er schnappte sich etwas Bier, in der Hoffnung, sein Selbstvertrauen zu stärken. Quade kam zu ihm herüber und lachte in an. »Du hast endlich dein Gegenstück gefunden, was Logan? Ich wünschte, Micheil und Mutter wären hier, um das zu sehen. Ich habe mich seit Jahren nicht mehr so gut amüsiert.«

»Halt den Mund. Ich habe sie gewinnen lassen. Noch bevor sie ihren ersten Pfeil spannte, sagte ich ihr, dass ich ihr den Sieg auf der kürzeren Distanz überlassen werde.«

Quade verschränkte seine Arme vor der Brust. »Sie mag darauf hereinfallen, aber ich kenne dich besser. Du würdest nie jemanden gewinnen lassen, schon gar nicht eine Frau. Es sei denn …«

»Es sei denn, was?« Logans Kinn schob sich nach vorne, als er seinen Bruder anschaute.

»Es sei denn, diese Frau bedeutet dir mehr als alle anderen. Bist du vernarrt?« Quades Augen weiteten sich. »Du bist es, nicht wahr?« Er grinste und klopfte ihm auf den Rücken. »Meine Frau meinte, sie spüre etwas zwischen euch beiden, und sie hatte recht. Aber, willst du sie so sehr, dass du ein Spiel verlierst?«

»Wie zum Teufel könnte ich sie nicht wollen? Hast du ihren Hintern in diesen Hosen gesehen?«

Brodie brüllte. »Nächstes Duell. Macht euch bereit.«

Quade klopfte ihm auf den Rücken. »Könntest du versuchen, mich dieses Mal stolz zu machen, ein Ramsay zu sein?«, neckte er und lief dann mit einem Grinsen davon.

In dieser Runde hatte Logan den ersten Schuss. Er grummelte und ging auf und ab, denn er wusste, dass er Gwyneth ignorieren musste, um diesen Wettkampf zu gewinnen. Die Worte seines Bruders hallten in seinem Ohr. Er schritt auf das Ziel zu, legte seinen Pfeil in den Bogen ein, spannte ihn und ließ ihn fliegen. Guter Treffer, genau außerhalb des Mittelrings. Das war eine viel größere Entfernung, also wusste er, dass sie Schwierigkeiten haben würde. Eine Frau konnte unmöglich die Kraft haben, einen Pfeil so weit zu schießen. Eigentlich hätte er Alex bitten sollen, die Distanz zu verkürzen, um fair zu sein. Er wollte sie nicht *zu* sehr in Verlegenheit bringen.

Gwyneth schaute ihn nicht an, sondern ließ sich Zeit, und die Menge wurde ganz leise für sie. Nachdem sie ihren Schuss abgegeben hatte, war es zu knapp, um zu erkennen, wer am nächsten dran war. Loki rannte zur Zielscheibe hinüber, hob die Hände und erklärte Logan zum Sieger in dieser Runde. Sie ging zur Seite und Lily rief ihr zu. »Hier, Gwyneth.« Sie reichte ihr einen kleinen Stein. »Das ist ein Glücksstein für dich. Du musst nur an ihm reiben.« Gwyneth dankte ihr und rieb ihn mit einem kleinen Lächeln, bevor sie ihn in ihre Tasche steckte.

Logan staunte, wie gut es seiner Nichte und seinem Neffen ging, nachdem ihre gesundheitlichen Probleme geheilt waren. Lilys Gesicht erhellte jeden Raum, den sie betrat. Trotzdem. Er runzelte die Stirn. Wo war sein Glücksstein? Lily hätte ihm einen Stein geben sollen, nicht Gwyneth. Immerhin war er doch ihr Lieblingsonkel.

Die nächste Runde war genauso knapp, aber diesmal gewann Gwyneth mit einem winzigen Vorsprung. Er hörte, wie sie erleichtert ausatmete. Verdammt, er hatte gedacht, es wäre jetzt vorbei. Herrgott, wie konnte das passieren? Er war einen Pfeil davon entfernt, gegen eine Frau zu verlieren. Er umkreiste das Feld, um seine Gedanken von diesem weichen Hintern in Hosen zu befreien. Er musste sich konzentrieren, sonst würde sein Ruf in Scherben liegen.

Brodie hielt die Arme hoch, um den letzten Schuss anzukündigen und überprüfte den aktuellen Stand, während Celestina und Alex zur Zielscheibe gingen, um Lokis Bewertung zu überprüfen.

In der Zwischenzeit lief Lily zu ihm herüber und reichte ihm einen Stein. »Hier, Onkel Logan. Ich habe vergessen, dir auch einen Glücksstein zu geben. Ich glaube, du könntest ihn gebrauchen.« Er nahm ihr den Stein ab, hob sie vom Boden hoch und drückte sie, bis sie kicherte. »Warum hat Gwyneth ihren zuerst bekommen?«, fragte er, während er sie kitzelte. Er bemerkte, dass Gwyneth sie mit einem Ausdruck beobachtete, den er nicht entschlüsseln konnte. War es Sehnsucht? Er vermutete, dass Gwyneth nicht oft die Gelegenheit hatte, mit Kindern zusammen zu sein, als sie bei ihrem Bruder in der Kirche lebte. Er begann zu verstehen, warum sie die ganze Zeit so ernst war, und er schwor sich, das für Gwyneth zu ändern.

Lächelnd setzte er Lily ab und sie eilte kichernd zurück an Brennas Seite. Sobald die Richter zurückkamen, verkündete Alex: »Der Wettkampf steht, wie Loki angekündigt hat. Ein Pfeil für jeden. Der letzte Schuss entscheidet über den Sieger.«

Die Menge verstummte, als Logan sich auf seinen letzten Schuss vorbereitete. Er musste sich den Sieg sichern, sonst würde er das nie verschmerzen, obwohl, wenn er gegen irgendjemanden verlieren musste, wäre sie diejenige. Er musste zugeben, dass sie eine fantastische Kriegerin war. In einem Kampf würde er sie definitiv an seiner Seite haben wollen. Er spannte seinen Bogen und schoss. Ein Volltreffer in die Mitte. Sie konnte ihn nicht schlagen. Sein Bauch krampfte sich als Reaktion zusammen, gefolgt von einer Welle der Verwirrung. Was war das für eine Reaktion? Sollte seine Brust nicht vor Stolz anschwellen? Logan dreht sich im Kreis und versuchte, seine Reaktion zu erklären, aber er konnte es nicht.

Er schaute Gwyneth an, aber er war nicht schadenfroh. Enttäuschung überflutete ihr Gesicht, verwandelte sich dann aber zu Entschlossenheit. Seine Aufmerksamkeit war ganz auf sie gerichtet. Sie war so schön, wenn sie stark und stolz war. Sie trat selbstbewusst auf das Ziel zu. Herrgott, was hatte sie sich dabei gedacht? Sie konnte ihn nicht besiegen, und doch musste er ihren Mut bewundern.

Sie ließ sich Zeit, um ihren Bogen zu spannen und vergewisserte sich, dass ihre Position korrekt war. Als sie ihren Pfeil schließlich losließ, keuchte die Menge und wartete darauf, dass er landete. Er traf die Mitte der Scheibe und fiel auf den Boden. Ihr Gesicht verzog sich, aber sie verhielt sich ehrenhaft und drehte sich zu ihm, um ihm zu gratulieren.

Irgendwie konnte er sich einfach nicht freuen. Seine Schultern sackten zusammen, als er die Niedergeschlagenheit in ihrem Gesicht sah. Verdammt, er wollte diese Frau. Vielleicht hätte es nicht geschadet, nur dieses eine Mal gegen sie zu verlieren. Loki schrie am Ende des Feldes und versuchte den Jubel des Publikums zu dämpfen. Er verstand nichts von den Worten des Jungen, bis Alex einen Grant-Kriegsschrei ausstieß und die Menge verstummte und sich alle zu Loki umdrehten. Der Junge gab dem Hauptrichter, seinem Vater Brodie, ein Zeichen, zum Ziel zu kommen.

Gwyneth schaute Logan verwirrt an. »Was ist los, Ramsay?«

»Ich kann es nicht sagen. Ich bin sicher, es ist nichts, Gwyneth.«

Sie bedeutete ihm mit ihrer Hand, ruhig zu sein. »Pssst. Ich will hören, was Loki zu sagen hat.«

Loki informierte Brodie, dass die beiden anderen Richter zu ihm, zum Ziel kommen sollen, um den Sieg zu bestätigen. Brodie winkte den anderen zu, und Logan beschloss, ihnen zum Ziel zu folgen. Es war nicht so, dass Logan den Richtern nicht traute; er wollte nur mit eigenen Augen sehen, wie genau er getroffen hatte. Gwyneth folgte ihm im Gleichschritt.

Brodie hielt die beiden mit seinem Arm auf, offensichtlich wollte er nicht, dass sie in das Gespräch der Richter eingeweiht wurden. Gwyneth machte einen weiteren Schritt, blieb dann aber stehen. Logan trat einen Schritt näher, atmete ihren Duft ein und bemerkte, wie lang ihr Haar in ihrem Zopf war. Er fragte sich, wie es sich anfühlen würde, wenn ihr Haar ungebunden über seine Brust tanzte, während sie ihn ritt. Wie aufs Stichwort warf sie einen Blick über die Schulter zu ihm, und er sah, wie sie sich anspannte, als ob seine Nähe sie verunsicherte.

Gut, er wollte sie verunsichern … direkt in seine Arme. Er lehnte sich etwas näher heran, bis seine Brust ihre Schulter berührte, hungrig nach jeder Gelegenheit, sie zu berühren. Ihr Atem ging stoßweise, aber sie bewegte sich nicht, ein weiteres gutes Zeichen. Er hatte ein neues Ziel im Leben. Eines Tages würde er sie haben. Fürs Erste wäre er ein glücklicher Mann, wenn er ihren süßen Hintern dazu bringen könnte, sich an ihn zu schmiegen, aber das wäre wahrscheinlich zu viel verlangt vor all den Zuschauern.

Die Menge wartete, während die Richter sich berieten. Nachdem sie das Ziel einen langen Moment lang studiert hatten, drehte sich Alex um, hob die Arme und befahl der Menge, still zu sein. Logan und Gwyneth tauschten einen Blick aus – sie schien von dieser zusätzlichen Ankündigung genauso verwirrt zu sein wie er.

»Der Sieg geht an Gwyneth von den Cunninghams. Ihr Pfeil hat Logans Pfeil von der Zielscheibe gestoßen und genau ins

Schwarze getroffen.«

Die Menge explodierte vor Aufregung, alle rannten herbei, um es zu sehen. Logans Pfeil war anders als der von Gwyneth, sodass es keine Möglichkeit gab, die beiden zu verwechseln. Logan und Gwyneth kamen zuerst an und beide starrten auf die Zielscheibe. Gwyneths Pfeil steckte genau in der Mitte, wie Alex es geschildert hatte, während Logans Pfeil auf dem Boden lag.

Sie hatte ihn geschlagen – über beide Distanzen. Die Frau hatte ihn klar und deutlich besiegt, und er würde das nie ganz verkraften, aber ein Teil von ihm fühlte Stolz für ihre Leistung. Logan drehte sich zu ihr um und sagte: »Gut gemacht, Mädchen. Herzlichen Glückwunsch. Ich hätte nicht gedacht, dass du das schaffst.«

Gwyneth errötete und bedankte sich, ihr Gesicht strahlte, als die Menge ihr zur Seite eilte.

Logan Ramsay hatte tatsächlich gegen eine Frau verloren.

Gwyneth saß oben auf der Brüstungsmauer und genoss die Nachtluft. Sie hatte sich so sehr über ihren Sieg gefreut, aber die Menge, welche die große Halle für die Feier füllte, wurde ihr zu ungestüm. Sie brauchte einen stillen Ort, um einen klaren Kopf zu bekommen.

Aus irgendeinem Grund war der Sieg über Logan nicht so befriedigend gewesen, wie sie es erwartet hatte, und sie verstand nicht, warum. Er war ein Gentleman gewesen, kein schlechter Verlierer, er war sogar so weit gegangen, vor dem Abendessen einen Toast auf ihre Fähigkeiten auszusprechen. Aber jedes Mal, wenn sie hörte, wie einer von Logans Freunden oder seiner Familie ihn aufzog, tat er ihr leid. Warum nur?

Die Tür öffnete sich mit einem Knall, und Gwyneth sprang erschrocken auf. Logan stand vor ihr, als wäre er aus ihren Gedanken getreten, sein Haar vom Wind gepeitscht. Sein selbstgefälliger Ausdruck war verschwunden, und an seine Stelle war ein Blick getreten, den sie nicht verstand. Er schritt vor, bis er direkt vor ihr stand. Ihr Magen flatterte, als er die Distanz zwischen ihnen verkürzte, sein Blick hielt den ihren, bis sich Hitze in ihr ausbreitete. Sie wollte die Hand ausstrecken und ihn berühren, aber sie hatte Angst, unbedarft über die Umgangsformen zwischen

Männern und Frauen. Auch er sagte nichts, ließ einen Moment der Spannung und des Verlangens zu, welches sich in ihr ausbreitete. Sie wusste nicht, was es sonst sein könnte.

Und dann tat er das Überraschendste, was sie sich hätte vorstellen können. Er nahm ihr Gesicht in seine Hände und küsste sie. Sie war so erschrocken, dass sie auf der Stelle hochsprang ... aber dann lehnte sie sich an ihn. Seine Lippen waren warm, und er schmeckte nach Bier, aber es hatte etwas Berauschendes an sich.

Er zog sich zurück und sagte: »Ich wollte dir richtig gratulieren.«

Er strich mit dem Daumen über ihre Unterlippe und sie seufzte. Dann senkte er seinen Kopf und küsste sie erneut, und sie öffnete ihre Lippen mit einem weiteren Seufzer. Seine Zunge glitt in ihren Mund und sie presste ihren Körper an seinen, schlang ihre Arme um seinen Hals, während sie ihn im Gegenzug kostete und ihre Zunge in seinem Mund kreiste, bis er stöhnte und sie näher an sich zog. Sie hätte nie gedacht, dass das Küssen eines Mannes so berauschend und gleichzeitig so beängstigend sein könnte.

Er verschloss ihren Mund mit seinem, vertiefte den Kuss, verschlang sie, bis sie am ganzen Körper zitterte. Seine Hände glitten ihren Rücken hinunter und über ihren Po, dann griff er nach ihrem Hintern, um sie näher heranzuziehen. Sie spürte seine Härte an ihrem Bauch und wollte sich wegstoßen, entschied dann aber, dass sie die Tatsache mochte, dass sie diese Erregung in ihm ausgelöst hatte. Logan wollte sie, und sie war endlich bereit, sich einzugestehen, dass sie ihn auch wollte. Sie fuhr mit den Händen durch sein Haar und saugte an seiner Zunge, während er mit einer Hand von ihrem Po an ihrer Seite hinauffuhr, bis er ihre Brust fand. Er suchte nach ihrer Brustwarze und erstarrte.

»Ich hatte den Verdacht, dass du deine Brüste abbindest. Ich mag die Idee.« Er lehnte sich mit einem verschmitzten Grinsen im Gesicht zurück. »Aber ich würde sie liebend gerne ungebunden und frei sehen.«

Plötzlich wurde ihr bewusst, was alles geschehen war, und schlug ihm auf die Hände. »Aye, das ist die einzige Möglichkeit zu schießen. Behalte deine Hände bei dir.«

»Gerade eben hast du dich nicht daran gestört, dass meine Hände dich berühren.« Er legte den Kopf schief, während er sie anschaute.

»Aye, nun, jetzt tue ich es aber. Wie sind hier fertig, Ramsay.« Sie errötete und wandte sich von ihm ab.

»Wie du möchtest.« Mit einem leichten Achselzucken machte er sich auf den Weg, wieder hineinzugehen, doch bevor er die Tür hinter sich schloss, drehte er sich zu ihr um und sagte: »Ich liebe den Geschmack von dir, Mädchen. Ich will mehr.« Dann verabschiedete er sich mit einem Zwinkern.

Gwyneth umarmte sich zitternd, bevor sie sich mit einem Finger über ihre Unterlippe strich, der Geschmack von ihm immer noch süß. Was genau hatte er mit dem letzten Satz gemeint. Da sie keine Erfahrung mit Männern hatte, verstand sie nicht, was gerade passiert war, und es verunsicherte sie zutiefst.

Sie hatte gerade ihren ersten Kuss erlebt, und es hatte ihr gefallen.

KAPITEL ZEHN

ZWEI TAGE NACHDEM Logan Gwyneth auf der Brüstungsmauer geküsst hatte, kamen Caralyn und Robbie sicher auf der Burg der Grants an, und die Mädchen waren überglücklich, ihre Mutter zu Hause zu haben. Er hatte noch keine Gelegenheit gehabt, Gwyneth alleine aufzusuchen, und er spürte, dass sie sich vor ihm versteckte. Ihre überraschte Reaktion verriet ihm, dass es ihr erster Kuss hätte sein können. Vielleicht war er zu weit gegangen, aber die Wahrheit war, dass er jede Minute davon genossen hatte, Gwyneth in seinen Armen zu halten. Nach dem anfänglichen Schock hatte sie sich in eine leidenschaftliche Frau verwandelt, und wenn sie ihn nicht aufgehalten hätte, wäre er vielleicht nicht in der Lage gewesen, sich selbst zu stoppen. Herrgott, aber sie passten so gut zusammen.

Er wurde unruhig, und nach zwei weiteren Tagen wurde ihm klar, dass es Zeit war weiterzuziehen. Gwyneth hatte Alex und Robbie gesagt, dass sie nach Glasgow zurückkehren wollte, also würde er sie zurück durch die Highlands führen, um sicherzugehen, dass sie in Sicherheit war. Dann konnte er nach Micheil und seiner Mutter bei ihrem Clan in Lothian sehen. Brenna und Quade hatten vereinbart, in den Highlands zu bleiben, bis Maddie ihr Kind zur Welt gebracht hatte.

Logan hatte den ganzen Tag vergeblich nach Gwyneth gesucht. Zuerst dachte er, sie müsse bei ihrer Freundin sein, aber dann erfuhr er, dass Caralyn mit den Grants in Alex` Kammer war. Verflucht, er musste die Frau finden. Wäre sie allein und ohne Eskorte nach Glasgow zurückgeritten, würde sie sein Gebrüll den ganzen Weg von der Burg aus hören können.

Nachdem er geduldig vor der Tür wartete, konnte er ausmachen, dass die Besprechung bald zu Ende sein musste. Er konnte nicht länger warten, also stürmte er hinein und stellte sich direkt vor Caralyn auf. »Wo ist Gwyneth?«

Caralyn zuckte mit den Schultern. »Ich bin mir nicht sicher. Ich habe sie heute Morgen noch nicht gesehen.«

»Hat sie dir gesagt, dass sie geht?« Herrgott, er musste es wissen, und zwar sofort.

Caralyn nickte. »Sie sagte, sie wolle in Kürze abreisen.«

»Wohin wollte sie?«

»Jemanden in Glasgow suchen.«

»Wen?« Logan rückte näher an Caralyn heran, überragte sie. Robbie fuhr zwischen sie. »Bleib weg von ihr.«

»Sie hat Informationen, die ich brauche«, erklärte Logan, die Hände in die Hüften gestemmt.

»Dann frag sie höflich, und vielleicht antwortet sie ja.« Robbie starrte seinen Freund an.

»Herrje, wie du wünschst, Grant. Caralyn, würdest du mir bitte sagen, wo Gwyneth hingegangen ist?« Er legte grinsend den Kopf schief und sah sie über Robbies Schulter hinweg an.

Robbie nickte und trat zurück; offenbar zufrieden damit, dass Logan Caralyn mit dem Respekt behandelte, den sie verdiente.

»Sie ist hinter dem Mann her, der sie verkauft hat, Duff Erskine.«

»Sie ist alleine aufgebrochen?«

»Aye. Sie hat ihren Bogen und ihre Pfeile, und auch ihren Dolch.« Caralyn schaute von Robbie zu Logan. »Gwyneth reist immer allein, außer das eine Mal, als Duff sie erwischte.«

»Und was ist ihre Absicht?«

Caralyn starrte auf ihre Füße und wippte nervös vor und zurück.

Robbie drehte sich zu ihr um. »Caralyn?«

»Sie wird ihn töten.«

Logan knurrte. »Närrisches Weibsbild.« Er fluchte ein paar Mal, bevor er sich abwandte.

Caralyn hielt ihn auf. »Und Logan?«

»Aye?«

»Sie wird nicht aufgeben, bis er tot ist.«

Das war genug, um Logan dazu zu bringen, sich umzudrehen

und sofort aus der Tür zu eilen. Quade kam hinzu, als Logan gerade gehen wollte. »Wohin gehst du jetzt?«

»Gwyneth suchen.«

Als die anderen nach ihm in die große Halle traten, hatte Logan sich bereits ein weiteres Plaid, einen Laib Brot, ein Stück Käse und seinen Beutel geschnappt. Er ging geradewegs auf die Tür zu.

Quade schrie im nach. »Viel Glück, aye? Bis bald, Bruder.«

»Aye, hoffentlich«, rief Logan über die Schulter, als er die Stufen hinunterrannte. Die ganze Zeit über musste er an Gwyneth denken, die allein im Wald unterwegs war. Die Frau war verrückt, einfach nur verrückt. Nur weil sie ihn in einem dummen Wettkampf besiegt hatte, dachte sie, sie könnte den ganzen Weg zurück nach Glasgow alleine zurücklegen, dann ihr Opfer finden und ihn töten.

Herrgott, warum zum Teufel hatte er sich in ein so schwieriges Frauenzimmer verliebt? Stur, verrückt, närrisch … was konnte er noch zu ihrer Liste von Schwächen hinzufügen? Eine Frau, die nichts anderes als Handarbeiten machte, wäre so viel einfacher für ihn. Wenn er sie einholte, würde sie es bereuen, so dreist und übereilt gehandelt zu haben.

Gwyneth musste zugeben, dass sie ein wenig nervös war, während sie durch die Highlands ritt. Vielleicht hätte sie auf Ramsay warten sollen, um mit ihr zu reisen. Sie hatte es in Erwägung gezogen, bevor sie abgereist war, aber nach dem Kuss, den sie in der Nacht auf der Brüstungsmauer geteilt hatten, traute sie sich selbst einfach nicht, was ihn anging … vor allem, wenn nur sie beide allein unterwegs waren.

Ramsay verwirrte sie. Ein Teil von ihr wollte ihn wegstoßen und niemals wiedersehen, doch ein anderer Teil von ihr wollte ihren Körper mit seinem verschmelzen und nie wieder loslassen. Aber warum nur? Nach all den ekelhaften Dingen, die sie über die Paarung wusste und gehört hatte, warum klang der Gedanke plötzlich so verlockend? Spät in der letzten Nacht war sie schweißgebadet aufgewacht und hatte von Logans nackter Haut geträumt, welche sich an ihre presste, ihre Brüste ungebunden und in seinen Händen, seinem Mund. Sie hatte an Dinge gedacht, die sie nie wagen würde, einem anderen Menschen gegenüber zuzugeben. Sie schüttelte den Kopf und hoffte, diese Gedanken aus ihrem Kopf zu verbannen. Sie lenkten sie ab, und das konnte sie sich nicht leisten, während sie allein durch die Highlands reiste. Schlimmer noch, irgendetwas raschelte hinter ihr und das schon seit einiger Zeit.

Gwyneth sprang von ihrem Pferd und schlich durch das Gebüsch, auf der Suche nach der Quelle des Geräusches. Ihren Bogen bereit, hoffte sie, dass sie nicht gleich auf eine Gruppe Wildschweine stoßen würde. Verdammt, sie hätte sich nicht alleine auf den Weg machen sollen. Sie hatte eine Nacht überstanden, aber es sollten noch viele weitere folgen.

Sie umrundete einen Busch und atmete hastig aus, aber da war nichts. Sie starrte hinauf zu den Baumkronen und wünschte sich, sie hätte keine so schreckliche Höhenangst. Sie hätte auf einen Baum klettern können, um zu sehen, wo die Bastarde waren. Sie konnte schnell auf ein Wildschwein schießen, aber sie wäre nicht in der Lage, einen zweiten Pfeil schnell genug einzuspannen, wenn mehr als eines direkt auf sie zusteuerten.

Trotz der kühlen Abendluft tropfte ihr der Schweiß von der Stirn. Ihre feuchten Handflächen zwangen sie, diese ständig an ihrem Waffenrock abzuwischen. Das Rascheln verstummte, aber statt Erleichterung zu verspüren, war sie noch nervöser als zuvor. Ihr Herzschlag pochte in ihrer Brust und hallte in ihren Ohren wider. Sie war zu wenig vertraut mit den Gerüchen der Highlands, um zu wissen, ob sich hier noch irgendetwas anderes befand.

Sie traute sich noch nicht sich zu bewegen, sondern hielt die Stellung und spähte in alle Richtungen. Wenn sie es wagte, wieder auf ihr Pferd zu steigen, würde sie so schnell wie möglich davongaloppieren.

Ein erneutes Rascheln zu ihrer Linken erregte ihre Aufmerksamkeit. Sie wendete ihren Bogen und machte sich zum Schießen bereit. Ein lautes Quietschen zerriss die Luft, kurz bevor ein riesiges Wildschwein mit voller Geschwindigkeit auf sie zustürzte. Sie ließ ihren Pfeil los und stoppte ihn auf der Stelle, aber nicht bevor ein zweites und ein drittes Tier aus dem Dickicht stürmten und beide auf sie zusteuerten. Sie schnappte sich einen weiteren Pfeil, lies ihn fliegen und traf ihr Ziel. Das zweite Wildschwein ging zu Boden, aber sie wusste nicht, ob sie das dritte noch rechtzeitig erwischen konnte.

Das Tier gewann an Boden, als sie in ihrem Köcher nach einem weiteren Pfeil griff, sie drehte sich um ein paar Grad, um zu zielen. Das Viech war näher, als sie gedacht hatte. Es sprang direkt auf sie zu und erwischte sie mit seinen Hufen, was sie zu Boden stürzen ließ. *Das war's. Er wird mich umbringen. All die harte Arbeit wird umsonst gewesen sein. Das Schwein wird mein Leben in einer Sekunde beenden.*

Das Quieken ging weiter und überdeckte alle anderen Geräusche der Nacht. Als das Tier seine Hauer direkt auf ihr Gesicht richtete, griff sie nach ihrem Dolch und wollte auf ihn einstechen, wo immer sie konnte. In diesem Moment veränderte sich die Tonlage seines Quiekens und er fiel neben ihr zu Boden. Weiteres Gequieke ertönte in der Nähe und erreichte die gleiche unheimliche Tonlage, bevor es verstummte.

Gwyneth keuchte vor Angst, dass sie nicht wusste, was als Nächstes passieren würde. Ihr Herz raste so schnell, dass sie Angst hatte, sich zu bewegen. Sie setzte sich auf und bemerkte erst jetzt das warme Blut, welches aus einer kleinen Wunde an ihrem Arm herabrann. Sie hörte lautes Gebrüll, dass durch die Nacht drang und ihre Augen fielen auf die Quelle. *Ramsay.*

»Gwyneth, hast du denn überhaupt keinen Verstand, du närrisches Weib! Steh auf, bevor noch mehr kommen. Sie bewegen sich in Herden. Wie zum Teufel kann eine so kluge Frau wie du allein losziehen? Man kann nicht allein durch die Highlands reisen.«

Er erreichte sie, als sie zu schluchzen begann, und er zog sie auf die Füße. Sobald er ihre Tränen sah, stoppte er sein Gebrüll und griff nach ihr.

Sie schlang ihre Arme um seinen Hals und gab sich ihren Schluchzern hin. Sie war nur wenige Male in ihrem Leben so verängstigt gewesen, und es gefiel ihr gar nicht. Sie dankte dem Herrn, dass er gekommen war, klammerte sich an Logan und schwor, dass sie ihn nie wieder loslassen würde.

Er schloss sie in eine feste Umarmung, zog sich aber nach einer Weile zurück, um sie anzustarren. »Mädchen, du blutest. Ist es dein Blut oder das der Bestie?«

KAPITEL ELF

»DAS IST NUR ein Kratzer. Kümmere dich nicht darum, halt mich einfach fest«, wimmerte Gwyneth.

Sie konnte ihn nicht loslassen. Seit dem Angriff der Wikinger hatte sie nicht mehr geweint und verstand dieses Bedürfnis nicht, aber sie hatte keine Kontrolle darüber. Sie hatte ihren Schmerz so lange unterdrückt, warum war er gerade heute herausgekommen? Und dann verdrängte ein einziger Gedanke alle anderen – Logan war wegen ihr gekommen.

Verängstigt zog sie sich zurück und wischte sich die Tränen aus den Augen. »Ich danke dir, dass du mir gefolgt bist. Ich war eine tote Frau. Er hätte mich umgebracht.«

»Aye, das hätte er, besonders mit einem anderen auf den Fersen. Was hast du dir nur dabei gedacht? Das sind die Highlands, nicht die Lowlands.« Er strich ihr die Haare aus dem Gesicht und wischte mehr Tränen von ihren Wangen, während er sie festhielt.

Gwyneth konnte nicht länger leugnen, was sie wollte. Sie wollte Logan Ramsay. Nach diesem Kuss auf der Brüstung hatte sie an nichts anderes mehr gedacht. Und er hatte sich genug Gedanken um sie gemacht, um ihr nachzujagen. *Er hat mir das Leben gerettet.*

Sie starrte auf seinen Mund und dachte gründlich darüber nach, was sie im Begriff war zu tun, aber es war ihr egal. Sie wollte Logan Ramsay, und sie wollte ihn jetzt. Es gab noch nie irgendwelche törichten Gedanken an eine Ehe in ihrem Kopf, also was machte es schon, wenn sie ihrem Verlangen nachgab. Ihr Körper sagte ihr, was sie von Logan wollte. Sie leckte sich über die Lippen, er schaute sie an und verfolgte ihre Zunge mit seinen

Augen.

Mit einem Stöhnen zog Logan sie in seine Arme und verschloss ihre Lippen mit seinen. Sie lehnte sich an ihn, schlang ihre Arme um seine Taille und öffnete ihre Lippen, damit er mit seiner Zunge in ihren Mund eindringen und sie mit seinem heißen Verlangen necken und quälen konnte. Mutig folgte Gwyneth seiner Initiative und kostete ihn im Gegenzug, nur um festzustellen, dass sie näher an ihn herangezogen wurde, seine Hände umschlossen ihren Hintern und hielten sie fest genug, damit sie seine Härte an ihrem Bauch spüren konnte.

Sie zog sich zurück, keuchend, kaum in der Lage zu sprechen. » Glaubst du, dass wir in Sicherheit sind?«

Logan dabei zu beobachten, wie er genauso um seinen Atem rang wie sie, berauschte sie mit Macht. Er wollte sie genauso sehr wie sie ihn, und sie war erfreut über diese Erkenntnis. Ihr Blick fing seinen mit einer Frage ein.

»Aye, hier entlang. Ich glaube, wir haben alle erwischt, aber ich möchte näher bei Paz sein. Er wird uns vor Eindringlingen warnen.«

Gwyneth folgte ihm ein kurzes Stück, bis sie eine weiche Stelle in der Nähe der Pferde fanden. Logan ließ sein Plaid fallen und legte es auf dem Boden aus. »Bist du dir auch wirklich sicher, Mädchen?«

Gwyneth nickte, zog ihren Waffenrock aus und warf ihn zusammen mit ihrem Gürtel, ihrem Köcher und ihren Hosen zur Seite.

Sie begann, ihre Brüste freizubinden, als Logan herbeieilte: »Bitte, erlaube mir.«

Als er fertig war, stand sie vor ihm und wartete darauf, dass er dasselbe tat. Sie empfand seltsamerweise keine Scham, auf diese Weise vor ihm zu stehen, und der Blick in seinen Augen gab ihr das Gefühl, eine Königin zu sein. Sie konnte an der Art, wie er ausatmete, erkennen, wie sehr er sich an ihrem Anblick erfreute.

»Mädchen, du bist wunderschön.« Logans Blick glitt über ihren Körper, bevor er sich den Rest seiner eigenen Kleidung vom Leib riss.

Gwyneth errötete, lächelte dann aber, glücklich darüber, dass sie ihm gefiel. Er zog sie wieder zu sich und umfasste ihre Wangen. Diesmal küsste er sie zärtlich und liebkoste ihre Zunge mit seiner, bis sie dachte, ihre Beine würden einknicken.

Er half ihr auf das weiche Plaid und schaute ihr in die Augen. »Weißt du, wie sehr ich dich will?« Seine Hand glitt an ihrer Seite herunter, umfasste ihre Brust, und wanderte dann an ihrer Hüfte hinunter, bis er ihre Hand fand und sie auf seine harte Länge legte. »Siehst du, was du mit mir machst, Gwyneth? Du, nur du.«

Gwyneth war überrascht, als sie seine Härte in ihrer Hand spürte, was einen weiteren Schauer der Lust durch sie hindurchschickte. Sie ließ ihn los und zog ihn für einen weiteren Kuss zu sich herunter. Sie ließ sich von ihm mit seiner Zunge necken, bis sie verrückt vor Verlangen war. Ihre Hüften an ihm reibend, hoffte sie, ihn zu ermutigen, die Dinge zu beschleunigen. Sie wollte ihn.

»Entspann dich, Mädchen. Wir haben keinen Grund zur Eile.«

»Aye, das haben wir. Wenn ich etwas will, warte ich nicht gerne.«

Er gluckste, während seine Lippen ihrem Dekolleté folgten, er ihre Brust in die Hand nahm und mit dem Daumen über ihre Brustwarzen strich, bis sie vollkommen hart waren. Seine Finger fuhren langsam über eine Brust, dann über die andere und glitten schließlich ihren Bauch hinunter zu den dichten Locken an ihrem Geschlecht. Er neckte ihre Spalte und sie spreizte ihre Beine für ihn, um ihm Zugang zu ihrer Mitte zu gewähren. Er lächelte und ließ einen Finger in ihre Öffnung hinein und wieder hinaus gleiten.

»Logan, bitte.« Herrgott, sie konnte all die Empfindungen, welche dieser Mann in ihr auslöste, nicht verstehen. Ihre Brustwarzen schmerzten, und die Stelle zwischen ihren Schenkeln pochte mit einem Bedürfnis, das sie noch nie zuvor gespürt hatte und das sie dazu zwang, sich auf eine nicht sehr damenhafte Weise an ihn zu drängen. Ihr ganzer Körper vibrierte in einem für sie völlig neuen Gefühl, eins das ihr sehr gut gefiel. »Gwyneth, ist das dein erstes Mal?«

Sie nickte und ihr Atem stockte, als er seine Hand von ihrem Kern entfernte und zu ihrer Brustwarze zurückkehrte, wo er sanft an der empfindlichen Spitze rieb, bis sie schreien wollte.

»Du weißt, dass dein erstes Mal schmerzhaft sein wird? Aber

ich werde mein Bestes tun, um deine Schmerzen zu lindern.«

Wieder nickte sie. Aye, sie hatte gehört, dass es wehtun würde, aber sie war eine Kriegerin und konnte mit Schmerzen fertigwerden. »Mach weiter, ich kann damit umgehen.«

»Mädchen, ich zweifle nicht daran, dass du das kannst, aber ich möchte es dir so angenehm wie möglich machen. Entspanne dich und genieße es.«

Gwyneth seufzte frustriert und dann weiteten sich ihre Augen, als Logan seinen Kopf senkte und ihre Brustwarzen in den Mund nahm. Herr im Himmel, so ein Vergnügen hatte sie noch nie erlebt. Er leckte und saugte, während sie genüsslich stöhnte und sich wand, als seine Lippen von einer Brust zur anderen wanderten. Während er seine Angriffe auf ihre schmerzenden Brüste fortsetzte, fanden seine Hände ihren Weg zurück nach unten, an ihrem Bauch entlang zu ihrem Kern, und teilten ihre Spalte mit seinen Fingern. Sie stöhnte in purer Ekstase, als er seinen Finger wieder und wieder in sie hineintauchte und sie mit einer süßen Folter quälte, die sie zum Betteln brachte.

»O Mädchen, du bist so feucht und heiß für mich. Weißt du, wie sehr mich das erregt?«

»Logan, bitte.« Sie umklammerte seine Arme, während sie ihr Becken hin und her bewegte, als Reaktion auf die Lust, die sich in ihrem Geschlecht aufbaute.

Er brachte seine Lippen wieder auf die ihren und küsste sie innig. »Aye, Mädchen, ich will dich so sehr, wie du mich willst.« Er ließ sich auf ihr nieder und stützte sein Gewicht auf seine Ellbogen. »Ich kann nicht länger warten, du machst mich wild vor Verlangen nach dir.«

Logan neckte ihren Eingang noch ein wenig mit seinem Schaft, bevor er gerade so weit in sie eindrang, dass sie ihre Beine zur Begrüßung spreizte.

»Logan, aye, das ist es, was ich will. Bitte tu es einfach.« Sie griff nach seinen Hüften und versuchte, ihn näher heranzuziehen, aber er war zu stark für sie.

»Warte, Liebes.« Logan hielt inne, um sie zu küssen, dann tauchte er in sie ein und durchbrach ihre Barriere.

Sie stieß einen kurzen Schrei aus, blieb aber regungslos liegen und schaute Logan an, um sich zu orientieren.

»Es tut mir leid, Mädchen, aber das war das Schlimmste. Ich rühre mich nicht mehr, bis du es mir sagst.«

Sie bemerkte seinen zusammengepressten Kiefer und die Anspannung in seinem Gesicht, während er stillhielt und auf sie wartete. Der Schmerz ließ nach, also bewegte sie sich ihm entgegen, bis der Schmerz zurückkehrte. Als das Bedürfnis wieder von ihr Besitz ergriff, schob sie sich dichter heran. Logan stöhnte und zog sich zurück, bevor er wieder hastig in sie eindrang.

Gwyneth tat das Einzige, was sich richtig anfühlte, auch wenn ihre Kühnheit ihr peinlich war. Sie winkelte ihre Beine an, in der Hoffnung, dass er sie mehr ausfüllen und tiefer eindringen könnte, und er knurrte als Antwort.

Logan stieß fest zu und sie stöhnte in schierer Ekstase, als er sein Tempo erhöhte, sie schaukelte, um ihre zarte Perle genau dort zu treffen, wo sie es brauchte. Eine Kraft baute sich in ihr auf, welche sich mit jedem Stoß zusammenzog und wuchs, während er sie zu einem rasenden Höhepunkt anheizte, schneller, fester und intensiver mit jedem Stoß, bis die Erlösung, nach der sie gesucht hatte, schließlich heranrollte und sie mit einem Schrei über den Abgrund katapultierte, während sie Logan umarmte, seinen Namen schrie und mit einer Lust zuckte, die sie noch nie erlebt hatte.

Durch ihre Glückseligkeit hindurch hörte sie, wie Logan stöhnte, als er seinen Samen in ihr entleerte. Sie schluckte und versuchte, ihre Atmung unter Kontrolle zu bekommen, damit sie ihn beobachten konnte, wie er erschauderte.

Als sie beide einen Punkt erreicht hatten, an dem sie wieder sprechen konnten, begegnete Gwyneth Logans Blick und sagte: »Großer Gott, Ramsay. Ich hatte ja keine Ahnung.«

Logan grinste und küsste sie. »Wir sind fantastisch zusammen, Mädchen.«

KAPITEL ZWÖLF

LOGAN MUSSTE ZUGEBEN, dass es besser gewesen war, als er erwartet hatte. Er küsste Gwyneth auf die Wange. »Habe ich dir Freude bereitet, Mädchen? Der Schmerz ist nicht zu groß für dich?«

»Welcher Schmerz?«, schnaubte Gwyneth.

Logan hob eine Augenbraue.

Sie errötete. »Das klingt nicht sehr damenhaft. Rab hat das auch immer zu mir gesagt. Ich schätze, es ist eine Angewohnheit. Tut mir leid.«

»Du musst dich für nichts entschuldigen. Ich mache mir mehr Sorgen darüber, ob du noch Schmerzen hast oder nicht. Jeder Augenblick war wunderschön mit dir.«

»Nay, mir geht es gut. Der Schmerz war nicht zu stark.«

Sie schaute ihm in die Augen, bis er das Funkeln in ihnen wahrnahm, gefolgt von ihrem verschmitzten Grinsen. Worüber dachte die Frau nach? Ein paar Augenblicke später fand er es heraus.

»Wie oft machst du das?«

Logan gluckste. »Ein Mann erzählt einer Frau nicht von seinen anderen Erfahrungen. Warum?«

»Deine anderen Erfahrungen interessieren mich nicht.«

»Warum fragst du dann?«

»Weil ...« Sie zögerte, bevor sie antwortete.

Er küsste sie auf die Stirn. »Weil?«

»Weil ich mich gefragt habe, wie lange es dauert, bis wir das noch einmal machen können.« Gwyneth wandte sich ab und errötete, erwiderte dann aber den Blick für seine Antwort.

Er gluckste. »Wenn du mir ein paar Minuten Zeit gibst, zeige ich es dir.«

»Warum müssen wir ein paar Minuten warten?«

Logan lachte und nahm sie in die Arme. »Du freches Ding«

Ein paar Stunden später lag Logan auf der Seite und hatte Gwyneth in seinen Armen. Sie hatten über ihre Familien gesprochen und sich erneut geliebt, dann beschloss er, dass jetzt der richtige Zeitpunkt war, das Thema anzusprechen, über welches sie nicht sprechen wollte.

Er flüsterte ihr ins Ohr: »Willst du mir sagen, warum du allein gegangen bist? Findest du nicht, dass das ein bisschen töricht war?«

»Ich kann auf mich selbst aufpassen. Das hast du beim Bogenschießwettkampf gesehen.«

Er konnte sehen, dass sie sofort in ihre Abwehrhaltung ging. »Ein Bogenschießwettkampf ist nicht dasselbe wie eine Reise allein. Keiner der Grants hätte so etwas versucht.«

»Du hättest es.« Sie starrte ihn selbstsicher an.

Aber abgesehen von ihren Begegnungen mit Duff Erskine war er bereit, darauf zu wetten, dass Gwyneth ein behütetes Leben in der Kirche geführt hatte. Logan seufzte. »Aye, aber ich bin oft genug durch die Highlands gereist, um sie ein bisschen besser zu kennen als du. Kannst du nicht zugeben, dass du in Schwierigkeiten warst?«

»Aye«, sie nickte mit dem Kopf, »ich hätte auf die Bäume klettern sollen.«

»Warum hast du das nicht getan?«

»Darum.« Sie blickte in die Ferne, ihre Stimme war kaum ein Flüstern. Logan war erstaunt, sie so verlegen zu sehen. »Ich weiß, dass du klettern kannst; du musst auf einen Baum geklettert sein, um all die Äpfel für die Mädchen zu holen.«

»Aye.« Sie wich seinem Blick immer noch aus.

»Und du bist also nicht auf den Baum geklettert, weil …«

Sie schaute ihn wieder an, ihre Augen verengten sich herausfordernd. »Darum. Ich habe Höhenangst. Ich kann nur auf die untersten Äste klettern, wie ich es getan habe, um die Äpfel zu holen. Höher kann ich nicht gehen, sonst riskiere ich eine Ohnmacht. Bist du jetzt zufrieden?«

Jetzt ergab es einen Sinn. Die Frau wollte sich keine Schwäche eingestehen. »Höhenangst ist nichts Ungewöhnliches. Es gibt keinen Grund, sich zu schämen. Es *ist* ein Grund, dafür zu sorgen, dass du nicht noch einmal in eine solche Situation gerätst.« Er wartete auf ihre Zustimmung, aber es kam keine.

Sie wechselte das Thema. »Wie weit wirst du reisen?«

»Wie weit auch du reist.«

Sie setzte sich auf und drehte sich zu ihm um. »Warum bist du mir gefolgt?«

»Als ich herausfand, dass du allein aufgebrochen bist, hatte ich keine Wahl«, antwortete er, setzte sich auf und sah sie an. »Ich war nicht davon überzeugt, dass du es allein in den Highlands schaffen würdest. Und ich bin froh, dass ich gekommen bin, und ich werde dir nach Glasgow folgen.«

»Du brauchst mir nicht zu folgen. Geh zurück. Ich habe einen Auftrag zu erledigen, und ich brauche deine Hilfe nicht.«

»Du meinst, Duff Erskine zu töten?«

»Aye. Wer hat dir das gesagt?« Sie verschränkte die Arme vor ihren prächtigen Brüsten.

»Caralyn. Ist es ein Geheimnis?« Er ergriff ihre Hände, um sie von ihrer Stirn wegzuziehen. Herrje, er sah sie gerne an.

»Nay!« Sie schlug seine Hände weg und verschränkte wieder ihre Arme.

»Warum bist du dann verärgert?«

»Ich bin nicht verärgert.« Sie drehte ihm den Rücken zu und plumpste zurück auf den Boden.

»Aye, das bist du.« Herrgott, sie hatte Temperament und er liebte es. Er kämpfte damit, sein Grinsen zu unterdrücken, oder er vermutete, dass sie anfangen würde, nach ihm zu schlagen.

Um ihr Zeit zu geben, ihre Gedanken zu sortieren, ließ Logan es zu, dass wieder Stille zwischen ihnen einkehrte. Er strich mit seinen Fingerspitzen sanft über ihren Rücken. Nach ein paar Minuten begann er erneut. »Warum erzählst du mir nicht alles über Duff Erskine?«

Sie setzte sich auf und drehte sich wieder zu ihm um. »Logan, ich weiß, dass du versuchst, mir zu helfen, aber das ist mein Kampf. Wenn du dich einmischst und ihn für mich tötest, wäre ich stinksauer. Er gehört mir, und ich kann ihn alleine töten. Das war mein Ziel in den letzten sieben Jahren.«

»Aber er hat dich vor nicht allzu langer Zeit auf das Schiff gesetzt. Warum sieben Jahre?« Er musste das alles von ihr erfahren.

»Aye, er wollte mich verkaufen, weil er weiß, dass ich hinter ihm her bin. Er hat Angst vor mir, weil er weiß, dass ich nicht aufhören werde, bis er tot ist. Der einzige Weg, mich zu kontrollieren, war, dass seine Männer mich unter Drogen setzten.« Sie schlug die Beine übereinander, spielte mit einigen Blättern auf dem Boden und starrte auf ihre Hände, während sie sprach.

Logan zog sie auf seinen Schoß und drehte sie auf die Seite, damit sie ihren Kopf an seine Schulter legen konnte. Er rieb ihren Arm und sagte: »Warum? Warum hat er Angst vor dir?«

»Weil er meinen Vater und meinen Bruder getötet hat, und jetzt werde ich nicht ruhen, bis er tot ist.« Ihre Hand lag auf seinem Arm, als ob sie etwas brauchte, um sie zu beruhigen.

Die Tatsache, dass sie nach ihm griff, anstatt ihn wegzustoßen, war ein gutes Zeichen. Er musste sich ihr Vertrauen verdienen. Sie sollte diesen Kampf nicht allein ausfechten müssen, aber er wusste, dass er sie davon überzeugen musste. »Du weißt mit Sicherheit, dass es Erskine war, der deinen Vater und deinen Bruder getötet hat?«

»Aye, mein jüngerer Bruder und ich sahen es mit unseren eigenen Augen.«

Logans Magen krampfte sich zusammen, während er versuchte ein Keuchen zurückzuhalten. Er hatte nicht gewusst, dass sie ihre eigene Familie vor ihren Augen hatte sterben sehen. Verflucht, er konnte sich nicht vorstellen, dass ein Mädchen das mit ansehen musste. Kein Wunder, dass sie einen Anspruch und eine Mission hatte. Das änderte alles. Er schwor sich, ihr bei der Ausführung zu helfen, und wartete, in der Hoffnung, dass die Pause die vollständige Erklärung bringen würde. Er wollte jedes Detail der Geschichte wissen.

Gwyneth räusperte sich. »Ich werde dir alles erzählen, aber du musst verstehen, dass ich das mache, damit du verstehst, was ich tun muss. Er gehört mir, und ich möchte, dass du mir hier und jetzt versprichst, dass du, wenn du die Möglichkeit hast mir zu helfen, es nicht tun wirst. Das ist etwas, das ich für mich selbst tun muss. Verstehst du?« Sie setzte sich auf und starrte ihn an, in Erwartung eines Versprechens.

Was sie verlangte, widersprach seinem gesunden Menschenverstand, aber er glaubte nicht, dass sie auf diese Forderung eingehen würde. Logan rieb sich nachdenklich die Augen und hielt den Atem an, bevor er ihn mit einem Zischen wieder ausstieß. »Aye, es sei denn, die Situation ist dieselbe wie bei den Wildschweinen. Es könnte du oder er sein. Wenn es so weit kommt, werde ich ihn töten. Zweifle nie daran. Ich werde nicht zusehen, wie du für deinen Stolz stirbst.« Er würde diesen Schwur wahrscheinlich noch bereuen, aber er konnte sie nicht zurückweisen.

»Meinen Dank.« Sie ließ sich wieder an seine Brust sinken. »Ich bin in Glasgow aufgewachsen. Meine Mutter starb ein paar Tage nach der Geburt meines Bruders Rab, als ich erst ein Jahr alt war. Ich erinnere mich nicht an sie. Mein älterer Bruder Gordon war vier Sommer älter als ich.

»Nachdem meine Mutter gestorben war, zog mein Vater uns drei auf, so gut er konnte. Er brachte uns allen bei, wie man mit einem Bogen jagt, und das taten wir oft. Wir gingen ohne unsere Bögen nie irgendwohin, außer zur Kirche. Vater hat immer gesagt, es sei respektlos, eine Waffe mit in die Kirche zu nehmen.« Sie spielte mit den Haaren auf seinem Arm, als bräuchte sie eine Ablenkung, um die Kraft zum Weitererzählen zu haben.

»Mein Onkel Innis war Priester in der Kirche von Glasgow. Es war eines Abends, nachdem wir die Kirche verlassen hatten, als unser Albtraum passierte. Wir waren zum Beten gegangen und blieben dann noch ein wenig länger bei meinem Onkel. Wir wohnten in einer kleinen Hütte unweit des Fjords. Als wir uns unserem Haus näherten, hörte Papa jemanden weinen, also gingen wir auf das Geräusch zu, welches aus der Nähe des Flusses kam.

Als wir nahe genug dran waren, sahen wir ein paar Männer, welche Frauen auf einen Wagen luden. Mein Vater war ein starker Mann, der an Recht und Unrecht glaubte, also schrie er die Männer an und fragte, was sie vorhätten. Es war sehr dunkel, und ich konnte nicht viel von dem erkennen, was sie taten, zumal ich hinter meinem Sire und Gordon stand.«

Gwyneth setzte sich auf und drehte sich zu Logan um, Tränen traten in ihre Augen. »Logan, er hat seinen Bogen gezückt und meinen Vater getötet. Ich stand zwischen den beiden, sodass ich ihn eindeutig sehen konnte. Duff trat vor und schoss, ohne ein Wort zu sagen. Diesen Moment werde ich nie vergessen, solange ich lebe.«

»Verdammt, Gwynie«, er strich ihr die Haarsträhne zurück, welche vor ihrem Gesicht baumelte. »Es tut mir leid, Mädchen. Er küsste die erste Träne weg, die ihr über die Wange glitt. Er hielt ihre Hand und strich mit dem Daumen über ihren Rücken, in der Hoffnung, eine Quelle des Trosts zu sein.

Gwyneth starrte hinauf zu den Sternen, während ihr Tränen über die Wangen kullerten. »Er schoss schnell zwei Pfeile ab, direkt in ihre Herzen, und sie sackten zu Boden. Alles, wonach ich mich danach erinnere, ist, dass ich auf meinen Vater fiel und schrie, er solle aufwachen. Er hat sich nie wieder bewegt, und ich war mit seinem Blut bedeckt.«

Sie wischte sich die Tränen von den Wangen und starrte auf ihre Hände, ihr Atem ging stoßweise, während die schmerzhaften Erinnerungen an ihr nagten. »Das Nächste, was ich wusste, war, dass Duff Erskine vor mir stand und mich anstarrte. Er grinste schief und sagte mir, ich könne froh sein, dass er nicht dasselbe mit mir gemacht habe. Dann meinte er, dass er mich in ein paar Jahren holen und auf ein Schiff bringen würde, so wie er es mit den Frauen auf dem Wagen vorhatte.«

»Wo war dein Bruder, Rab?«

»Rab dachte schneller als ich und rannte los um Hilfe zu holen, sobald er die Pfeile fliegen sah. Ich war wie erstarrt; ich konnte mich überhaupt nicht bewegen. Und das Schlimmste daran war, als der Bastard über mir stand und sich über meinen Vater und meinen Bruder lustig machte, habe ich nicht einmal versucht, ihm wehzutun. Ich hatte meinen Bogen nicht dabei, also konnte ich nichts tun, aber ich konnte mich auch nicht bewegen, eine ungeheure Kraft hielt mich an Ort und Stelle.«

»Mädchen«, er nahm ihr Gesicht in seine Hände und wischte mit dem Daumen die Tränen weg. »Du hattest gerade deinen Sire und deinen Bruder vor deinen Augen sterben sehen. Wie hättest du da etwas tun können? Ich wäre auch nicht in der Lage gewesen, mich zu bewegen. Das ist nur natürlich.«

Gwyneth schüttelte den Kopf so heftig, dass ihr Zopf hin und her schwang. »Du hättest etwas getan, Logan Ramsay. Ich habe meine Familie im Stich gelassen.«

Wie viele Sommer alt warst du? Ich glaube, du bist zu streng mit dir.«

»Dreizehn. Ich war groß genug, um nach ihm zu schlagen oder so. Ich hätte schreien können; ich hätte ihn schlagen können. *Irgendetwas.*«

Er küsste sie auf die Stirn.« Gwyneth, mit zehn und drei Sommern wäre ich nicht in der Lage gewesen, etwas zu tun. Du warst zu jung, und du hattest gerade den Schock deines Lebens erfahren.«

Ihre Hände umklammerten seine Arme und ihre Finger gruben sich förmlich in sein Fleisch. »Ich hätte etwas tun sollen! Weißt du, wie oft sich diese Szene in meinem Kopf abgespielt hat? Weißt du, wie oft ich davon geträumt habe, diesem Bastard wehzutun? Er hat sie ohne Grund getötet. Ohne Grund.«

Logan verstand. Er konnte spüren, wie ihr ganzer Körper vor Emotionen zitterte, weil sie das tragische Erlebnis noch einmal durchlebte. Er wollte den Bastard für das, was er Gwyneth angetan hatte, mit bloßen Händen töten. Die kalte Hinrichtung ihrer Familienmitglieder erforderte eine außergewöhnliche Form der Folter.

Duff Erskine war ein toter Mann. Er musste sie nur davon überzeugen, es ihn für sie tun zu lassen.

Gütiger Herr, er hatte keine Ahnung, wie er das anstellen sollte.

KAPITEL DREIZEHN

LOGAN GRIFF NACH ihr und zog sie so nah zu sich, wie er konnte. Gwyneth klammerte sich an ihn und wünschte sich so sehr, sich an ihn anlehnen zu können. Es war lange her, dass sie sich so geborgen gefühlt hatte. Logan Ramsay war in der Tat ein ungewöhnlicher Mann.

Sie weinte noch einige Minuten in seinen Armen, bevor sie endlich in der Lage war, ihre Gefühle zu zügeln. Sie ließ sich auf seinem Schoß nieder und legte ihren Kopf an seine Schulter, während er ihr den Rücken massierte und ihr die Zeit gab, die sie brauchte, um die Geschichte zu beenden. Nachdem sie sich mit einem nahe gelegenen Blatt die Nase geputzt und sich mit einem anderen das Gesicht abgewischt hatte, beruhigte sie sich schließlich so weit, um wieder zu sprechen.

Logan fragte: »Kam niemand, um euch zu helfen?«

»Nay, es war zu spät in der Nacht«, sie hickste. »Als Rab mit meinem Onkel zurückkam, war Duff mit seinen Lastpferden schon weit unten am Fjord. Wir hievten meinen Vater und meinen Bruder hoch und brachten sie zu uns nach Hause, um sie zu säubern. Ich weinte und weinte und dachte, ich würde niemals aufhören können.«

»Onkel Innis sprach mit dem anderen Priester und wir wurden zu ihm gebracht, um mit ihm in einem kleinen Raum im hinteren Teil der Kirche zu leben. Irgendwann fügten sie zwei kleine Kammern zum Schlafen hinzu. Wir halfen beim Putzen, kochten, fischten, und Onkel Innis brachte uns das Lesen bei. Die Kirche hatte so viele wunderbare Bücher, dass ich die ganze Zeit mit Lesen verbracht habe.«

»Aber das Wichtigste, was er tat, war, uns beim Üben mit dem Bogen zu helfen. Ich wurde besessen davon, und Rab wandte sich der Kirche zu. Wir hatten beide eine andere Art, mit der Tragödie umzugehen. Als Onkel Innis letztes Jahr starb, nahm Rab seinen Platz in der Kirche ein und wurde Pater Rab. Er hatte bereits bei Onkel Innis mit seiner Ausbildung begonnen.« Sie zog sich zurück, lächelte Logan an und spielte mit seinem langen Haar. »Ich bin so stolz auf meinen Bruder und ich liebe ihn unendlich.«

»Wie hast du Caralyn und ihre Töchter kennengelernt?«, fragte Logan.

»Pater Rab reist manchmal zu verschiedenen Kirchen. Er geht gerne dorthin, wo er gebraucht wird, und er nimmt mich oft mit. Wir waren in der Kirche in Ayr, als ich Caralyn traf. Ich habe mich einfach in ihre süßen Kinder verliebt, und ich wusste, dass sie in einer schwierigen Situation war, aber ich wusste nicht, wie ich ihr helfen konnte, außer ihr eine Freundin zu sein, weil ich meine ganze Zeit an zwei Orten verbrachte.«

»Zwei Orte?« Logans Stirn runzelte sich. »Aye, die Kirche, aber wo bist du sonst noch hingegangen?«

Sie lächelte und küsste ihn auf die Wange. »Zu den Schieß-plätzen. Mein Bruder half mir, einen geeigneten Platz zum Üben und ein perfektes Ziel zu finden. Er ist ein Naturtalent mit Pfeil und Bogen. Ich war nie so gut darin, bis ich ein Ziel vor Augen hatte. Ich übte und übte, und er gab mir Ratschläge, wie ich besser werden konnte. Mein Vater unterrichtete uns drei, und wir alberten oft herum, ich wurde immer geschickter, nachdem Onkel Innis und Rab mit mir gearbeitet haben.

Ich habe mir geschworen, mich zu verbessern, bis ich Duff Erskine töten kann, auch wenn mein Bruder versucht, es mir auszureden, indem er von Vergebung und den Lehren der Kirche spricht. Dennoch glaube ich, dass er versteht, dass ich dazu getrieben bin.«

»Dein Bruder hat nicht gesehen, wie die Pfeile deinen Vater und deinen Bruder getötet haben, oder? Als er weggelaufen ist, hat er sich vor dieser Erinnerung gerettet. Du trägst das in dir, und ich bin sicher, es ist eine mächtige Bestie, die es zu besiegen gilt.«

»Aye, die Erinnerung verlässt mich nie. Erskine wird durch meine Hand sterben.«

Jemand rüttelte an ihren Armen. »Gwyneth, wach auf. Liebes, du hast einen Albtraum.«

Erschrocken riss sie ihre Augen auf und starrte direkt in die von Logan. Ein Albtraum. Sie keuchte, setzte sich auf und versuchte, ihre Angst unter Kontrolle zu bringen. Sie blickte auf den Erdboden hinunter und griff nach etwas, irgendwas, das sie erdete. Dann suchte sie nach dem Einzigen, was ihr echten Trost zu spenden versprach – sie warf sich in Logans Umarmung.

Er schlang seine Arme um sie und flüsterte ihr ins Ohr: »Mädchen, ich bin hier. Willst du mir davon erzählen?«

Gwyneth schluchzte, als sie sich an ihn klammerte. Duff Erskine war wieder einmal in ihr Leben eingedrungen. Sie hatte diesen Traum häufig. Manchmal träumte sie von dem Erlebnis auf dem Schiff, und ein anderes Mal war es der Moment der Entführung. Wie sehr sie es hasste, den Horror zu erleben, und keine Kontrolle zu haben.

Dies war jedoch das erste Mal, dass sie den Komfort eines Paares großer, warmer Arme um sich hatte. Sie begann es zu mögen, Logan Ramsay um sich zu haben.

Sie rieb sich die Augen, lehnte sich zurück und erzählte ihm alles. Dann ließ sie sich an seine Brust fallen, und er hielt sie, hielt sie einfach nur fest, bis eine Welle der Ruhe über sie schwappte – ein Gefühl von neuem Selbstvertrauen und Bestimmung. Sie würde das tun, und wenn sie Hilfe benötigte, würde Logan ihr helfen.

Niemals, niemals würde sie wieder machtlos sein.

Am nächsten Tag ritten sie über eine Wiese, welche absolut atemberaubend war, auf beiden Seiten von hohen schroffen Felsen umgeben. Die Luft war still, während sie ritten, die einzigen Geräusche waren die Vogelgesänge in den Bäumen. Zum Glück hatte es nicht geregnet, und sie waren auch keinem Wildschwein mehr begegnet.

Er warf einen Blick auf Gwyneth und meinte: »Möchtest du

ein Bad nehmen, Liebling? Ich kenne einen Ort nicht weit von hier.«

Gwyneths Gesicht leuchtete auf. »Aye, bitte! Ich vermisse die Grant-Waschkammer.« Er spornte sein Pferd zu einem Galopp an und rief über die Schulter zurück: »Folge mir.«

Als er geradewegs auf eine Felswand zusteuerte, schwor sich Gwyneth, dass er verrückt sei, bevor er am Rand zum Stehen kam und auf eine Stelle in der Mitte zeigte. Als sie neben ihm anhielt, schlich sich ein kleines Lächeln auf ihr Gesicht, als sie die schmale Öffnung bemerkte. Gerade breit genug für ein Pferd. Sie schlüpften durch den Spalt und Gwyneth seufzte vor Vergnügen über das, was sie dort sah.

»Das ist der schönste Ort, den ich je gesehen habe.« Ihr Blick schweifte über den mit Moos bedeckten Boden, der zu einem tiefen Becken führte. Sie stieg ab und ging hinüber zur Felswand, wo das Wasser in flachen Felsspalten plätscherte, welche zu dem tiefen Becken in der Mitte führten. Sie beugte sich vor, streckte ihre Hand ins Wasser und quiekte vor Freude. »Es ist warm, Logan.«

Sie drehte sich um und schaute ihn an, ihr Gesicht strahlte, als sie sich die Kleider von Leib riss.

Logan zog die Stirn in Falten. »Bist du immer so freigiebig beim Ausziehen?«

»Aye, wenn es warmes Wasser gibt. Kommst du mit mir?«

Er gluckste. »Es wäre nicht sehr galant von mir, dich es auf eigene Faust erkunden zu lassen. Wer weiß, womit du es zu tun haben wirst?«

Gwyneth huschte auf Zehenspitzen über die Felsen, bis sie an der Quelle ankam. »Glaubst du, es ist sehr tief?«

»Nay, du kannst darin aufrecht stehen. Geh nur. Es gibt weder Fische noch sonst etwas.«

Sie ließ sich hinab, sodass sie auf dem Rand saß, bevor sie sich mit Freude ins Wasser fallen ließ. Sie stöhnte und seufzte vor lauter Vergnügen, als das warme Wasser ihren ganzen Körper umspülte. Sie griff nach ihren Haaren, löste die Bänder, sodass sie ihr auf die Schultern fielen, sie kicherte, als sie ihre lange Mähne hin und her schwang, um sie aus ihren Fesseln zu befreien.

Logan warf einen Blick auf sie und ihre Haare, welche ihr um

die Schultern fielen, sprang dann ins Wasser, packte sie und zog
sie fest an sich.

»Oh!« Sie blickte auf seine Härte an ihrem Bauch. »Das hat
nicht lange gedauert, oder?« Sie grinste ihn an und griff nach
seiner Erektion, streichelte ihn so, wie er es gerne hatte.

»Herrgott, zwischen deinen Haaren und deinem Stöhnen hat
es kaum länger als eine Sekunde gedauert. Aber jetzt hast du mir
eine Herausforderung gegeben, ganz bestimmt.«

»Und die wäre?«

»Er grinste, als er sie an der Taille packte und sie auf die Fels-
kante setzte, wobei sie ihre Beine weit für ihn spreizte. »Das ist
eine Sache meines männlichen Stolzes. Ich muss dich noch mehr
zum Stöhnen bringen, und zwar nur mit meiner Zunge.«

Gwyneths verwirrter Gesichtsausdruck ließ ihn noch mehr
grinsen und er machte sich daran, seinen Standpunkt zu beweisen. Innerhalb weniger Minuten stöhnte sie auf, bevor sie sein
Haar umklammerte und seinen Namen laut genug schrie, dass er
in der kleinen Höhle widerhallte. Sie fing sich, als sie sich auf den
Felsen zurückfallen ließ, und starrte ihn an, während sie beobachtete, wie er sich seinen Weg zu ihrem Bauch hinauf küsste.

»Habe ich mein Versprechen gehalten, Mädchen?« Er zwinkerte ihr mit dem verruchtesten Grinsen zu, das er aufbringen
konnte.

Alles, was Gwyneth tun konnte, war zu nicken und zu wimmern.

KAPITEL VIERZEHN

ALS SIE ENDLICH in Glasgow ankamen, brachte Gwyneth ihn direkt in die Kirche, um ihren Bruder kennenzulernen. Sie führte ihn durch die Hintertür in eine warme und einladende Kammer hinter der Kapelle. Neben der Feuerstelle stand ein Tisch mit Stühlen, und im hinteren Teil des Raumes befand sich ein kleiner Bereich für die Essenszubereitung. Neben der Hauptkammer konnte er zwei Räume ausmachen, wahrscheinlich zum Schlafen. Pater Rab war ein freundlicher Mann, der sich wirklich Sorgen um seine Schwester machte.

»Es ist mir eine Freude Euch kennenzulernen, Pater«, meinte Logan.

»Ganz meinerseits, aber bitte nenn mich Rab. Du brauchst mich in meinem Haus nicht als Priester anzusprechen. Du bist hier mein Gast.« Sein Lächeln war aufrichtig und warm, als er seine Aufmerksamkeit seiner Schwester zuwandte. »Gwyneth, komm, setz dich und erzähl mir von deiner Reise in die Highlands.«

Die drei setzten sich an den Tisch und Gwyneth erzählte ihrem Bruder von den Höhepunkten ihrer Reise. Logan konnte sehen, wie sehr sie Rab liebte und bewunderte. Ihr Verhalten war oft hart und kalt, aber nicht hier. Erst in den letzten Tagen war ihm aufgefallen, wie schön ihr Lächeln war, ihre weißen Zähne, welche sich leuchtend von ihrem dunklen Haar und der bronzefarbenen Haut abhoben. Es war umso schöner, dass man es sich verdienen musste. Herrje, er musste zugeben, dass sein Beschützerinstinkt bei dieser Frau jeden Tag stärker wurde.

War es nur das Bedürfnis sie zu beschützen, oder war es etwas anderes?

Ihr Gesicht strahlte, als sie ihm vom Grant-Clan erzählte.

Rab zwinkerte Logan zu. »Es freut mich zu hören, dass du deine Reise genossen hat. Vielleicht hat es dir für eine Weile etwas anderes gegeben, auf das du dich konzentrieren konntest.«

Gwyneths Gesicht verfinsterte sich. »Nay, du weißt, was ich tun muss, Rab. Ich kann ihn nicht gehen lassen. Er muss für das bezahlen, was er getan hat.«

Die Hand ihres Bruders griff nach ihrer Schulter. »Hast du immer noch Albträume?«

Logan nickte mit dem Kopf, in Einklang mit ihrem.

Rabs Augenbrauen zogen sich in die Höhe, und sein Gesichtsausdruck veränderte sich von freundlich zu grimmig, als ob er endlich herausgefunden hatte, was ihn an ihrer Beziehung störte.

»Rab, bitte. Halte mir keinen Vortrag. Logan und ich haben die beiden Mädchen mit vier anderen Wachen in Sicherheit gebracht. Du weißt, dass ich das für meine Freundin tun musste.«

»Aye, und was ist mit der Reise zurück nach Glasgow?« Seine Hände wanderten zu seinen Hüften, während er von Gwyneth zu Logan schaute. »Ist es nötig, dass ich eine Hochzeit durchführe?«

Gwyneths Reaktion ließ beide Männer zusammenzucken. »Nein!« Ihre Augen weiteten sich, als sie ihren Bruder anstarrte. »Keine Hochzeit! Du weißt, wie ich dazu stehe, Rab.« Sie warf einen Blick zu Logan und schüttelte den Kopf.

Logans Blick durchbohrte den ihren. »Wenn sie mich haben will, würde ich sie gern heiraten und sie meine Frau nennen.«

Heilige Mutter Gottes, woher war das gekommen? Er hatte sich selbst genauso geschockt wie alle anderen. Es hatte ihn keinen einzigen Gedanken gekostet. Sein Sire hätte erwartet, dass er das Angebot macht, da er ihr die Jungfräulichkeit genommen hatte. Draußen in der Wildnis zu sein, hatte alles so natürlich erscheinen lassen, so richtig. Er hatte jeden Moment genossen, den sie gemeinsam in den Highlands verbracht hatten. Jetzt musste er tun, was ehrenhaft war. Außerdem liebte er sie und würde ihr für immer folgen, wenn sie sich dazu entschied, ihn zu führen. Er *wollte* sie ehelichen.

Er drehte sich zu Gwyneth um, nahm ihre Hand in seine und

strich mit dem Daumen über ihre Haut. »Gwyneth, nichts würde mich glücklicher machen, als wenn du meine Frau wärst.«

Gwyneth schaute ihn an, Panik lag in ihrem Blick. Sie schüttelte den Kopf und starrte ihren Bruder an. »Nay, Logan, es liegt nicht an dir. Ich habe meinem Bruder gesagt, dass ich niemals heiraten werde.«

Rab unterbrach ihn. »Könntest du uns vielleicht ein bisschen Zeit allein gewähren, Logan? Ich habe schon eine Weile nicht mehr mit meiner Schwester gesprochen.«

Logan nickte. »Gewiss. Ich habe noch ein paar Dinge zu erledigen. Ich werde bald wiederkommen.« Er packte seine Sachen zusammen und nickte Gwyneth zu, bevor er sich auf den Weg machte.

Nachdem er sein Pferd im Nebel bestiegen hatte, schnippte Logan mit den Zügeln und wandte sich dem Stadtzentrum zu. Heiliger Vater, sie hatte ihn abgewiesen. Der Schock über dieses eine Wort – nay – hatte ihn gerade mit voller Wucht eingeholt. All die Jahre, in denen er vor dem Gedanken an die Ehe davonlief, und er war von der einzigen Frau zurückgewiesen worden, die er je zu seiner Frau machen wollte. Was zum Teufel hatte sie sich dabei gedacht? Nur weil sie etwas zu Ende bringen musste, hieß das nicht, dass sie ihn nicht heiraten konnte. Herrje, sie könnte ihr Kind unter dem Herzen tragen. Vielleicht brauchte sie nur etwas Zeit, um darüber nachzudenken, denn er hatte sie ziemlich überrumpelt. Pater Rab würde wahrscheinlich auf die Zusammenführung bestehen.

Er verdrängte den Vorfall aus seinen Gedanken. Wenn das ihre Entscheidung war, dann hatte er keine Wahl, als sie zu ehren. Er schob sein Kinn vor. Sobald er seine Aufgabe erledigt hatte, würde er zur Kirche zurückkehren, sich verabschieden und direkt zum Ramsay-Clan aufbrechen. Seine Mutter war mit ihrem Bruder Micheil zurückgeblieben, also würde er sie zuerst besuchen.

Sobald er an seinem Ziel angekommen war, warf er einem Stallburschen die Zügel zu und durchquerte den Hof bis zu den Stufen der großen Halle. Drinnen angekommen, schritt er zum Podium und grüßte den Hausherren. »Ich bin gekommen, um dich über meine jüngste Reise zu informieren.«

»Aye, tu das. Denn ich habe noch einen weiteren Auftrag für

dich, und er muss bald erledigt werden.« Dougal Hamilton stand auf, schritt zu seiner Kammer und bat Logan, ihm hineinzufolgen.

Logan nahm gegenüber von Hamiltons Schreibtisch Platz, erzählte seine Geschichte und wartete dann auf seinen nächsten Auftrag. Dougal Hamilton arbeitete im Stillen nach den Bedürfnissen des Königs und Dundonalds. Dundonald war der Steward von König Alexander und es war seine Aufgabe, alle offiziellen Geschäfte des Königs zu erledigen. Hamiltons Aufgabe bestand darin, alle inoffiziellen und verdeckten Geschäfte des Königs zu vollziehen. Logans Gewohnheit umherzuziehen, hatte sich als überaus wertvoll erwiesen, um den Schotten zu helfen, wichtige Informationen zu erhalten ... und andere Spezialaufgaben zu erfüllen. Es war unerlässlich, dass niemand von seiner Arbeit als Spion für die schottische Regierung erfuhr. Seine Brüder waren die Einzigen, die von seinen geheimen Missionen wussten.

Logan nickte und erkannte, dass sich die Dinge zum Besseren gewendet hatten, seit Gwyneth ihn abgewiesen hatte. Er hätte keinen weiteren Auftrag ausführen können, wenn sie zugestimmt hätte ihn zu heiraten.

Hamilton fuhr fort. »Ich habe einen Spion, der die Aufgabe übernommen hat, einen ganz besonderen Halunken in Glasgow aus persönlichen Gründen zu töten, aber das Ziel muss wegen seiner Bedrohung für die Schotten ausgeschaltet werden. Diese gewisse Person begann als gewöhnlicher Krimineller, aber seine Aktivitäten haben sich mit der Zeit zu denen eines abscheulichen Verbrechers entwickelt. Ich habe neue Beweise für unaussprechliche Verbrechen gegen Frauen und ich will, dass er beseitigt wird. Ich brauche dich, um sicherzustellen, dass dieser Spion die Mission ohne Verzögerung beendet. Ich befürworte es, dass dieser Händler ausgeschaltet wird, aber ich befürchte, dass mein Spion einen persönlichen Rachefeldzug gegen diesen Mann führt, was die Fähigkeiten des Spions beeinträchtigen könnte, den Auftrag zu Ende zu führen.«

Logan sagte: »Warum ziehst du den Spion dann nicht von der Aufgabe ab und lässt mich das erledigen? Ich brauche im Moment etwas, das mich beschäftigt, das würde also gut passen.«

Dougal faltete die Hände in seinem Schoß zusammen. »Weil

dieser konkrete Spion einer meiner besten ist, und ich denke es wäre im besten Interesse dieser Person, die Aufgabe selbst zu erledigen.«

»Wie passe ich dann da rein?«, fragte Logan verwirrt.

»Ich möchte, dass du dem Spion folgst, ohne deinen Status zu verraten. Ich befürchte, dass diese Person aufgrund einer persönlichen Angelegenheit Unterstützung benötigt. Ich brauche dich, um sicherzustellen, dass der Auftrag ohne Probleme abgeschlossen wird.«

»Ich akzeptiere. Wer ist der Spion und wo kann ich ihn finden?«

Hamilton lächelte. »*Sie*. Der Spion ist Gwyneth Cunningham. Du solltest nach deiner Reise in die Highlands gut genug mit ihr vertraut sein.«

Logan konnte seine Überraschung nicht verbergen. »Aye, das bin ich. Sie ist eine gute Bogenschützin. Ich habe sie gerade bei ihrem Bruder abgesetzt. Warum hast du mich nicht vorher darüber informiert? Ich bin gerade mit ihr in die Highlands und wieder zurückgereist, wie du weißt. Warum hast du mir nicht gesagt, dass sie für dich arbeitet?«

Logan wusste nicht, ob er nur schockiert oder auch wütend sein wollte. Gwyneth? Eine Spionin?

»Weil du es nicht zu wissen brauchtest. Ich treffe die Entscheidungen, Ramsay, und zu dem Zeitpunkt war es nicht wichtig genug. Ich wollte, dass du dir selbst ein Bild von ihren Fähigkeiten machst, ohne meinen Einfluss. Stimmst du mir zu, dass sie fähig ist, die Mission zu erfüllen?«

»Aye, sie ist eine starke Bogenschützin und eine Kriegerin. Aber ich weiß nicht, ob sie das schaffen kann, nach allem, was bisher geschehen ist. Lass sie beiseite und erlaube mir, es zu tun.«

»Nay. Das ist ihre Mission, und ich werde sie nicht abweisen. Es muss stattfinden, und ich nehme an, du bist dir der Situation bewusst. Hat sie ihre Geschichte mit dir geteilt?«

Logan stand auf, unfähig, seine Bedenken im Zaun zu halten. »Aye, das hat sie, und sie ist zu nah an der Sache dran. Zieh sie ab und erlaube mir, Erskine zu verfolgen. Ich werde das zu Ende bringen.« Seine Stimme wurde lauter, als er weitersprach.

Dougals Gesichtsausdruck veränderte sich zu einem Ausdruck

der Verwunderung. »Wie nahe stehst du ihr? Gibt es mehr an dieser Beziehung, von dem ich wissen muss? Was genau ist sie für dich?«

Logan blieb stehen und setzte sich. Ihm wurde klar, wie das für seinen Vorgesetzten aussehen musste. Er hatte die Frau gerade mehrere Tage in seinen Armen gehalten, aber das konnte er Hamilton nicht wissen lassen, sonst würde er gezwungen sein, sich von der Sache zu distanzieren.

Er dachte über alles nach, was er gerade gehört hatte, und meinte schließlich: »Es gibt nichts, was du wissen solltest. Ich nehme den Auftrag an und werde ihn zu Ende führen. Muss ich noch irgendetwas über Erskine wissen?«

Hamilton schlug die Hände über dem Schreibtisch zusammen und lehnte sich zu Logan. »Du musst vorsichtig sein. Er ist nicht länger ein kleiner Krimineller. Er hat viele Männer unter seiner Kontrolle und großen Reichtum. Außerdem möchte ich, dass du auch herausfindest, wen er in der Regierung kontrolliert. Irgendwie hat er es geschafft, sich einer Anklage wegen all seiner früheren Verbrechen zu entziehen. Er ist ein reicher Mann. Er muss jemanden bezahlen, der ihm den Rücken stärkt. Ich will wissen, wer das ist.«

Logan dachte noch einmal nach und nickte. »Einverstanden. Ich werde sofort handeln. Aber du musst über seine letzten Aktivitäten Bescheid wissen und darüber, was er mit Gwyneth gemacht hat.«

Dougals Stimme wurde zu einem Flüstern. »Aye, das ist mir bewusst, und ich hatte in eurer Abwesenheit zwei Spione, die nach ihm suchten, aber einer von ihnen ist jetzt tot. Er hing an einem Seil an einem Baum bei den Fjorden, die Bussarde pickten bereits an ihm, als wir ihn fanden. Finde Duff Erskine, er ist so schwer zu fassen wie immer. Ich will ihn tot sehen, für seinen letzten Entführungsversuch der Frauen und den Mord an einem meiner Spione. Finde ihn, bevor er einen weiteren Spion tötet oder eine weitere Fuhre versucht.«

Logan nickte. Verflucht, er war immer noch nicht in der Lage zu sprechen. Er stand auf und ging zur Tür, blieb dann aber stehen und drehte sich um. »Gwyneth? Eine deiner Besten?«

Hamilton nickte. »Aye, das ist sie. Sie ist klug, eine höllisch gute

Bogenschützin, und niemand verdächtig eine Frau.«

Und obwohl Logan immer noch unter Schock stand, von dem was er erfahren hatte, war nichts davon eine Überraschung.

Dougals Augen bohrten sich in seine. »Ramsay? Was immer es kostet. Tu es.«

KAPITEL FÜNFZEHN

SOBALD LOGAN WEG war, ging Gwyneth auf ihren Bruder zu. »Rab, ich werde ihn nicht heiraten, du musst damit aufhören. Du weißt, was ich zu tun habe und wie ich über die Ehe denke.« Sie schritt durch den Raum, immer noch entrüstet über den Vorschlag ihres Bruders.

»Gwyneth, bitte beruhige dich.« Rabs Stimme senkte sich, so wie sie es immer tat, wenn er versuchte sie zu beruhigen.

»Ich bin ruhig, Rab, ich will nur nicht heiraten. Ich dachte, du verstehst das.« Unter der Kontrolle eines Mannes sein? Niemals. So sehr sie auch alles zu schätzen wusste, was Logan für sie und ihre Freundin getan hatte, eine Heirat kam für sie nicht in Frage, nicht einmal mit ihm. Sie dachte daran, wie ihre Ablehnung für Logan geklungen haben musste, seufzte und riss am Ende ihres Plaids. Er musste wissen, dass es nicht an ihm lag, nur an der Vorstellung einer so starken, *dauerhaften* Bindung.

Rab starrte sie ein paar Minuten lang an, bevor er sie zu einem Stuhl am Tisch hinüberführte und sich neben sie setzte. »Gwyneth, ich weiß, dass das, womit wir zu kämpfen hatten, als Vater und Gordon ermordet wurden, eine Last war, die schwerer war als das, was viele Kinder ertragen müssen. Und ich verstehe, dass du und ich uns entschieden haben, auf sehr unterschiedliche Weise damit umzugehen, aber ich mache mir Sorgen um dich.«

Gwyneth starrte ihren Bruder an. Wie sehr sie ihn liebte, und wie dankbar sie war, dass er an jenem schicksalhaften Tag um Hilfe gerannt war. Andernfalls hätte sie ihn vielleicht auch begraben müssen. Tränen brannten in ihren Augen, als sie nach seinen Händen griff und sie festhielt. »Rab, du weißt, dass ich das zu Ende bringen muss.«

Rab nickte, auch wenn sie merkte, dass ihm ihre Antwort nicht gefiel. »Ich verstehe das, obwohl ich einen anderen Weg gewählt habe.«

Gwyneth starrte vor sich hin und wischte sich die Tränen von ihren Wangen.

Ihr Bruder fuhr fort. »Das Beten hat eine wunderbare Friedlichkeit in mein Leben gebracht, welche ich gerne mit dir teilen würde. Aye, ich habe nicht gesehen, wie die Pfeile Vaters und Gordons Haut durchbohrt haben, so wie du es getan hast, und vielleicht ist das der Grund, warum mich das Bedürfnis nach Rache nicht verzehrt, aber das frisst an deiner Seele, Gwyneth. Ich wünschte, du könntest es gut sein lassen. Ich glaube, unser Sire würde dich gerne sesshaft mit einem guten Mann und Kindern zu deinen Füssen sehen. Dieser Logan scheint ein guter Mann zu sein, und er akzeptiert dich so, wie du bist, mit Hosen und allem anderen.«

»Rab, du verstehst das nicht«, erwiderte sie und kämpfte gegen die Tränen, die erneut zu fallen drohten. »Es waren nicht nur die Pfeile. Ich sah, wie das Leben aus Vaters Augen verschwand. Ich bin froh, dass du es nicht gesehen hast, aber als ich auf ihn fiel, war er noch da. Er starrte mich mit dem schlimmsten Ausdruck in seinen Augen an, und dann war das Licht fort. Ich sah zu, wie seine Seele ihn verließ. Es war mehr als schrecklich, und als ich mich umdrehte, um Gordon anzuschauen, passierte genau das Gleiche.« Sie griff mit beiden Händen an den unteren Rand ihres Waffenrocks und kämpfte um Kontrolle. »Sag mir eins, Rab, und bitte sei ehrlich«, flüsterte sie. »Wünschst du dir jemals, Duff Erskine tot zu sehen?« Sie griff in ihre Tasche und umklammerte den kleinen Stein, den Lily ihr gegeben hatte, und rieb ihn energisch, während sie auf seine Antwort wartete.

Er blinzelte, während seine Schultern zusammensackten. » Aye, aber ich bete jeden Tag um Kraft. Ich bete um Vergebung für meine niederträchtigen Gedanken, für den Hass, den ich manchmal immer noch gegen diesen Mann hege. Wenn ich jetzt daran denke, was Duff versucht hat, dir anzutun, indem er dich auf dieses Schiff geworfen hat, dann trage ich eine solche Wut in mir, dass es mich verfolgt. Jeden Tag bete ich um Kraft. Aber vor allem bete ich für dich, Gwyneth, denn ich weiß nicht, ob ich weiterleben könnte, wenn ich dich jemals verlieren würde. Ich bete für dein Glück, für deine Befreiung von dem Hass, den du in dir trägst.«

»Die Erlösung ist nah, Rab. Jetzt, wo ich zurück bin und der Krieg sich beruhigt hat, ist es an der Zeit, die Sache zu beenden. Er wird keinen von uns beiden mehr heimsuchen«, murmelte sie.

»Ich weiß, du brauchst einen Abschluss, aber wenn du ihn tötest, wirst du dann nicht in eine andere Art von Hölle gezwungen – die der Schuld? Kannst du damit auf deinem Gewissen leben?«

»Aye. Erskines Tod wird mir Frieden geben, zu wissen, dass ich endlich Gerechtigkeit für die Tragödie, die vor sieben Jahren stattfand, erreicht habe. Denke daran, wie viele Frauen ich vor einem Leben in Sklaverei retten könnte, welches mir fast aufgezwungen wurde.«

»Das ist wahr«, erwiderte Rab, den Kopf am Tisch gesenkt. »Ich wünschte nur, der Sheriff würde sich darum kümmern, damit du dich nicht gezwungen fühlst, das zu beenden.«

»Duff steht über dem Gesetz. Er lügt. Es gab Untersuchungen, aber es wurde nicht das Richtige getan. Irgendetwas ist im Gange, und ich muss herausfinden, was es ist. Er muss einem der höchsten Amtsträger eine ganze Menge Geld bezahlen. Es liegt an mir, die Wahrheit aufzudecken, und dann gelobe ich, die Sache zu beenden.«

»Ich weiß, dass du nicht ruhen wirst, bis du das getan hast, aber kannst du Logan bitten, dir zu helfen? Er könnte mit dir gehen.«

»Ich brauche ihn nicht. Ich werde allein mit Duff fertig, Rab.«

»Für mich, Gwyneth.« Rab stand so schnell auf, dass sein Stuhl fast umkippte. »Seine Männer haben dich schon einmal überwältigt und betäubt. Bitte. Stimme zu, dass Ramsay dir helfen soll. Ich würde mich besser fühlen, wenn er da wäre und auf dich aufpassen würde.«

Gwyneth lächelte. »Du vertraust nicht darauf, dass der Herr über mich wacht, nach all deinen Gebeten?«

»Selbst der Herr nimmt jede Hilfe, die er bekommen kann.« Er schlang seine warmen Hände um die von Gwyneth. »Bitte?«

Nur ihr geliebter Bruder konnte sie überzeugen, nicht allein zu gehen, und nur für ihn würde sei einwilligen. »Ich werde mit Logan sprechen, wenn ich ihn wiedersehe, aber nur dir zuliebe. Ich habe ihm bereits gesagt, dass ich den Todesstoß selbst ausführen muss.«

Rab legte den Kopf zurück und rieb sich mit den Händen über sein Gesicht. »Gwyneth, du bereitest mir solche Sorgen.«

Gwyneth stand auf und eilte hinüber, um ihrem Bruder einen Kuss auf die Wange zu geben. »Entspann dich, Rab. Alles wird gut werden; du wirst sehen.«

Schließlich lächelte er. »Ich muss zugeben, ich bin hoffnungsvoll. Ob du seinen Antrag annehmen willst oder nicht, ich glaube, du hast Gefühle für Logan Ramsay, und nichts würde mich glücklicher machen, als wenn ihr beiden heiraten würdet. Du hast zu viel Zeit in der Kirche und auf den Schießplätzen verbracht. Es gibt mehr im Leben als Rachegefühle. Bitte stoße ihn nicht weg.«

Gwyneth neigte den Kopf und schaute ihren Bruder an. »Er ist ein guter Mann. Ich werde mit ihm darüber sprechen, ob er mir mit Duff hilft.« Wie sehr sie ihren Bruder doch liebte. Auch wenn es sie ein wenig überrascht hatte, als er sich der Kirche zuwandte, war sie froh, dass er seine Berufung gefunden hatte. Außerdem wüsste selbst ein Halunke wie Duff Erskine es besser, um es nicht auf einen Priester abzusehen. Der öffentliche Aufschrei wäre größer, als er bereit wäre, zu ertragen.

Sie schlang ihre Arme um ihn. »Ich liebe dich, Rab.«

»Wo gehst du hin?«

»Es ist Zeit, das zu beenden. Ich werde Logan finden, und dann werden wir gemeinsam nach Erskine suchen.« Sie drehte sich um und verließ die Kirche, ihre Hand rieb noch immer ihren Glücksstein.

Rab starrte ihr aus dem Fenster nach, dann neigte er den Kopf zum Gebet.

Logan ritt zurück zu Pater Rabs Kirche und versuchte immer noch zu verarbeiten, dass Gwyneth Cunningham verdeckt für die Schotten arbeitete, unter demselben Mann, der ihn anleitete. Der Gedanke, dass eine Frau auf diese Art operieren könnte, war ihm nie in den Sinn gekommen.

Nun, er hatte die ganze Zeit gewusst, dass sie anders war. Das war ein weiteres Zeichen dafür, wie besonders sie war. Gütiger Gott, sie war eine wunderschöne, kluge Frau, die ihn auf eine Weise berührte, wie er es noch nie erlebt hatte. Je mehr sich die Idee in ihm festsetzte, desto mehr gefiel ihm der Gedanke, sie zu heiraten. Es war an der Zeit, sich ein wenig niederzulassen, obwohl er das nie so tun könnte, wie es sein Bruder Quade getan hatte. Aber Gwyneth liebte die freie Natur genauso sehr wie er. Was würde Dougal Hamilton davon halten, wenn die beiden heiraten würden? Er lächelte, als er daran dachte, wie überrascht der Mann sein würde, wenn es jemals dazu käme.

Es würde später Zeit sein, das zu klären; jetzt hatte er eine Mission zu erfüllen. Die Wahrheit war, dass er Gwyneth gefolgt wäre, ob Dougal ihm den Auftrag gegeben hätte oder nicht. Erskine war ein Bastard und musste dafür bezahlen. Mit all den neuen Informationen, die er gerade von Hamilton erhalten hatte, gab es für ihn noch mehr Grund, den Halunken tot zu sehen. Der Mann hatte kein Gewissen. Er würde tun, was nötig war, um Gwyneth zu helfen, ihr Ziel zu erreichen und Duffs Verbrechen ein Ende zu setzen.

Seine einzige Herausforderung wäre, zu garantieren, dass Gwyneth in Sicherheit war. Aye, sie war stark, aber er musste sicherstellen, dass ihre Gefühle die Mission nicht gefährden würden.

Er stieg ab und schlenderte zur Hintertür der Kirche, wo er überrascht feststellte, dass Gwyneths Pferd weg war. Wenn sie schon wieder ohne ihn losgegangen war, würde die Hölle los sein. Als er klopfte, suchte sein Blick die Umgebung nach irgendwelchen Zeichen von ihr ab. Aber es gab keine.

Die Tür schwang auf und Pater Rab stand vor ihm, mit einem Ausdruck von Besorgnis im Gesicht. »Och, das kann nicht gut sein.«

»Pater Rab? Ist Gwyneth nicht hier?«

»Nay, sie ist erst vor Kurzem gegangen. Sie sagte mir, sie wolle dich suchen, aber da du vor mir stehst, muss sie Erskine allein nachgegangen sein. Die Heiligen bewahren uns alle, sie hat versprochen, dass sie zuerst um deine Hilfe bitten würde.« Er schüttelte den Kopf. »Ich werde die ganze Nacht für sie beten.

Meine Schwester bereitet mir solche Sorgen.«

»Pater, beruhige dich. Ich werde sie finden und beschützen.« Logan umfasste die Schultern des Priesters.

»Vielen Dank, Logan.«

»Ich glaube, man findet Erskine recht häufig am Flussufer, aber hat er einen Bergfried? Und wenn ja, wo?«

»Soweit ich weiß, hat er ein paar Hütten unten am Wasser, die er nutzt. Er hat ein paar Männer, die für ihn arbeiten, und sie teilen sich oft die Hütten. Aber niemand weiß, wo er wohnt, das sind nur seine Handlanger.«

Logan sagte: »Keine Sorge, Pater. Ich werde sie finden.«

Er stürmte zur Tür hinaus und sprang auf Paz auf. Leider bereute er nun das Versprechen, welches er Gwyneth gegeben hatte. Der Gedanke an einen Mann, der mit gebrochenem Genick an einem Baum baumelte, veränderte alles. Wenn Erskine vor ihm stand und Gwyneth an seiner Seite war, würde er in der Lage sein, zurückzutreten und ihr die Chance auf Rache zu geben?

Er war sich nicht mehr sicher, aber die Frau war ohne ihn gegangen. Es gab keine Zeit mehr zu verlieren.

KAPITEL SECHZEHN

GWYNETH LIESS IHR Pferd gut versteckt in den Bäumen stehen, als sie sich dem Wasser näherte. In Glasgow gab es noch keine Anlegestellen, und die Bucht von Clyde war bekannt dafür, dass sie für die meisten Schiffe in Ufernähe zu seicht war. Jetzt hatte sie endlich einen wichtigen Aspekt von Erskines Geschäft verstanden. Sie hatte genug gesehen, um zu wissen, dass er die Frauen in einen überdachten Wagen lud und sie dann mit Zugpferden flussabwärts zu einer geeigneten Anlegestelle transportierte. Sie nahm an, dass dies seine ganze Operation diskreter machte.

Durch ihre Spionage wusste sie außerdem, dass er manchmal in der Nähe des Flusses zu finden war, da er so viele Handlanger rund um die Fjorde hatte. Wenn sie geduldig war, würde er früher oder später auftauchen.

Und Gwyneth konnte sehr geduldig sein. Sie ließ sich in ihrem Lieblingsversteck im Gebüsch unweit des Flussufers nieder und wartete, wobei sie darauf achtete, dass sie alles um sich herum mitbekam.

Sie hatte Hamilton bereits aufgesucht und ihn über ihren Aufenthaltsort informiert. Er hatte ihr den einzigen Auftrag gegeben, an dem sie interessiert war – Duff Erskine zu töten. Jetzt war es an der Zeit, dies zu vollenden, denn die Welt würde ohne ihn ein viel besserer Ort sein. Sie fühlte sich ein wenig schuldig, weil sie ihren Bruder angelogen hatte, indem sie angekündigt hatte Logan Ramsay zu finden und ihn mitzunehmen, aber sie hatte Ramsay nicht finden können, und jetzt war sie im Einsatz. Sie konnte gut auf sich allein gestellt arbeiten.

Ein paar Stunden später nahte die Dämmerung, aber davon ließ sie sich nicht abschrecken. Sie hatte das Schießen in der Dunkelheit schon oft genug geübt, um gut darin zu sein. Niemand näherte sich ihr; niemand schien sie zu bemerken. Dies war einer der Gründe, warum sie dunkle Männerkleidung trug. Neben dem Schutz gegen die Brombeeren und den Dreck in der freien Natur half es ihr, im Zwielicht zu verschwinden. Früher, als sie noch jünger war, versteckte sie ihr Haar, aber jetzt nicht mehr. Die Leute in Glasgow kannten sie, und die meisten würden ihr nicht in die Quere kommen.

Mit Ausnahme von Duff Erskine. Sie richtete ihre ganze Energie auf ihn.

Sie erinnerte sich an alles über ihn an dem Tag, an dem er ihre Liebsten tötete. Sein braunes Haar war schmutzig und ungekämmt. Er kaute immer auf etwas herum und spuckte oft eine braune, ekelhafte Flüssigkeit aus, von der sie schwor, dass sie aus seinem Herzen kam. Aber es gab eine Sache an diesem Mann, die sie nie verlassen würde – sein Gestank. Er roch, als hätte er sich wochenlang nicht gewaschen, und sie konnte diese Erinnerung nicht aus ihrem Kopf verbannen. Egal wo sie war, wenn sie starken Körpergeruch wahrnahm, attackierte er ihre Sinne auf verschiedenste Weisen und machte sie oft schwindelig.

Im Laufe der Jahre hatte sich Erskine verändert. Sein Reichtum verschaffte ihm den besten Schmuck und Juwelen an seinen Fingern und eine andere Ausstrahlung. Er glaubte, er sei über jeden Vorwurf erhaben, vor allem, weil die Vergangenheit es bewiesen hatte. Irgendwie entkam er den Sheriffs und Richtern der königlichen Städte. Er bewegte sich so schnell von Stadt zu Stadt, dass es schwierig war, ihn zu verfolgen, da er scheinbar immer zu einem neuen Ort weiterzog. Aber Gwyneth wusste, das Glasgow der Ort war, an dem er anfing, wahrscheinlich war es seine Heimat. Er trieb sich in anderen Städten herum, aber er kam immer hierher zurück. Glasgow war ihre beste Chance, ihn zu finden. Parfümierte Öle konnten seinen Gestank überdecken, aber nicht die Verwesung seiner fauligen Seele.

Allein der Gedanke an diesen lausigen Köter ließ ihre Handflächen feucht werden. Sie zwang sich, sich auf ihre Umgebung zu konzentrieren. Sie hatte zwar eine eingeschränkte Sicht auf die

Umgebung, aber sie konnte hören. Sie atmete tief ein und zwang ihren Körper, sich zu beruhigen, damit sie tun konnte, was zu tun war. In der Ferne heulte ein Hund. Die Ruhe der Nacht änderte sich schlagartig, als der Wind durch die Bäume peitschte. Sie hob ihre Nase, um zu erkennen, ob der Duft eines aufkommenden Sturmes in der Luft lag. Sie hielt inne, um alle Geräusche der Stadt am Fluss auf sich wirken zu lassen, und musste akzeptieren, dass schlechtes Wetter sehr wahrscheinlich war.

Ein Fensterladen knallte unten am Weg, gefolgt vom Zuschlagen einer Tür. Schwere Schritte näherten sich und gingen an ihr vorbei. Ein Windhauch verriet ihr, wer es war – Erskine. Sie spähte gerade durch das Gebüsch, als seine Schritte auf der anderen Seite ihres Verstecks zum Stehen kamen. Hatte er sie entdeckt?

Der Mann kam drei Schritte auf sie zu, sie hielt den Atem an und atmete erst aus, als ein Mann aus der entfernten Hütte seinen Namen rief und den Weg hinunter auf ihn zu gerannt kam.

»Aye, Duff. Ich verspreche, dass wir bei deiner Rückkehr alles erledigt haben werden.«

Erskine hielt inne, um mit seinem Handlanger zu sprechen. »Gut, sieh zu, dass ihr das tut«, antwortete Duff. »Wenn ihr es nicht tut, habe ich genügend Äste und Seile für euch zur Verfügung. Ich habe noch anderes zu tun und erwarte, dass ihre meine Befehle ausführt. Wenn nicht, habe ich genug Auswahl, um euch zu ersetzen.« Duff drehte sich um und ging in Richtung der Stadtställe. Seine Schritte waren schwer und bedächtig, ein Mann, der zu jeder Zeit wusste, was er tat. Seines Auftrages sicher, ging er, ohne zu zögern weiter, während sein Handlanger zum Flussufer zurückkehrte.

Gwyneth wartete, um zu sehen, ob sein Kamerad sich ihm anschließen würde, aber die beiden gingen in entgegengesetzten Richtungen davon. Sie stand auf und versteckte sich hinter einem nahen Baum und wartete, bis ihr Opfer in die Ställe trat. Sie würde ihn in die Enge treiben, genau da, wo sie ihn haben wollte. Wenn sie es richtig anstellte, würde er auf der anderen Seite der großen Scheune sein, wenn sie die Tür zu den Ställen öffnete, und ihr Pfeil würde ihn leicht finden. Sie hatte sich immer vorgestellt, ihn draußen abzuschießen, aber wenn es innerhalb der Ställe passierte, könnte er nirgendwo hinlaufen. Seitdem sie hier war, hatte niemand das Gebäude betreten, also nahm sie an, dass er allein war. So spät in der Nacht waren nicht viele unterwegs.

Sie und der Mörder ihres Vaters, der Mörder ihres Bruders, der versucht hatte, sie als Sklavin zu verkaufen, würden sich endlich zu *ihren* Bedingungen treffen.

Die Tür zu den Ställen knarrte, als er sie öffnete, und knallte hinter ihm zu.

Jetzt war ihre Chance gekommen.

Logan stand mitten in der Stadt und versuchte zu entscheiden, wo er mit der Suche nach Gwyneth beginnen sollte. Pater Rab hatte vorgeschlagen, dass er sie unten bei den Hütten am Wasser finden könnte, also ging er zuerst dort hin.

Er ging zu Fuß, sein Schwert und sein Dolch an seinen Körper geschnallt. Die Dunkelheit des Abends kroch über ihn, gerade als der Wind aufkam und einen weiteren schottischen Herbststurm ankündigte. Die Stadt war größtenteils menschenleer; sie hatten offenbar den aufkommenden Sturm gespürt und sich in ihre Hütten verkrochen.

Er durchquerte die Gegend nahe der Fjorde und fragte sich, was er tun würde, wenn er den Bastard vor Gwyneth finden würde. Er wünschte sich nichts sehnlicher, als sein Schwert direkt in das Herz des Schurken zu rammen, aber er hatte Gwyneth versprochen, es nicht zu tun.

Er erinnerte sich daran, dass selbst Hamilton gesagt hatte, er solle Gwyneth unterstützen, nicht die Führung übernehmen. Aber da Dougal ihm auch gesagt hatte, er solle Duff töten, hatte er zumindest eine gewisse Rechtfertigung, gegen sein Wort zu handeln.

Nay, er konnte es nicht tun, Er hatte geschworen, sich nicht einzumischen, es sei denn, ihr Leben war in Gefahr. Trotzdem wusste er, dass Gwyneth ihn für immer hassen würde, wenn es so weit käme. Das konnte er nicht zulassen. Sie würde ihn heiraten, sobald die Sache erledigt war. Sie hatte es nur noch nicht begriffen.

Er hörte Stimmen vor sich, eine Stimme gab der anderen eindeutig Anweisungen. Der unbekannte Mann ging auf die Ställe zu, blieb stehen, setzte dann aber seinen Weg fort. Er wartete in den Schatten und hoffte auf einen Hinweis auf die Identität der Männer. Schließlich folgte ein weiterer Mann dem ersten und gab ihm die Informationen, die er brauchte. Er rief Duff beim Namen.

Es gab nur einen Duff, von dem er wusste, also musste es Erskine sein. Es würde seine ganze Selbstbeherrschung erfordern, den Mann nicht zu Boden zu zwingen, damit er sein Gesicht zu Brei schlagen konnte, aber er musste es tun.

Gerade als er sich in diese Richtung bewegte, begannen um ihn herum Regentropfen zu fallen und in der Ferne grollte der Donner. Verflucht, er wünschte, es wäre bereits vorüber.

Dann sah er sie. Er würde ihre geschmeidige Gestalt überall erkennen. Geräuschlos schlich sie über das Gras, direkt auf die Ställe zu, den Bogen in der Hand. Der Regen schmiegte jeden Zentimeter ihre Kleidung an ihre Kurven. Noch nie hatte er solche Schönheit gesehen, aber er zwang seinen Geist, sich auf das zu konzentrieren, was auf dem Spiel stand.

Er hatte recht gehabt. Duff Erskine war in diesen Ställen.

Und Gwyneth war bereit ihn zu töten.

KAPITEL SIEBZEHN

GWYNETH HATTE LANGE auf diesen Moment gewartet. Endlich war die Vergeltung für ihren Vater und ihren Bruder zum Greifen nah. Nach einem erneuten Kontrollblick schlich sie zu der geschlossenen Tür und presste ihr Ohr an das verwitterte Holz. Das leise Knistern von Stiefeln bewegte sich durch das Stroh und bestätigte ihren ursprünglichen Eindruck – nur ein Mann bewegte sich im Inneren, und er gehörte ihr.

Gwyneth machte ihren Bogen bereit und wartete vor der Tür, in ihrer Tasche rieb sie ein letztes Mal den Glücksstein. Sie hantierte mit den Pfeilen herum und ging den Plan nochmals in ihrem Kopf durch, bevor sie zum nächsten Schritt überging. Sie holte tief Luft und griff nach der rostigen Türklinke.

Noch bevor ihre Hand sie berührte, flog die Tür mit einem Knall auf.

Duff Erskine grinste sie an.

Gwyneth war einen Moment lang fassungslos, aber sie fing sich schnell und richtete ihren Bogen auf ihn.

»Was, willst du mich auf diese Entfernung erschießen? Nur zu versuch es. Du hattest also Glück und wurdest von den Wikingern gerettet. Das macht nichts, ich werde eines Tages trotzdem mein Geld für dich bekommen. Wahrlich, ich könnte dich töten, Cunningham, aber du bist mir lebendig viel mehr wert, eine Schönheit wie du. Folge mir ruhig weiterhin, du machst mir keine Angst. Keine Sorge, wir werden uns zu meinen Bedingungen wiedersehen.«

Sein böses Grinsen kroch ihr bis in die Knochen, aber er würde nicht gewinnen, nicht dieses Mal. Sie straffte die Schultern. »Nein, das wirst du nicht Erskine. Du bist Abschaum, und ich werde dich für den Mord an meinem Vater und Bruder bezahlen lassen.«

Erskine lachte und schob sich an ihr vorbei. Er blieb kurz vor der Stalltür stehen und starrte zu den Gewitterwolken über ihm hinauf, dann lachte er. »Du könntest mich an einem guten Tag nicht schlagen, Gwyneth. Bei dem Regen hast du keine Chance, und das weißt du auch.«

Er drehte ihr den Rücken zu und ging glucksend davon.

Gwyneth straffte sich und zielte direkt auf seinen Rücken. Das war alles falsch. Sie wollte ihm zwischen die Augen oder in sein Herz schießen. Sie hielt einen Moment inne, in der Erwartung, dass er sich umdrehte und wieder versuchte, sie zu reizen. Der Regen lief ihr über das Gesicht und über die Hände, aber sie blieb standhaft.

»Du könntest jetzt gerade nicht einmal die Ställe treffen, Gwyneth. Du wirst mich nie treffen«, rief er über die Schulter, seine Stimme unbekümmert.

Wut strömte durch ihre Adern. Egal, ob sie ihm in den Rücken schoss. Sie ließ ihren Pfeil fliegen und wartete ab.

Nichts passierte.

»Och, war der für mich bestimmt?«, lachte er. »Du warst nicht einmal in der Nähe. Hat dir niemand gesagt, dass du eine Frau bist, Mädchen? Frauen können nicht schießen. Wer immer dir das beigebracht hat, hat schlechte Arbeit geleistet und hätte seine Zeit nicht verschwenden sollen.« Er stolzierte weiter davon.

»Dreh dich um, Erskine, damit ich dein Gesicht sehen kann.« Sie wollte den Blick in seinen Augen sehen, wenn sie ihn mit dem tödlichen Bolzen traf.

Er drehte sich um und blieb stehen, starrte ihr direkt in die Augen. »Du hast nicht das Zeug dazu, mich zu erschießen. Hier bitte.« Er hielt die Arme hoch. »Ich bin hier, töte mich. Du bist eine Frau und nicht stark genug, um mich zu erledigen. Gib es auf.«

Gwyneth nahm einen weiteren Pfeil, spannte ihn ein und ließ ihn los, aber sie verfehlte ihn um zwei Arme. Der Regen prasselte ihr ins Gesicht, wodurch ihre Sicht verschwamm, und sie wischte sich über die Augen. Leider trübten nun auch Tränen ihre Sicht, denn seine Worte trafen sie härter als alle anderen, die sie je gehört hatte.

»Ha!« Seine Arme schnellten in die Höhe, als er sich umdrehte und weiter von ihr wegging. »Du kannst nicht einmal ein stehendes Ziel treffen. Du wirst mich nie treffen können, wenn ich mich bewege. Lass es gut sein Gwyneth. Geh zur Kirche deines Bruders, geh auf die Knie und entschuldige dich bei deinem Vater und deinem Bruder für dein Versagen.«

Sie zog einen weiteren Pfeil und ließ ihn fliegen, aber ihr Arm zitterte zu sehr, als dass sie ihr Ziel hätte kontrollieren können. Sie war weit von ihm entfernt. Ihre Knie begannen zu schlottern, sie zwang sich dazu ruhig zu bleiben und Kraft aus ihrem Bauch zu schöpfen. Sie durfte nicht versagen.

»Keine Chance.« Sein Lachen hallte durch die Nacht. »Pass auf, dass du nicht aus Versehen irgendwelche Tiere erschießt, ja, Mädchen?«

Ein weiterer Pfeil flog an ihm vorbei. »Verabschiede dich übrigens von deinem Bruder, denn in der nächsten Nacht werden wir dich wieder holen kommen. Und diesmal werden die Wikinger nicht da sein, um dich zu retten.« Er ging, ohne seinen Schritt zu unterbrechen, als ob er keine Angst hätte.

Gwyneth presste ihren Kiefer zusammen und schluchzte vor Wut. Wie hatte sie ihn nur so oft verfehlen können, und das auch noch aus so kurzer Entfernung? Sie zweifelte nicht an ihren Fähigkeiten mit dem Bogen – schließlich hatte sie ihren Wettkampf gegen Ramsay erst vor ein paar Tagen klar und deutlich gewonnen. Sie starrte Erskine hinterher, der immer noch vor sich hin schwafelte und sie verspottete, sodass sie sehen konnte, als er plötzlich stehen blieb. Sie wischte sich die Tränen aus den Augen und starrte ihn an. Warum bewegte er sich nicht mehr?

Logan.

Als sich ihre Sicht klärte, erkannte sie, dass Logan Ramsay am Ende des Weges stand, seinen Arm um Duff Erskine gelegt, einen Dolch an seiner Kehle.

»Nay!«, schrie sie. »Du hast es mir versprochen, Ramsay. Er gehört mir. Töte ihn nicht. Er gehört mir!« Sie rannte den Weg hinunter, rutschte im Schlamm aus und fuchtelte mit den Armen.

Logan rührte sich nicht. »Dann tu es«, sagte er zu ihr. »Ich werde ihn festhalten. Spann einen Pfeil und töte ihn.«

Ein Blitz fuhr durch den Himmel, ließ sie an Ort und Stelle erstarren und erleuchtete Logan und Erskine im Dunkel der Nacht. Zum ersten Mal in ihrem Leben sah sie einen Hauch von Angst in Duffs Augen. Sie schöpfte Kraft aus Logans Blick und richtete sich wieder auf, sie war noch ein gutes Stück entfernt, dann schnappte sie sich einen weiteren Pfeil und spannte ihn. Tränen mischten sich noch immer mit Regentropfen, und sie wollte den Pfeil gerade loslassen, als ein Donnergrollen sie aufschreckte. Sie konnte es nicht tun.

Sie hatte unzählige Pfeile auf ihn abgefeuert und jedes Mal verfehlt. Und wenn sie ihn dieses Mal verfehlte? Sie könnte Logan treffen – den Mann, den sie… liebte. Das war das Risiko nicht wert.

Sie trat zurück und zielte mit ihrem Pfeil auf den Boden: »Lass ihn gehen.«

Logan erwiderte: »Erschieß ihn. Und wenn du deinen Bogen nicht benutzen willst, komm her und benutze meinen Dolch.«

»Nay, ich muss ihn töten, so wie er meinen Vater und meinen Bruder getötet hat.« Gwyneths ganzer Körper bebte, als die Erkenntnis, dass sie ihren Vater im Stich gelassen hatte, bis in ihr Innerstes fuhr. Schluchzen hallte durch den Sturm, als sie in den Himmel starrte, der Regen wusch ihre Tränen weg, während sie sich wünschte, dass ein Blick sie niederschlagen würde. »Nay. Lass ihn gehen, Ramsay. Ich bin eine Versagerin.« Fast auf Zuruf erhellte sich der Himmel, als ein Blitz in einen nahe gelegenen Baum einschlug und den Boden erzittern ließ.

Sie kämpfte um ihr Gleichgewicht und bedeckte ihren Kopf, während das Donnergrollen durch die Stadt hallte. Als sie die Augen wieder öffnete, war Erskine verschwunden.

Logan stand mit dem Bastard vor ihr und wollte, dass Gwyneth ihn erschoss, aber sie konnte es nicht tun. Ein schmerzhaftes Wimmern zerriss die Luft und er sah zu, wie eine starke Frau, welche er liebte, vor seinen Augen zusammenbrach. Er hatte eine schwierige Entscheidung zu treffen. Gwyneth war zu sehr von ihren Erinnerungen zerfressen, um die Aufgabe zu beenden. Könnte er es tun? Sollte er es tun? Er könnte das Leben des

Halunken jetzt gleich beenden. Eine Bewegung seines Handgelenks und Erskine würde seinen letzten Atemzug machen.

Der gequälte Blick in ihrem Gesicht hielt ihn auf. Wenn er es tat, würde er diesen Blick für den Rest seines Lebens in ihren Augen sehen. Nay. Ein Knall hallte wider, als ein Blitz in der Nähe einschlug und seinen Verstand aufrüttelte. Wie von einer unbekannten Kraft angetrieben, ließ er das Messer sinken und schob Erskine von sich weg. »Schaff deinen Arsch von hier weg. Es wird nicht viel brauchen, bis ich es mir anders überlege.« Duff hetzte in Richtung Wasser davon.

Gwyneth stand in der Mitte des Sturms, völlig überwältigt von dem, was gerade passiert war. Sein Herz riss entzwei, als er beobachtete, wie sie in den Himmel starrte und aus vollem Herzen über das schluchzte, was sie als völliges Versagen ansehen würde. Er rannte zu ihr und fing sie auf, bevor sie zu Boden fiel. Er ließ sich in die nasse Pfütze unter ihr fallen und dämpfte ihren Sturz ab, indem er sie auf seinem Schoß niederließ, während sie weiter schluchzte.

Sie hielt sich verzweifelt an seinem Arm fest und ließ ihren Kummer aus sich herausströmen. Blitze erhellten den Himmel um sie herum, der Donner hallte durch die Nacht, aber nicht laut genug, um ihren Schmerz zu übertönen. Er hielt sie weiterhin fest, wusste nicht, was er sonst tun sollte, als sie in seinen Armen zu wiegen und an die tausend verschiedenen Arten zu denken, wie er Duff Erskine töten würde.

Heute Nacht brauchte sie ihn.

Erskine konnte bis zum nächsten Tag warten.

KAPITEL ACHTZEHN

AM NÄCHSTEN MORGEN saßen Logan und Pater Rab in einen Raum hinter der Kirche und warteten darauf, dass Gwyneth erwachte. Sie wusste das, und doch konnte sie sich nicht dazu durchringen, von der Pritsche aufzustehen, nach dem, was sie in der Nacht zu vor getan hatte – oder *nicht* getan hatte. Die beiden unterhielten sich flüsternd, sie konnte ihre Worte aber nicht verstehen. Sie war froh darüber, denn sie hatte von Erskine genug über ihr Versagen gehört. Sie brauchte nicht noch mehr zu hören, schon gar nicht von ihren Liebsten.

Keiner wusste besser als sie, wie sehr sie versagt hatte. Schließlich zwang sie sich von der Pritsche, wusch sich an dem Waschbecken auf dem Tisch und zog sich saubere Kleidung an, bevor sie zu ihrem Bruder und Logan ins andere Zimmer ging.

Sie trat in die Tür, und so sehr sie sich auch bemühte, sie konnte ihre zusammengesackten Schultern nicht aufrichten. Ramsay hatte sie in der vergangenen Nacht stundenlang gehalten und sie einfach den Schmerz ihres Versagens loswerden lassen. Er war wirklich ein besonderer Mann.

Beide Männer standen auf, als sie den Raum betrat, und sie bedeutete ihnen, sich wieder auf ihre Plätze zu setzen. Ohne auf ihre wortlose Bitte zu achten, kam Rab zu ihr und schlang seine Arme um sie.

Sie lehnte ihren Kopf an seine Schulter. »Es tut mir leid, Rab. Ich habe dich, Vater und Gordon enttäuscht. Ich bin sicher, Logan hat dich über alles aufgeklärt.«

»Gwyneth«, fing Rab an und nahm ihre Hände in die seinen. »Sei gesegnet, du könntest mich nie enttäuschen. Ich bin froh, dass du ihn nicht getötet hast. Jetzt muss ich dich nicht mit in die Kirche nehmen, um den Herrn um Vergebung für deine Seele zu bitten.«

Ihr Bruder lächelte und sie konnte nicht anders, als es zu erwidern. Natürlich war er nicht enttäuscht von ihr. Aber das spielte keine Rolle; sie wusste über ihren Misserfolg gut genug Bescheid.

Sie warf einen Blick auf Logan, bevor sie sich an den Tisch setzte. »Ich danke dir, dass du mir gestern Abend beigestanden hast.« Ihre Stimme war nur noch ein Flüstern, und sie konnte ihm nicht in die Augen sehen, aber sie hatte gesagt, was sie sagen musste.

Rab stellte eine Schüssel mit Haferbrei vor ihr ab, aber sie tat nicht viel mehr, als damit zu spielen, da sie noch nicht essen konnte. »Logan hat mir erzählt, dass du letzte Nacht unter schwierigen Bedingungen agiert hast. Der Sturm war scheußlich. Wie sollte man im Dunkeln und im Regen schießen? Du bist keine Versagerin, Gwyneth.«

Ihre Stirn runzelte sich, als sie Logan ansah. »Schwierige Bedingungen?« Es hatte keine schwierigen Bedingungen gegeben. Sie hatte schließlich mehrere Chancen gehabt, den Schurken zu töten, und sie hatte alle vertan.

»Aye, so wie der Himmel seine Schleusen öffnete, als du ihm zu den Ställen gefolgt bist. Regen, Wind und Blitze können dein Zielen beeinträchtigen«, antwortete Logan, während er Rab anschaute.

»Ich habe im Regen zu schießen geübt. Das war noch nie ein Problem.« Sie schüttelte den Kopf, um die Gedanken loszuwerden.

»Gwyneth, das war kein Regen, das war ein Wolkenbruch. Ich weiß nicht, wie du sehen konntest, um zu zielen. Außerdem verlangsamt ein solch starker Regen deine Pfeile.«

Sie hatte keinen Gedanken an diese Möglichkeit verschwendet. Ja, sie hatte bemerkt, dass der Regen ihre Sicht trübte, aber ihre Tränen der Frustration hatten auch nicht geholfen. Könnte der Regen wirklich die Flugbahn ihres Pfeils verändert haben?

»Aye«, sagte Rab. »Er spricht die Wahrheit.«

»Na gut, ich akzeptiere, dass mich die schlechten Wetterbedingungen beeinflusst haben. Ich muss dafür sorgen, dass das Wetter gut ist, wenn ich ihn das nächste Mal aufspüre.« Sie nahm einen Löffel von ihrem Haferbrei und ignorierte die beiden Männer, die sie anstarrten. Es war plötzlich still geworden im Raum.

Rab sprach zuerst. »Das nächste Mal? Gwyneth, bitte lass es ruhen.«

»Rab, das kann ich nicht«, antwortete sie und hielt inne, um sich einen weiteren Löffel Brei in den Mund zu schieben. »Außerdem hat er gesagt, dass er mich holen kommt und mich auf ein anderes Schiff setzen will. Entweder Erskine oder ich.« Sie warf einen Blick auf Logan. »Du hast gehört, wie er es gesagt hat, nicht wahr, Ramsay?«

Logan nickte. »Aye, das habe ich, er würde innerhalb einer Nacht zurückkommen.«

»Nun, das kannst du nicht Gwyneth. Du hattest deine Chance. Ich will nicht, dass das noch einmal passiert.«

»Rab, es tut mir leid, aber du kannst mich nicht aufhalten. Ich werde ein bisschen mehr an mir arbeiten müssen und ihn wieder verfolgen. Ich werde das zu Ende bringen. Der Regen kam mir in die Quere. Ich muss das tun, und das weißt du.«

»Nay.« Rab schob seinen Stuhl zurück und stand auf. »Nay, ich werde nicht zulassen, dass das so weitergeht. Es reicht, Gwyneth. Du musst damit aufhören.«

Gwyneth starrte ihn an, sie hatte ihren Bruder noch nie so unerbittlich gesehen. Sie wusste nicht, was sie sagen sollte, auch wenn sie wusste, dass er sie nicht aufhalten konnte.

Logan stand auf und ging zu ihrem Bruder, um ihm einen tröstenden Arm auf die Schulter zu legen. »Pater, ich verstehe deine Sorge, aber sie hat recht. Er sagte, er würde sie holen, und zwar bald. Es muss etwas unternommen werden. Du willst doch nicht, dass deine Schwester als Sexsklavin in den Osten verkauft wird, oder?«

Damit wurde ihr Bruder blass und hielt sich an der Tischkante fest. Logan half ihm auf seinen Stuhl. »Deshalb entführt er Frauen?« Er nahm ein Leintuch hervor und wischte sich über die Stirn. »Das ist abscheulich.«

Logan setzte sich wieder hin. »Aye, er ist ein widerwärtiger Mann, und wenn nicht etwas unternommen wird, wird er mit seinen Verbrechen fortfahren und Gwyneth und andere entführen. Vielleicht wäre Gwyneth einverstanden, sich ihm das nächste Mal nicht ohne mich zu nähern.« Sein Blick bohrte sich bei seiner Bemerkung in sie.

»Aye, Gwyneth, bitte tu das für mich. Versprich es mir Schwester. Auch wenn du es schon einmal versprochen hast und ohne ihn gegangen bist. Bitte, nimm ihn mit.« Die Stimme ihres Bruders hatte eine ängstliche Tonlage erreicht.

Wie sehr sie es hasste, ihn zu beunruhigen. Rab starrte sie erwartungsvoll an, und sie wollte es ihm versprechen, aber sie wusste nicht, ob sie es konnte. Sie würde Erskine verfolgen, wenn die Zeit reif war, ob Logan bei ihr war oder nicht.

»Pater, wärst du einverstanden, wenn ich mich dazu verpflichte sie zu vorzubereiten? Du und deine Familie habt sie ausgebildet und großartige Arbeit geleistet, aber ich denke, sie braucht jemanden, der ein wenig härter mit ihr umgeht.«

Gwyneth riss den Kopf hoch und starrte ihn an. Was war das für ein Spiel?

»Aye, ich habe sie ausgebildet, aber ich verstehe nicht, was für eine Vorbereitung sie brauchen könnte.«

»Pater, du bist ein Mann der Geistlichkeit, also erwarte ich nicht, dass du solche Dinge verstehst.« Er legte seine großen Hände auf die von Gwyneth, welche auf dem Tisch ruhten. Er schaute sie an, als er sprach. »Sei mir nicht böse. Ich muss meine Meinung sagen.«

Er wandte seine Aufmerksamkeit wieder Rab zu, ihre Hände immer noch in den seinen, seine Berührung spendete einen willkommenen Trost. »Sie brauch jemanden, der böse sein kann, jemand, der streng zu ihr sein kann.«

Rab schüttelte den Kopf. »Und du kannst das? Und warum? Ich verstehe das nicht.«

Logans Mund verzog sich zu einer grimmigen Linie, während er mit dem Daumen über ihren Handrücken strich. »Es war nicht nur der Regen, welcher ihrer letzten Nacht in die Quere kam, ... Es war nicht einmal überwiegend der Regen. Er ist ihr in den Kopf eingedrungen, Pater.«

»Was?« Rab blickte zwischen den beiden hin und her.

Logan fuhr fort. »Er drang in ihren Kopf ein, beschuldigte sie der Schwäche, eine Versagerin zu sein. Er hat sie rücksichtslos verspottet, weil er wusste, wie sehr seine Worte sie aufregen würden. Egal wie fleißig sie übt, sie ist eine Frau, und Frauen sind sensibler…«

Gwyneth riss ihre Hände zurück und stieß so heftig gegen den Tisch, dass sie ihren Stuhl umwarf. »Das bin ich nicht, Ramsay.«

»Gwyneth, würdest du dich bitte setzen und mich anhören?«

Tränen stachen ihr in den Augen, als sie seinem Blick begegnete und sich die Wahrheit in ihrem Kopf niederschlug. Sie ging alles durch, was Duff ihr zugerufen hatte, als er wegging. Er hatte ihre Schwächen gegen sie verwendet. Jetzt verstand sie. Erskine hatte auf ihren Schwächen herumgehackt und alles in ihrem Kopf verdreht, sodass sie glaubte, was er sagte, sei wahr. Sie hatte es wahr gemacht. Ramsay hatte recht. So etwas hatte sie noch nie in Betracht gezogen. Sie rückte ihren Stuhl zurecht, setzte sich wieder hin und starrte auf ihre Hände im Schoß.

Logan griff unter dem Tisch nach ihrer nächstgelegenen Hand und hielt sie fest in seiner eigenen. »Es ist bekannt, dass Frauen sensibler sind als Männer und viel empfindlicher auf Angriffe des Charakters reagieren. Manchmal nutzen schlechte Männer dieses Wissen, um ihre Ehefrauen oder Geliebten zu kontrollieren.«

Gwyneth schaute ihn nicht an, sondern ergriff fest seine Hand. »Woher weißt du das?« Er hatte recht; sie wusste es in ihrem Innersten. Sie war Erskines Trickserei zum Opfer gefallen.

»Von einer besonderen Ausbildung, die ich vor einer Weile erhalten habe. Es spielt keine Rolle wo. Wichtig ist, dass du deinen Geist dagegen wappnen musst. Erkenne es als das, was es ist, und wehre dich. Ich glaube, ich kann dir dabei helfen, auch wenn du mich währenddessen nicht mögen wirst.«

Gwyneth schaute ihn an. »Wie?«

»Ich werde in deinen Kopf eindringen, wie er es tat, und an deinen Schwächen zerren. Wir werden zu den Schießständen gehen und ich werde dich darin ausbilden, mich zu ignorieren, während du schießt. »Und du *wirst* mich hassen.« Die letzten Worte sagte er mit einem Seufzer. »Wir fangen gleich morgen früh an.«

»Nay, heute. Ich möchte heute anfangen.« Gwyneth warf einen Blick auf Logan und dann auf ihren Bruder. »Ich akzeptiere. Rab, wenn du mir deinen Segen gibst, mit ihm zu üben, werde ich zustimmen, ihn mitzunehmen, wenn es so weit ist.«

Pater Rab schloss die Augen und nickte. Dann öffnete er sie, nahm Ramsays Hand in seine und sagte: »Bitte beschütze meine Schwester.«

KAPITEL NEUNZEHN

EIN PAAR STUNDEN später machten sie sich auf den Weg zu den Schießständen. Gwyneth schnappte sich einen Haferkuchen und folgte Logan hinaus in den nebligen Morgen. Sie bestieg ihr Pferd, schob sich das Essen in den Mund und folgte ihm den Weg hinunter zu den Schießständen. Sie hatte vor, dort den ganzen Tag zu üben.

Als sie ankamen, half Logan ihr beim Absteigen und küsste sie auf die Wange. Ihr Körper reagierte auf seine Berührungen, so wie er es immer tat.

»Wofür war der?«, fragte sie, immer noch unsicher, was das zwischen ihnen war.

Seine Hand glitt die Kurve ihres Rückens hinunter, dann rieb er ihren Hintern, bevor er grinste und ihr einen sanften Schubs in Richtung der Schusszone gab. Sie zuckte bei dieser Berührung zusammen und war überrascht, wie eine einzige Berührung dieses Mannes eine Reihe von Reaktionen auf ihrer Haut auslösen konnte, die oft zwischen ihren Schenkeln endete. Das würde ihrem Vorhaben nicht im Geringsten helfen.

Sie blickte finster drein, machte sich aber auf den Weg zum Zielbereich und wartete auf seine Antwort, auch wenn er nicht geneigt schien, ihr eine zu geben.

»Der war, um dich daran zu erinnern, dass ich starke Gefühle für dich habe, und dass du dir nichts von dem, was ich heute sage, zu Herzen nehmen darfst«, antwortete er, sein Blick war ernst. »Ich weiß, dass ich dich verärgern und sogar verletzen werde, aber es ist nur zu deinem Besten. Ich werde dir Kommentare an den Kopf werden, die dir nicht gefallen werden. Deine Aufgabe ist es, dich abzuhärten und nicht zuzulassen, dass das, was ich sage, deinen Fokus und deinen Sinn für das Ziel verändert. Verstanden?«

»Aye.« Was könnte er nur sagen, um sie so sehr zu verärgern? Sie würde wissen, dass er es nicht so meinte, also würde sie alles, was er sagte, einfach ignorieren können. Beleidigungen von Logan würden sie nicht aus der Fassung bringen, sie vertraute ihm. Erskine war eine andere Geschichte.

»Stell dich auf. Ich gehe näher ans Ziel heran und zur Seite weg. Ich habe gesehen, wie deine Schüsse daneben gehen, wenn du aufgebracht bist. Versprichst du, dass du nicht auf mich schießt, Gwyneth?« Er zwinkerte ihr zu, während er das Feld überquerte.

Sie ignorierte ihn. Was für eine lächerliche Frage. Da sie sich ziemlich sicher war, dass sie ihn liebte, warum sollte sie jemals auf ihn schießen? Zum Teufel, dieser Mann beschwor Träume herauf, wie sie es noch nie erlebt hatte, bevor sie ihn traf. Letzte Nacht war sie schweißgebadet aufgewacht, die Erinnerung an eine sehr heiße Rauferei mit ihm auf dem Boden noch frisch in ihrem Gedächtnis. Nay, sie würde nie auf ihn schießen. Ihn anspringen? Aye. Sie konnte nicht verhindern, dass sich ein Lächeln auf ihrem Gesicht ausbreitete, als sie daran dachte, zu ihm hinüberzulaufen, ihre Beine um seine Körpermitte zu schlingen, ihr Oberteil auszuziehen und ihre rechte Brustwarze direkt auf seine zu stoßen …

Logans Stimme unterbrach ihre Gedanken. »Gwyneth, ich hätte gerne dein Ehrenwort dazu. Ich mache keine Scherze. Versprichst du, mich nicht zu erschießen?«

Sie starrte ihn an. Er meinte es ernst.

Logan gluckste von der Mitte des Feldes. »Ich muss zugeben, ich wünschte, ich könnte jetzt in deinem Kopf sein, um zu sehen, was dieses schelmische Grinsen auf deinem Gesicht verursacht hat.«

Sie sah ihn finster an. »Aye, du hast mein Versprechen. Und jetzt fang an, Ramsay.«

Er blieb stehen und stellte sich ihr gegenüber, die Arme vor der Brust verschränkt. »Ich warte auf dich. Oder hast du letzte Nacht so intensiv von mir geträumt, dass du dich heute nicht konzentrieren kannst? Nimm deine Chance war.«

»Was? Träumen, von dir?« Sie hielt mitten im Satz inne und fing sein Grinsen ein. Er hatte bereits begonnen, mit ihr zu spielen. Sie ging in Stellung und nahm den ersten Anlauf, wobei sie versuchte, nicht an den Traum zu denken, in dem er mit seinen Händen über ihren ganzen Körper fuhr, bevor er sie küsste. Der langsame sinnliche Übergriff hatte sie stöhnend aufwachen lassen, bevor sie wieder einschlief und ihr Liebesspiel beendete. Sie schoss ihren ersten Pfeil ab.

»Heiliger Strohsack, du *hast* von mir geträumt. Was für ein lausiger Schuss, Cunningham.«

Gwyneth starrte mit weitaufgerissenen Augen auf die Zielscheibe. Verdammt, er hatte recht. Sie hatte sie um eine Armlänge verfehlt. Nachdem sie ihm einen Blick zugeworfen hatte, richtete sie sich wieder auf und ließ den nächsten Pfeil fliegen. Sie hörte ihn landen und wusste, dass sie es diesmal besser gemacht hatte.

Volltreffer. Sie lächelte und stemmte die Hand in die Hüfte. Zur Unterstreichung drehte sie sich im Kreis, bevor sie zu ihrem bevorzugten Standort zurückkehrte.

»Einer von zweien, Gwyneth. Das ist ungefähr das, was ich von einer Frau erwartet habe.«

Sie wirbelte herum, die Wut brodelte regelrecht in ihr. Wie konnte er es wagen! Aber sein Lächeln erwischte sie. *Ignoriere ihn. Er hat dich gewarnt, dass er das tun würde.*

Mist, das würde schwieriger werden, als sie gedacht hätte.

»Ziele auf dein Ziel, Frau. Das dauert doch nicht den ganzen Tag, oder?« Logan weigerte sich, ihr in die Augen zu schauen.

Sie konnte damit umgehen. Sollte er doch sagen, was er wollte, sie würde weitermachen. Sie nahm wieder Haltung an und ließ einen weiteren Pfeil fliegen, der ein wenig außerhalb der Mitte landete.

»Wenn du so schießt, wirst du nur einen vorbeifliegenden Vogel treffen. Ich kann mich genauso gut hinsetzen. Es wird ein langer Tag werden, bis du wieder klar denken kannst.«

Gwyneth ignorierte ihn und schoss drei weitere Pfeile ab. Volltreffer für alle drei. Sie warf Ramsay einen selbstgefälligen Blick zu.

»Reines Glück, Gwyneth. Die meisten Frauen könnten nicht

einmal die breite Seite der Ställe treffen. Sieh es ein, du kannst nicht mit Männern konkurrieren, wenn es um etwas so Schwieriges wie Bogenschießen geht. Du solltest mit Handarbeit anfangen.«

Diese letzte Bemerkung traf einen Nerv. Sie schnaubte bei dem bloßen Gedanken. Sie zog einen Pfeil auf und schoss erneut, doch ihr nächster Treffer war nicht mittig. Verflucht, sie ließ ihn trotzdem an sich heran. Sie hob den Bogen erneut, und ihr Arm begann zu zittern. *Vergiss den Handarbeitskommentar. Konzentriere dich.*

Logan ging zu ihr hinüber und hielt ihren Arm fest. »Bist du schon müde? Hast du nicht oft geschossen in letzter Zeit?«

Sie schüttelte seine Berührung von ihrem Arm.

»Gwyneth, ich habe dir gesagt, dass es nicht einfach sein wird. Ich meine es nicht so, wie ich es sage. Du musst mich ignorieren. Das ist es, was ich versuche, dir beizubringen.«

Sie kämpfte gegen die Tränen, welche ihr in die Augen traten. »Ich weiß. Geh zurück. Ich kann das. Sag, was du zu sagen hast, mach es schwieriger. Mach es so schwierig wie möglich.« Sie starrte auf den Boden, bereits enttäuscht über ihre Reaktion auf Logans Sticheleien. Sie spannte ihren Bogen und schickte einen weiteren Pfeil auf den Weg, dieses Mal zwang sie sich, den Arm gerade zu halten. Volltreffer.

»Nicht schlecht, Liebling.« Logan zwinkerte.

Sie machten stundenlang weiter. Nach einer Weile fand sie schließlich ihren inneren Punkt, einen Ort, an dem sie ihn ignorieren und sich auf ihr Ziel konzentrieren konnte. Tatsächlich war sie so konzentriert, dass sie nicht einmal die Hälfte der Beleidigungen hörte, die er ihr zurief. Das heißt, bis das Ende des Tages kam. Vielleicht lag es daran, dass sie müde war, aber er ging ihr wieder unter die Haut.

Ihre Arme waren erschöpft und ihre letzten beiden Schüsse hatten das Ziel verfehlt. Aber sie wusste, dass sie es besser konnte.

»Sieh es ein, Gwyneth. Du hast dich heute gut geschlagen. Du hast das Ziel oft getroffen, aber du warst genauso oft daneben. Denkst du wirklich du hast das Zeug dazu?«

Sie ignorierte ihn und zielte. Sie verfehlte um ein ganzes Stück.

»Du bist zu schwach. Eine Frau ist zu zart, um sich mit Männern zu messen. Wir haben ein besseres Ziel, stärkere Muskeln, aber vor allem einen schärferen Verstand. Du hast nicht die Fähigkeiten, zu ignorieren, was ich sage. Du bist genau wie jede andere Frau, zu empfindlich für Beleidigungen. Aye, manche Beleidigungen kannst du ignorieren, aber du kennst die Wahrheit. Du bist schwach.« Er ging langsam und schlängelnd auf sie zu. »Du warst schwach in dieser Nacht, nicht wahr? Du hättest etwas tun können. Erskine hat deinen Vater vor deinen Augen getötet. Warum hast du nichts getan, um ihn aufzuhalten?«

Sie hatte den Kommentar gehört, ganz klar. Um die Wahrheit zu sagen, sie hatte ihn nicht nur gehört − er hatte all ihre Abwehrmechanismen durchbrochen. Der Schutzschild, den sie täglich hochhielt, um sich zu schützen, wurde gerade weggerissen. Jetzt war sie angreifbar − komplett ungeschützt.

»Du weißt, dass du etwas hättest tun können. Aber du bist nur eine Frau, nicht wahr? Eine schwache Frau, die nicht mal einen Mann davon abhalten kann, ihre Liebsten zu töten. Aye, ich nehme an, du hattest keine Ahnung, dass er deinen Vater töten wollte, also würde man dir das verzeihen.« Logan trat näher an sie heran, seine Stimme sank zu einem Flüstern.

Schweiß trat auf ihre Stirn, sie hörte zu, aber sie zwang sich, trotz ihres Kummers, einen weiteren Schuss abzugeben. Sie konnte nicht zulassen, dass er sie besiegte.

»Aber was ist mit deinem Bruder?« Seine Schritte waren leicht und zielstrebig, als er sich ihr näherte. »Du hättest etwas tun können. Jeder Mann wäre in der Lage gewesen, den zweiten Mord zu verhindern. Jeder *Mann* …«

Sie ließ ihren Bogen fallen und starrte ihn an. Er hatte gerade die Worte ausgesprochen, welche ihr sieben Jahre lang jeden Tag das Herz zerrissen hatten.

«… hätte etwas tun können. Wenn du ein Mann wärst, wäre dein Bruder noch am Leben. Wärst du stärker, hättest du deinen Dolch in Duff Erskines Herz stoßen können. Du hättest dein Schwert ziehen und ihm den Hals aufschlitzen können, bis ihm das Blut aus dem Körper gespritzt wäre. Du warst nah genug dran, um ihn umzubringen. Aber du hast es nicht getan, oder? Du armes erbärmliches Ding. Kein Wunder, dass es an dir nagt. Es ist alles deine Schuld, nicht wahr? Sag es.« Er stand direkt neben ihr, als er diese letzte Beleidigung aussprach. »Es ist deine Schuld, dass dein Bruder gestorben ist, allein deine.«

Gwyneth zog ihren Arm zurück und schlug so fest sie konnte gegen seinen Kiefer. Sein Kopf schwang durch den Aufprall zurück, aber sie ließ nicht locker. Sie stieß ihn in die Brust. »Aye«, schrie sie. »Du hast recht. Hätte ich etwas getan, wäre er vielleicht noch am Leben. Aber ich habe es nicht getan, und jetzt sind sie tot.« Sie schwang ihre Faust und traf seinen Arm, als er sich duckte. Er wich zurück und sie stürmte nach vorne, immer noch tobend. »Es ist alles meine Schuld. Ich hätte die ganze Sache verhindern können.« Tränen liefen ihr über die Wangen, während ihr Atem stockte.

»Alles davon«, flüsterte sie. »Stattdessen habe ich nichts getan und sie sind vor meinen Augen gestorben. Wie schlecht macht mich das?«

»Gwyneth«, sagte Logan und griff nach ihr. »Nay, tu das nicht.«

»Warum nicht? Du hast recht.«

»Ich liege falsch, Gwyneth. Es ist nicht deine Schuld. Ich habe versucht, in deinen Kopf zu kommen. Erinnerst du dich?« Er ergriff ihre Hand und zog sie an sich, wobei er seine andere Hand hinter ihren Kopf legte.

Sie gab nach und ließ sich von ihm zu sich ziehen, griff nach seinem Waffenrock und presst ihr Gesicht an seine Brust. »Etwas. Ich hätte etwas tun sollen«, murmelte sie.

»Nay, Mädchen. Erskine wusste, was er tat. Er feuerte zwei Pfeile aus seinem Langbogen ab, bevor du reagieren konntest. Hattest du deinen Bogen dabei?«

»Nay.« Ihre Hände zerrten immer noch an seinem Gewand und sie schluchzte in seine Brust.

»Was hättest du dann tun können?«

»Ich weiß es nicht...« Sie weinte so heftig, dass ihr ganzer Körper vor Schmerz krampfte. »Ich hätte auf ihn einschlagen können, ich hätte mich vor den zweiten Pfeil werfen können. Ich hätte ihm die Augen auskratzen können. Irgendetwas.« Der Pegel ihrer Stimme stieg, je länger sie sprach. »Warum habe ich nicht etwas für meinen eigenen Bruder getan?« Ihr Schrei hallte durch die Bäume. »Es ist meine Schuld, dass Gordon tot ist.«

Logan stützte sie, als ihr zitternder Körper zusammenbrach.

»Nay, Liebes, es ist *nicht* deine Schuld. Es tut mir leid, Mädchen. Ich wollte dir nicht wehtun.« Logan hielt sie fest, bis sie keine Tränen mehr hatte.

Einige Minuten später, als sie endlich genügend aufhören konnte zu schluchzen, um zu sprechen, sagte sie: »Hilf mir, Logan. Bitte hilf mir, das in Ordnung zu bringen.«

KAPITEL ZWANZIG

LOGAN LIESS GWYNETH bei ihrem Bruder zurück und machte sich auf den Weg zur Taverne in Glasgow, denn er brauchte dringend einen Drink. Verflucht, er hasste diese Aufgabe. Aye, er wollte sie stärker machen, aber er hasste es, sie zu verletzen. Er hatte nicht bedacht, wie sie reagieren würde, wenn er sie heute verspotten würde.

Er ließ sein Pferd bei den Ställen und ging zur Taverne, als er seinen Namen von links brüllen hörte. Er drehte sich um und sah seinen Bruder Micheil auf ihn zu galoppieren.

»Micheil, was ist los?« Er befürchtete sofort das Schlimmste. »Geht es Mutter gut? Den Kindern? Der kleinen Bethia?«

Micheil winkte ihm zu, bevor er abstieg. »Es geht allen gut. Quade und Brenna sollten inzwischen mit Mutter zu Hause sein. Der Bote der Grants hat mir gesagt, dass du in Glasgow sein würdest, also habe ich mich entschlossen, dich zu finden, ich suche dich schon seit Stunden. Außerdem war ich schon lange genug zu Hause. Jetzt, wo der Kampf mit den Wikingern beendet ist, musste ich einfach weg und beschloss, dich zu suchen. Was hat dich hierhergebracht?«

Logan wollte der Frage ausweichen, aber sein Bruder kannte ihn zu gut, um auf eine solche Taktik hereinzufallen. »Ein Auftrag.« Er hielt die Tür zur Taverne auf, und sie traten ein, suchten sich einen Tisch und bestellten zwei Bier.

»Wie konntest du einen Auftrag erhalten, während du in den Highlands warst? Laut Quade bist du einer Frau nachgelaufen. Ich konnte es kaum glauben.«

»Ich ging, weil ein törichtes Mädchen, welches ich traf, jemanden umbringen wollte. Also bin ich ihr nach Glasgow gefolgt, habe mit dem Steward gesprochen, der mir einen anderen Auftrag gegeben hat, und ich war damit beschäftigt meine Aufträge zu erfüllen.« Logan hatte nicht vor, Micheil zu sagen, dass die Frau sein Auftrag war … oder ihm die Wahrheit zu sagen, wie viel Gwyneth ihm bedeutete. Während seine beiden Brüder wussten, dass er für die schottische Krone arbeitete, war sich niemand sonst seiner Pflichten bewusst. Und er teilte nie irgendwelche spezifischen Informationen über seine Aufträge. Indem er alles geheim hielt, wurden ihm nicht zu viele Fragen gestellt. So mochte er es ihm besser.

»Wer ist diese feurige Frau?«, fragte Micheil mit einem Grinsen auf seinem Gesicht. »Ich kann sehen, dass sie dich innerlich auffrisst.«

»Verflucht, woher willst du das wissen?« Normalerweise war er viel besser darin, seine Gefühle zu verbergen. »Aye, ich bin im Moment auf zwei verschiedene Aufgaben konzentriert. Die eine ist die Frau, der ich hierher gefolgt bin, Gwyneth. Die andere ist mein Auftrag. Ich übe mit ihr, um ihre Fähigkeiten als Bogenschützin zu verbessern.«

»Eine Frau als Bogenschützin? Das würde ich gerne einmal sehen. Erlaubst du mir, an eurer Stunden teilzunehmen?«

»Nay, aber der Jahrmarkt wird bald in der Stadt sein, und ich habe vor, sie dort im Bogenschießwettkampf antreten zu lassen. Du kannst zusehen, wie sie ihn gewinnt. Und wenn du schon einmal hier bist, möchte ich, dass du jemanden überwachst, wenn ich bei Gwyneth bin. Ich möchte sicherstellen, dass er noch in der Stadt ist.« Er wäre nicht in der Lage, Erskine zu verfolgen, wenn er mit Gwyneth arbeiten würde. Micheil war jemand, dem man vertrauen konnte.

»Sicher, kein Problem. Du kannst mir die Einzelheiten später erzählen. Erst möchte ich etwas über die Bogenschützin hören. Denkst du, sie hat eine Chance zu gewinnen? Ist sie so gut?«

»Aye, das ist sie. Ihr Bruder und Onkel haben sie jahrelang trainiert. Sie sah zu, wie ein Halunke ihren Bruder und ihren Vater tötete, und will sich nun rächen. Mit ihr zu arbeiten ist eine echte Herausforderung.«

Micheil grinste. »Ich freue mich darauf, die Frau kennenzulernen. Sie klingt perfekt für dich.«

Eine Frau brachte ihr bestelltes Bier herüber und stellte es auf dem Tisch ab. »Kann ich euch etwas zu essen bringen?«, fragte sie mit einem strahlenden Lächeln.

Micheil drehte sich zu ihr um, ein breites Lächeln breitete sich auf seinem Gesicht aus, als er sie von Kopf bis Fuß musterte. »Mir fallen viele Dinge ein, die du mir zu essen bringen könntest, Liebes, aber wir begnügen uns mit zwei Schalen Eintopf, wenn ihr welchen habt.«

Sie kicherte und wurde rot, bevor sie loslief, um das Essen zu holen.

Logan warf seinem Bruder einen entnervten Blick zu. »Hörst du denn nie auf?«

»Was?« Das Lächeln wich aus Micheils Gesicht. »Ich hatte nur ein bisschen Spaß mit dem Mädchen. Außerdem hat es ihr gefallen. Hast du ihr Lachen nicht gehört?«

Logans Gesicht verfinsterte sich. »Ich warne dich jetzt. Ich weiß, dass du Spaß an den Frauen hast, Bruder, aber denk nicht einmal daran, Gwyneth mit deinen Schmeicheleien zu beglücken.«

»Du willst sie also doch. Ich hätte nicht gedacht, dass ich den Tag jemals erleben würde.« Ein Grinsen breitete sich auf Micheils Gesicht aus, während er seinen Bruder anstarrte.

»Halt dich einfach von ihr fern.« Logans Blick verengte sich, als er sah, wie der Ausdruck von Lust über die Gesichtszüge seines Bruders tanzte. Verflucht, das würde nicht einfach werden.

Ein paar Tage später saß Gwyneth mit Rab am Frühstückstisch. Es war der erste Tag des Festes und sie war aufgeregt, endlich all die Ausstellungsstücke und Wettkämpfe sehen zu können. Logan hatte ihr vorgeschlagen, am Bogenschießwettkampf teilzunehmen, und sie hatte zugestimmt. Aufgeregt stopfte sie sich den Brei in den Mund, so schnell sie konnte.

»Gwyneth, bist du sicher, dass du das tun willst?«, fragte Rab.

»Aye. Logan meinte, es wird ein gutes Training für mich sein. Er ist sich sicher, dass es einige Zuschauer geben wird, die mich provozieren werden, weil ich eine Frau in einem Männerwettkampf bin.«

»Vielleicht erlauben sie dir gar nicht, anzutreten.«

»Logan hat die Regeln bereits überprüft. Es steht nichts davon drin, ein Mann sein zu müssen. Es heißt nur Bogenschütze.« Sie nahm einen weiteren Löffel ihres Frühstücks.

»Wahrscheinlich, weil sie keine weiblichen Bogenschützen erwarten, Sie könnten ihre Meinung ändern.«

»Das können sie nicht, versicherte er mir. Sie können die Regeln für nächstes Jahr ändern, aber sie müssen mich schießen lassen, und ich habe vor zu gewinnen.« Gwyneth konnte ihre Aufregung bei der Aussicht, die Männer vor Publikum zu schlagen, kaum zurückhalten.

»Gwyneth, ich muss mit dir über etwas anderes wichtiges sprechen.«

Ihr Löffel klapperte auf dem Tisch. »Rab, dein Gesichtsausdruck gefällt mir nicht. Was ist los?«

»Ich weiß, dir wird nicht gefallen, was ich zu sagen habe, aber ich muss es loswerden.«

Gwyneth hatte keine Ahnung, wovon ihr Bruder sprach, aber der Blick auf seinem Gesicht schmerzte sie.

»Es ist die Art, wie du dich kleidest.«

Sie runzelte die Stirn. »Was?«

»Ich möchte, dass du dich für das Fest anders kleidest.« Nachdem er seine Worte gesagt hatte, richtete er seinen Blick auf sein Essen.

Gwyneth warf einen Blick auf die Hosen, welche sie trug. Der Waffenrock war eng über ihren Oberkörper gezogen, um beim Schießen Bewegungsfreiheit zu haben. »Aber warum? Ich habe mich schon immer so gekleidet. Es hilft mir, besser zu schießen. Ich kann nicht zulassen, dass die Kleidung meinen Schuss behindert. Vater hat das nie interessiert.«

»Aye, weil Vater nicht wusste, wo er Röcke für dich finden sollte. Gordons Kleidung zu tragen war einfacher. Du wirst vor allen Leuten stehen, wenn du schießt, und die meisten werden hinter dir sein. Gwyneth, das ist ungehörig, jetzt wo du älter bist.«

»Meine Haut ist komplett bedeckt, Rab.« Gwyneth kämpfte gegen ihre Wut an, die aus ihr herauszubrechen drohte, aber sie würde Rab nicht anschreien. Niemals. Sie konnte nicht verstehen, was das so plötzlich ausgelöst hatte. »Ich zeige mein Dekolleté nie wie andere Frauen es tun. Ich binde es ab, um sie zu verstecken.« Sie wandte den Kopf von ihrem Bruder ab, um ihr Erröten zu verbergen.

»Als du klein warst, spielte das keine Rolle. Du bist jetzt eine erwachsene Frau, und du musst dich wie eine verhalten.«

Gwyneth stand auf, schockiert darüber, dass ihr Bruder so dachte. »Was? So bin ich nun mal, Bruder, und du weißt das. Warum jetzt?«

Pater Rab stand auf, nahm ein Leintuch aus seiner Tasche und wischte sich über die Stirn. »Gwyneth, du verstehst nicht. Du bist zu naiv.«

»Nay, das bin ich nicht. Ich entscheide mich dafür, mein Leben so zu leben, wie ich es will, und nicht so, wie es alle anderen von mir erwarten.«

Rab presste beide Hände auf den Tisch und fixierte ihren Blick. »Das kannst du nicht. Du musst aufhören.«

»Gwyneth war entsetzt über den Ausbruch ihres Bruders und konnte nichts sagen. Sie wusste nicht, wie sie auf ihn reagieren sollte. Er verlangte von ihr, zu ändern, wer sie war. »Aber ich bin anders, Rab, und das weißt du.«

»Ich weiß, dass du das bist, aber ist dir klar, wie viel Aufmerksamkeit du mit der Art, wie du dich kleidest, auf dich ziehst? Hast du jemals beobachtet, wie die Männer dich anstarren? Das ist falsch. Bitte zieh dir Röcke an, wenn du dich in der Öffentlichkeit zeigen willst.«

Gwyneth starrte ihren Bruder nur an, während er blinzelte und sich mit seinem Leintuch über die Augen wischte, bevor er es in seine Tasche steckte.

Gwyneth ging hinüber und schlang die Arme um ihren Bruder. »Rab, es tut mir leid, dass du so viel durchmachen musst.«

Rab brachte seine Atmung wieder unter Kontrolle. »Bitte, tu es für mich.«

»Ich besitze keine Röcke. Ich könnte nie einen rechtzeitig für den Wettbewerb finden.«

»Du musst doch jemanden kennen, der dir gerne Kleidung leihen würde.«

Sie wandte sich von ihm ab und ging zurück auf die andere

Seite des Tisches. Die beiden starrten sich einen langen Moment lang an. Sie konnte nicht glauben, was er von ihr verlangte, und sie konnte auch nicht glauben, dass sie daran dachte, ihm zu widersprechen. Sie hatte Rab noch nie etwas abgeschlagen.

Sie trat zurück und sammelte ihre Sachen ein, bereit, zum Jahrmarkt zu gehen. »Aber das wäre nicht ich, in diesen Röcken, Rab.«

Sie wartete darauf, dass er sprach, in der Hoffnung, er würde seine Haltung überdenken. Der junge Priester nickte schließlich, offenbar akzeptierend, dass er sie nicht davon abhalten konnte.

»Dann möchte ich, dass du sie schlägst, wenn du heute gegen die Männer im Bogenschießen antrittst.«

Gwyneth küsste ihn noch einmal auf die Wange, bevor sie zur Tür ging. »Das werde ich tun, nur für dich, Rab.«

KAPITEL EINUNDZWANZIG

LOGAN TRAF GWYNETH bei der Kirche ihres Bruders, um sie zum Jahrmarkt zu begleiten. Während sie sich ihren Weg durch die Stände und Waren auf dem Fest bahnten, hielt Logan sicherheitshalber Ausschau nach dem Halunken Erskine. Micheil hatte herausgefunden, dass er in einem Schloss auf der anderen Seite der Stadt lebte, und hatte Logan letzte Nacht auf den neuesten Stand gebracht, dass Duff jederzeit auftauchen könnte.

»Warst du schon oft auf dem Jahrmarkt, Gwyneth?« Logan wollte mehr über ihre Kindheit erfahren, die guten Erinnerungen aufleben lassen, welche sie in sich trug.

»Aye. Vater brachte uns immer zum Essen hierher, besonders für das Schwein am Spieß. Rab und ich sahen uns immer gerne die Waren an.«

»Und was sind eure Lieblingsstände?«

»Rab liebt die Holzschnitzer. Sie fertigen so komplizierte Muster. Aber ich habe schon immer die Weber gemocht. Das Korbflechten ist mein Favorit. Natürlich mag ich auch die Schmiede und die Waffenstände, aber Rab hat immer versucht, mich von ihnen fernzuhalten.« Sie stieß einen langen Seufzer aus. »Der arme Rab versuchte, ein guter Bruder zu sein, und nahm mich immer mit, um mir die Schleifenbänder und den Schmuck anzusehen, aber sie konnten mein Interesse nie wirklich wecken. Und manchmal haben wir Stoffe gekauft.«

»Was ist mit Musikanten?«

»Ich liebe es den Kindern zuzusehen, wie die den Spielleuten folgen, und es gibt immer ein paar Geschichtenerzähler, denen ich gerne zuhöre, aber am besten haben mir immer die Wettkämpfe gefallen. Ich liebe das Lanzenstechen und Rab kann es nicht ausstehen.«

»Du freust dich bestimmt schon auf den Bogenschießwettkampf.«

Ihr Gesicht leuchtete auf. »Aye, ich glaube, ich könnte ihn gewinnen. Was denkst du?«

Er blickte in ihre leuchtenden Augen und konnte nicht aufhören, ihr Lächeln zu erwidern. »Da stimme ich zu. Du hast eine ausgezeichnete Chance zu gewinnen.«

»Und willst du mich noch einmal herausfordern, Ramsay?«

Logan grinste. »Nay. Ich muss mir deine Technik ansehen. Ich habe im Moment nur ein Ziel, und das ist, deine Fähigkeiten als Bogenschützin auszubauen. Ich würde dich lieber anfeuern.«

Sie machten sich auf den Weg zu dem Zelt, wo sie sich für den Wettkampf anmelden musste. Als sie sich schließlich an der Spitze der Schlange befanden, reichte der zuständige Mann Logan ein Stück Stoff mit einer Nummer. »Der Wettkampf beginnt in drei Stunden. Mach das an deine Kleidung.«

Logan reichte es Gwyneth, die es an ihren Waffenrock heftete. Der Mann starrte sie an. »Was tust du da?«

»Du sagtest, ich müsse die Nummer sichtbar an der Kleidung tragen.« Gwyneth hob ihren Kopf und stemmte die Hand in die Hüfte.

»Nay, nicht du. Derjenige, der antritt, trägt sie.« Der Mann schüttelte den Kopf, als könne er ihre Dummheit nicht glauben, dann nahm er ihr die Nummer aus der Hand und gab sie Logan zurück.

Sie griff hinüber und nahm sie wieder zu sich. »Und ich bin diejenige, die antritt, nicht er.«

Der Mann starrte sie einen Moment lang an, bevor er sprach. »Du bist eine Frau. Keine Frauen im Wettbewerb. Du kannst nicht schießen.«

»Aye, das kann ich, und ich werde dich jederzeit schlagen, solltest du mich herausfordern wollen.« Der Mann reagierte nicht auf ihre Sticheleien und er starrte sie unbeeindruckt an.

Logan beschloss, dass er sich einmischen musste, bevor es Ärger gab. »Sie ist diejenige die teilnimmt, und sie ist eine bessere Bogenschützin als ich. Lass sie teilnehmen.«

»Aber es besagt, keine Frauen.«

»Nay, tut es nicht. Und ihr könnt die Regeln heute nicht ändern. Der Wettkampf beginnt in ein paar Stunden.« Logan verschränkte die Arme vor sich und forderte den Narren auf, ihm zu widersprechen.

Der Mann überprüfte schnell die Regeln und schaute finster drein. »Du hast recht, das steht da nicht.«

»Dann schießt sie. Wir kommen später wieder.« Logan ergriff ihre Hand und zerrte sie hinter sich her, um dem Flegel keine Gelegenheit zu geben, sich eine weitere Ausrede einfallen zu lassen, um sie abzuweisen. Er zog sie neben sich mit. »Komm mit mir. Ich möchte dir ein Geschenk kaufen.«

»Warum?«

»Weil ich es will.« Er führte sie zwischen den verschiedenen Ständen hindurch, welche Schleifen, Schals, gebratene Hühner und Gebäck verkauften. Die Frau, die er liebte, brauchte ein ganz besonderes Geschenk, so viel wusste er, keine Schleifchen oder etwas zum Anziehen. Als er endlich den Stand erreichte, den er im Auge hatte, legte er seinen Arm um ihre Taille und sagte: »Such dir deinen Favoriten aus. Ich würde gerne eines für dich kaufen.«

Gwyneths Augen weiteten sich, als sie all die Waren betrachtete, welche an diesem Stand ausgestellt waren. Er konnte an ihrem Gesichtsausdruck erkennen, dass es hier mehr Dolche und Messer gab, als sie jemals zuvor gesehen hatte. Es gab welche mit dunklen Griffen und welche aus Elfenbein; einfache Motive und aufwendige. Einige waren lang, andere waren dafür gedacht, in Stiefeln oder Kleidung versteckt zu werden. Schließlich wählte sie einen kleinen Dolch mit einem Elfenbeingriff, in der ein Bär eingraviert war. Sie rieb ihre Finger über das glatte Material und lächelte.

»Vielen Dank, Logan. Es ist wunderschön.« Sie schaute zu ihm auf, und alles, was er wollte, war irgendwohin zu gehen und mit ihr Liebe zu machen.

Logan wählte ein paar weitere Messer aus und ließ sie in ein Bündel einpacken. Nachdem er bezahlt hatte, wandte er sich an Gwyneth und reichte ihr das Geschenk. »Nutze es weise.«

Eine laute Stimme, welche seinen Namen rief, unterbrach ihr

Gespräch. Bevor er die Stimme zuordnen konnte, stand Micheil neben ihnen und ließ seinen Blick an Gwyneths Körper auf und ab wandern.

Logan grinste und zischte seinen Bruder an. »Das reicht.«

Grinsend hob Micheil seinen Blick zu Gwyneths. »Freut mich, dich kennenzulernen. Ich bin Logans Bruder, Micheil.« Er streckte seine Hand aus, nahm ihre und flüsterte: »Du siehst sehr gut aus in deinen Hosen.«

Logan packte ihn am Arm, zog ihn von Gwyneth fort und gab ihm einen kleinen Schubs. »Ich bitte darum, dass du die Frau anständig behandelst.«

»Och, ich würde sie liebend gerne anständig behandeln«, antwortete sein Bruder glucksend.

Gwyneths verwirrter Gesichtsausdruck heizte Logans Wut noch mehr an. »Verschwinde, Micheil. Versprühe deinen reizenden Charme woanders.«

Micheil lachte und gab schließlich nach. »Na gut, ich werde sie nicht belästigen. Mylady, ich kann es kaum erwarten dich beim Bogenschießwettkampf zu sehen. Ich wünsche dir viel Glück.« Er küsste ihren Handrücken und ging aus Logans Reichweite, wobei seine Augen die ganze Zeit über funkelten.

Gwyneth stand innerhalb des Bogenschießplatzes und wartete auf ihren nächsten Schuss. Logan stand nicht weit entfernt, sein Bruder an seiner Seite. Bisher hatte sie jeden ihrer Gegner in den ersten drei Runden besiegt, und die Zahl der Teilnehmer im Wettkampf wurde immer geringer. Logan war wunderbar gewesen und hatte sie unterstützt, wann immer sie schoss. Seine diskreten Ermutigungen zeigten ihr, wie sehr er an sie glaubte, was ihr Kraft gab.

Plötzlich forderte der Mann gegen den sie als Nächstes antreten sollte, die Aufmerksamkeit einer der Richter. »Das ist unzulässig. Mein nächster Gegner ist eine Frau. Ich kann nicht gegen sie antreten.« Er warf die Arme in die Luft, als würde man von ihm Unmögliches verlangen.

Gwyneths Augen verengten sich, als sie den Flegel anschaute, der diese Szene verursachte. Sie wollte gerade das Wort ergreifen, aber sie bemerkte, dass Logan ihr ein Zeichen gab und sie bat, sich aus der Diskussion herauszuhalten.

Sie hielt den Mund, aber sie verstand nicht, warum der Mann so aufgebracht war. Keiner der letzten drei Kandidaten hatte sich über sie beschwert. Während sie auf eine Entscheidung wartete, belauschte sie einige der Zuschauer hinter dem Zaun. Sie stichelten gegen ihren Gegner. »Was ist das Problem, Glenn? Hast du Angst, dass die Frau dich schlagen wird?«

»Och, wäre das nicht eine Geschichte zum Erzählen. Geschlagen von einem schmächtigen Mädchen.«

»Lass sie schießen, oder bist du so besorgt, dass sie gewinnen könnte?«

Sie schaute Logan zur Unterstützung an, während sie wartete. Er winkte sie zu sich herüber, also machte sie sich auf den Weg zum Zaun und lehnte sich an ihn. »Das hast du gut gemacht. Hörst du, wie sie in seinen Kopf eindringen? Sie werden ihn so verunsichern, dass er leicht zu besiegen sein wird. Aber irgendwann werden sie auch anfangen dich zu provozieren. Einige der Männer haben Spaß daran, dir zuzusehen, aber nicht allzu viele von ihnen wollen, dass eine Frau diesen Wettkampf gewinnt. Ich vermute, dass die meisten bis zur letzten Runde zufrieden damit sind, dich gewinnen zu sehen. Dann werden sie den Mann anfeuern. Alle Schotten im Land werden von dir reden, wenn du gewinnst. Das wird viele Bogenschützen verärgern, also bleib stark.«

Sie nickte und trat vom Zaun weg, als das Urteil schließlich verkündet wurde. Glenn hatte seine Klage verloren.

»In den Regeln steht nicht, dass man ein Mann sein muss, um zu schießen«, verkündete der Richter. »Also schießt die Frau. Wir werden das für nächstes Jahr ändern.«

Glenn argumentierte eine Weile, aber niemand beachtete ihn.

Der Richter schickte sie schließlich zum Ziel. »Du bist dran, Mädchen.«

Gwyneth unterdrückte ihr Grinsen und gab ihren Schuss ab. Sobald der Pfeil in der Luft war, wusste sie, dass sie ihr Ziel treffen würde. Ein Volltreffer, und die Menge tobte. Glenn schüttelte den Kopf. Sie mussten jeweils drei Schüsse abgeben, um die Runde zu entschieden.

Gwyneth schlug Glenn ohne Probleme und die Zuschauer

begannen, ihren Namen zu bejubeln. Glenn ließ den Kopf hängen und stakste vom Feld.

Sie drehte sich gerade noch rechtzeitig um, um ihren Bruder ankommen zu sehen. Er machte sich auf den Weg zu Logan und nickte ihr zu. Diesmal war sie entschlossen, Rab stolz zu machen, auch wenn sie sich geweigert hatte, Röcke anzuziehen. Er war ein Priester, also war er verpflichtet, ihr zu vergeben. Sie gewann die nächsten beiden Runden, was sie in die Finalrunde brachte. Ihr Konkurrent war jung und stark. Er nickte ihr zu und schoss seinen ersten Pfeil, welcher fast in der Mitte landete.

Gwyneth nahm ihre Position ein und wollte gerade ihren Pfeil loslassen, als eine unbekannte Stimme etwas rief.

»Mach dir keine Sorgen um sie, Finley«, rief er ihrem Gegner zu. »Sie kann nicht einmal ein Scheunentor treffen, nicht wahr Mädchen?«

Gwyneth warf einen Blick zu Logan und er nickte aufmunternd mit dem Kopf. Sie stellte sich erneut auf und kurz vor ihrem Schuss, rief der Junge: »Versagerin.«

Einige der Zuschauer buhten ihn aus, aber das änderte nichts. Sie hatte das Ziel verfehlt und Finley hatte sie in der ersten Runde besiegt. Er nahm seinen zweiten Pfeil und dieser landete fast perfekt.

Gwyneth erinnerte sich an ihre Lektionen mit Logan und ließ sich Zeit, bevor sie ihren Pfeil abfeuerte. Sie schaffte es, alle Stimmen um sich herum auszublenden, sogar die von Logan. Als ihr Pfeil landete, tobte die Menge. Sie hatte den zweiten Schuss gewonnen.

Finley machte sich an seinen dritten Versuch und auch der war gut. Gwyneth bereitete sich auf ihren letzten Schuss vor, und der Störenfried faselte wieder auf sie ein.

»Finley, keine Sorge, sie kann mit dem Druck nicht umgehen. Sie bricht immer zusammen. Du machst dir nicht wirklich Sorgen wegen einer Frau, oder? Sie ist schwach und töricht. Kein Problem, keine Sorge. Sie hat nicht das Zeug dazu, wie ein Mann zu sein.«

Gwyneth versuchte krampfhaft, ihn zu ignorieren. Sie blickte hinüber und fing Logans Blick auf, der Kraft ausstrahlte. *Er glaubte an sie, auch wenn es sonst niemand tat.* Rab und Micheil standen neben ihm, ihre Mienen hoffnungsvoll.

Sie spannte ihren Pfeil ein und zielte. Diesmal würde sie darauf warten, dass der Störenfried etwas rief, und ihre Wut auf ihn in ihren Pfeil kanalisieren, genau wie Logan es ihr beigebracht hatte. Sie wartete und wartete, und tatsächlich, sein Mund öffnete sich.

»Was, hast du Angst, Kleines?«

Sie ließ ihren Pfeil fliegen und traf das Ziel genau in der Mitte. Das Publikum brach in Jubel aus und Finley rannte zur Zielscheibe, um es selbst du überprüfen. Sie wusste, dass sie gewonnen hatte.

Rab stürzte auf sie zu und zog sie in eine Umarmung, während die Menge ihren Namen sang. Logan schlenderte mit einem selbstgefälligen Gesichtsausdruck zu ihr hinüber. Als Rab sie losließ, tätschelte Logan ihr den Rücken, ein wenig vorsichtig, ihr nicht zu nahe zu kommen, mit Rab an ihrer Seite.

Er schaute sie an und beugte sich etwas vor, um ihr ins Ohr zu flüstern: »Gut gemacht, Mädchen. Ich wusste die ganze Zeit, dass du es in dir hast.«

Sie zog sich zurück und starrte ihn an. »Gut, können wir jetzt zu Erskine gehen?«

»Nay, nicht vor der Dunkelheit. Ich will keine Zeugen für unsere Tat.«

Gwyneth wollte am liebsten schreien, aber sie wusste, dass er recht hatte. Für den Moment würde sie sich in der Tatsache sonnen, dass sie gerade sieben Männer geschlagen hatte, mit mehreren Zeugen.

Sie grinste von einem Ohr zum anderen. Heute Abend würde früh genug sein, um Duff Erskine zu jagen. Heute war ein Tag des Ruhmes. Wie sehr wünschte sie sich, ihr Vater wäre da, um das zu sehen.

KAPITEL ZWEIUNDZWANZIG

DIE VIER MACHTEN sich auf den Weg zurück zum Eingang des Festes, wobei sie immer wieder von Gratulanten und Glückwünschen unterbrochen wurden. Gwyneth musste zugeben, dass sie jede Minute genoss.

Eine weibliche Stimme unterbrach ihre Gedanken.

»Logan, mein Liebling. Da bist du ja. Ich habe überall nach dir gesucht.« Eine Rothaarige schlang ihre Arme um Logan und flüsterte ihm ins Ohr, darauf bedacht, so laut zu sprechen, dass sie es alle hören konnten.

Gwyneth verbarg ihre Überraschung. Rab schaute sie an, um ihre Reaktion zu sehen, aber sie schwieg. Immer noch unsicher, wohin ihre Beziehung führen sollte, wollte sie hören, was diese Frau zu sagen hatte.

»Mein Bett ist so warm für dich, wie es das schon immer war«, flüsterte die Frau. Dann drehte sie sich zu Gwyneth um und lächelte sie mit einem so verruchten Grinsen an, dass Gwyneth den Blick abwenden musste. Als junges Mädchen hatte sie die Freundschaften zwischen Frauen nie verstanden. Was wollte diese Frau damit ausdrücken? Hatte Logan sich einer anderen zugewandt, weil sie ihn zurückgewiesen hatte? Ihr Herz pochte selbst bei der geringsten Möglichkeit, Logan an eine andere Frau zu verlieren, ein vielsagendes Zeichen für ihre wahren Gefühle.

Logan griff in seinen Nacken, um den Griff der Frau zu lockern. »Iona, bitte hör auf, Lügen über mich zu verbreiten. Kannst du nicht sehen, dass ein Priester an deiner Seite steht?«

»Och Logan, mein Schatz. Du bist so schüchtern. Jeder kann deine Gefühle für mich sehen.« Sie warf ihm einen neckischen

Blick zu, bevor sie wieder zu Gwyneth schaute.

Iona war eine üppige Frau mit langen, wallenden roten Locken. Früher mochte sie die Art von Figur besessen haben, von der die meisten Männer träumten, aber für Gwyneth schien sie zu füllig um die Mitte. Logan schob sie fort, aber nicht bevor Gwyneth die Wut in seinen Augen wahrnahm. Warum war er wütend? War es, weil er mit einer anderen erwischt worden war, oder weil die Frau gelogen hatte?

»Iona, ich weiß nicht, was du für ein Spiel treibst, aber du weißt, dass zwischen uns nichts ist. Es gab auch nie etwas zwischen dir und Quade. Du wolltest die Beziehung meines Bruders zu seiner neuen Frau zerstören und hast versagt. Komm nicht als Nächstes zu mir, weil deine Lügen entdeckt wurden. Ginge es nach mir, wärst du schon längst aus unserem Clan verbannt worden. Oder ist es das, was dich nach Glasgow bringt? Hat man dich endlich fortgeschickt?«

Tränen bildeten sich in Ionas Augen, während sie seine Schultern umklammerte. »Bitte Logan. Sei nicht böse. Du weißt, wie gut wir zusammenpassen würden. Komm heute Nacht zu mir.«

Sie beugte sich vor, um ihn auf die Wange zu küssen, aber Logan schob sie weg. »Hör auf mit deinen Spielchen, Iona. Ich will dich nicht und ich habe dich nie gewollt.«

Schmerzende Wut blitzte über ihre Züge, und ihr Blick fing seinen ein. »Du Narr. Hättest du lieber diese Hure neben dir, die sich wie ein Mann kleidet? Sie kann niemals auch nur die Hälfte der Frau sein, die ich bin.« Sie neigte ihren Kopf zur Seite, um Gwyneth noch einmal anzuschauen, ihr hochmütiger Ausdruck war eine regelrechte Herausforderung.

Logan packte sie am Arm, drehte sie weg und marschierte mit ihr über das Feld, seine strenge Stimme hallte hinter ihm her, auch wenn seine Worte im Wind verloren gingen. Micheil blieb mit Pater Rab und Gwyneth zurück. »Verzeihung«, sagte er, »sie war früher ein Mitglied unseres Clans. Ich fürchte, sie ist ein wenig einfältig. Es gibt keine Verbindung zwischen Logan und Iona.«

Sichtlich unbehaglich räusperte sich Rab und griff nach ihrem Ellbogen. »Gwyneth, sollen wir uns jetzt verabschieden?«

Sie wusste nicht, was sie sagen sollte, also nickte sie nur. In der

Hoffnung, dass Logan zurückkommen würde, damit sie seine Erklärung hören konnte, zögerte sie und lächelte Micheil an. »Es wäre wahrscheinlich das Beste, wenn wir weitergehen.« Doch bereits nach ein paar Schritten, stürmte Logan zurück. Er griff nach Gwyneths Hand, aber sie zog sie weg. »Gwyneth, glaube kein Wort von dem, was sie sagte. Ich hatte nie ein gutes Verhältnis zu dieser Frau, auch wenn sie sich immer gewünscht hatte, eine Ramsay zu sein. Sie war immer in meinen Bruder vernarrt, aber jetzt da er verheiratet und glücklich ist, nehme ich an, dass sie es auf mich abgesehen hat. Ich war nie mit ihr zusammen.« Er warf Rab einen verlegenen Blick zu. »Verzeih mir, Pater.«

Gwyneth hörte schweigend zu und sagte dann: »Danke für deine Unterstützung heute. Rab und ich werden zurück zur Kirche gehen.« Sie duckte den Kopf und wandte sich ab, weil sie Angst hatte, ihre Gefühle zu verraten.

Sobald sie weg waren, sagte ihr Bruder: »Ich glaube Logan. Die Frau sagt nicht die Wahrheit.«

»Zwischen Logan und mir ist nichts vereinbart, Rab, also spielt es keine Rolle. Wenn er sie wählt, ist das sein Recht. Ich habe derzeit nur ein Ziel, und ich habe keinen Platz für andere.«

Die Menschenmenge lichtete sich, als sie ihren Weg nach Hause hinunterschlenderten, und schließlich waren sie allein. »Gwyneth, bitte«, sagte Rab. »Ich weiß, dass du etwas für den Mann empfindest. Ich kann es dir ansehen, wenn er in der Nähe ist. Bitte verleugne deine Gefühle nicht. Es ist nur natürlich, dass du dich für einen so ehrenhaften Mann interessierst. Und ich glaube, dass er ehrenhaft ist, ungeachtet, was die Frau gesagt hat.«

»Rab, ich bin müde von dem Wettkampf. Können wir jetzt nach Hause gehen, bitte?«

Nickend führte er sie weiter, aber sie bemerkte, wie er seine Schultern hängen ließ. Offenbar mochte Rab Logan genauso sehr wie sie. Aber wenn Iona die Art von Frau war, die ihn normalerweise anzog, welche Hoffnungen hatte sie dann, seine Aufmerksamkeit zu behalten?

»Um Gottes willen, Micheil. Hättest du mich nicht warnen können, dass Iona in der Stadt ist? Was macht sie überhaupt hier in Glasgow?«

»Och, ich vergaß, es dir zu sagen. Mutter hat sie fortgeschickt. Sie hat so viel Ärger mit einigen der Clanfrauen verursacht, dass Mutter ihr sagte, es sei Zeit für sie, weiterzuziehen.«

»Gütiger Gott, sie hat definitiv ihren Verstand verloren. Und das alles vor Pater Rab zu sagen? Er wird mich nie wieder in die Kirche lassen.«

»Hab keine Angst. Pater Rab ist ein wahrer Geistlicher. Er wird dir verzeihen, ob er ihr glaubt oder nicht. Gib es zu, du machst dir mehr Sorgen darüber, was Gwyneth denkt.«

»Aye, das tue ich. Ich will sie heiraten, aber ich möchte erst Zeit haben, sie besser kennenzulernen. Ich fürchte, Iona hat genug Schaden angerichtet, dass sie mir nun misstraut. Gwyneth ist naiv, wenn es um Männer und boshafte Frauen geht. Ich weiß nicht, was sie von dieser Begegnung halten wird.«

»Iona hat ein bisschen den Verstand verloren, als Brenna Quades Herz gestohlen hat. Sie ist nie darüber hinweggekommen. Es scheint, als ob sie immer noch darauf erpicht ist, den Namen Ramsay anzunehmen.« Micheil grinste seinen Bruder an.

»Wenn wir nicht mitten auf dem Jahrmarkt wären, würde ich dir das Grinsen aus dem Gesicht treiben. Und das werde ich, sobald ich dir wieder auf dem Übungsplatz gegenüber stehe.«

»Ich freue mich schon darauf, Bruder.« Micheil klopfte ihm auf die Schulter und ging zu einem Essensstand hinüber, um sich etwas zu essen zu kaufen, wobei er jeder Frau zuzwinkerte, die auf dem Weg dorthin an ihm vorbeikam.

»Beeil dich mit deinem Essen, Micheil. Ich will noch einmal nach Erskine sehen.«

Gwyneth konnte nicht schlafen. Es war Regen vorhergesagt, also hatte Logan ihre Mission auf den nächsten Abend verschoben. Es war schon weit in die Nacht hinein, und sie hatte sich die meiste Zeit hin und her gewälzt. Sobald sie die Augen schloss, ertönte anstelle der Stimme des Störenfrieds während des Wettkampfs, die von Duff Erskine. Sie konnte es nicht zum Aufhören bringen, so warf sie die Decke von sich und setzte sich auf ihre Pritsche. Es reichte. Es war egal, was Logan dachte − sie war bereit. Es war Zeit für Duff Erskine zu sterben.

Sie zog sich entschlossen an, arrangierte sorgfältig ihre Hosen, ihre Wollsocken und Stiefel, sogar ihren Waffenrock. Ihre Waffen waren für ein rasches Auffinden feinsäuberlich sortiert, einschließlich des neuen Dolches, den Logan ihr geschenkt hatte. Ihr Glücksstein von Lily war immer noch in ihrer Tasche. Sie schaute sich im Raum um und fragte sich, ob sie etwas vergessen hatte, denn das durfte nicht passieren. Diese Mission war zu wichtig, als das sie noch einmal versagen durfte.

Das war nicht nur ihre Mission, sondern ein Auftrag, welchen sie von der Krone erhalten hatte. Dougal Hamilton wollte, dass Erskines Leben zu Ende geht. Er wollte immer noch wissen, ob er einen Partner hatte, aber das Ende war immer das Gleiche. Erskine musste sterben, für die Frauen und für die Krone.

Sie schlich sich durch den Hauptraum nach draußen und schnappte sich ihren Bogen und Köcher. Ein leises Geräusch unterbrach sie und sie drehte sich um. Rab. Er stand hinter ihr, in seiner normalen Kleidung, anstelle der Priesterroben. »Du bist auf dem Weg zu ihm, nicht wahr?«

»Aye, Rab, das muss ich. Es ist Zeit und ich bin bereit«, flüsterte sie.

»Ich weiß.« Er drehte seinen Kopf zur Seite und nickte, während er tief in Gedanken versunken war. »Wirst du deinem närrischen Bruder einen kleinen Gefallen tun?«

»Natürlich, Rab. Du weißt, dass ich dich liebe.« Ihr Blick fing seinen auf, und sie bemerkte die Angst in seinen Augen. Sie konnte es ihm nicht verdenken. Wie würde sie sich fühlen, wenn ihre Rollen vertauscht wären?

»Bitte erlaube mir, einen Segen über dich zu sprechen.«

Sie nickte und neigte den Kopf, während er seine Hände auf ihren Scheitel legte und die Worte sagte, welche so stark in seinem Herzen lebten. Als er endete, schaute sie ihn durch tränenverschleierte Augen an. »Es tut mir leid, dass ich dir das antun muss.«

Rab nickte. »Vielleicht wird es dieses Mal ein Ende finden. Ich wünschte, es gäbe einen anderen Weg, denn ich habe solche Angst, dass du es bereuen wirst, ihn mit eigenen Händen getötet zu haben. Die Schuldgefühle, Gwynie, werden sie dich nicht überwältigen?« Er hielt einen Moment inne, streckte dann aber seine Arme aus, um sie zu umarmen. »Bitte komm zurück zur mir, Schwester. Ich wäre verloren ohne dich.«

Sie gab ihrem Bruder einen Kuss auf die Wange und ging zur Tür hinaus.

Die Stadt war relativ ruhig. Sie hatte gedacht, dass es mit dem Jahrmarkt in der Stadt lebhafter sein würde, aber anscheinend waren die Stadtbewohner schnell müde geworden und nach Hause gegangen. Sie beschloss, sich Zeit zu lassen, und ging alles, was Logan ihr beigebracht hatte, noch einmal sorgfältig durch. Heute Abend durfte sie nicht versagen. Eine leichte Brise wehte die losen Haarsträhnen aus ihrem Gesicht zurück. Unten am Weg kämpfte ein Rudel Hunde um ein Stück Fleisch, bis jemand einen Schuh nach ihnen warf. Als sie in Richtung der Fjorde schlenderte, nahm der Wind mit einem Heulen zu und fegte durch die Herbstnacht, während die Blätter um ihre Füße raschelten. Gwyneth versuchte, alle Details in sich aufzusaugen, denn sie war sich sicher, dass sie sich an alle Einzelheiten in dieser Nacht erinnern wollte.

Sie machte sich auf den Weg hinunter zum Wasser und war überrascht, dort ein reges Treiben zu sehen. Als sie sich wieder im Gebüsch versteckte, konnte sie Duff Erskine erkennen, der drei anderen Männern Befehle gab, welche damit beschäftig waren, Säcke auf zwei Wagen zu laden.

Der Zeitpunkt war perfekt. Sie fand ihr Versteck und wartete.

KAPITEL DREIUNDZWANZIG

ES WAR SO weit. Das würde ihre Nacht werden. Sie würde sich rächen und Erskine würde wissen, dass sein Tod durch ihre Hand kam. Endlich würde er für alles bezahlen, was er getan hatte. Dank Logan hatte sie das Selbstvertrauen, das sie nie zuvor gehabt hatte.

Die Männer am Wasser arbeiteten weiter, ohne miteinander zu sprechen. Sobald ihre Ladung auf die Wagen geladen war, bestiegen sie ihre Pferde und zogen die Fjorde hinunter, raus aus der Stadt, mit mehreren Zugpferden, die ihre Last zogen.

Gwyneth blieb in ihrem Versteck, bis die Männer außer Hörweite waren. Der Weg hinunter zum Fluss war mit vielen Bäumen und Laub umgeben, welche sie versteckt halten würden. Sie würde ihn nicht töten, bis sie sein Vorhaben herausgefunden hatte. Aye, er war im Moment in ihrer Reichweite, aber sie hoffte, seinen Kontakt zu entdecken. Das hier hatte alle Merkmale einer größeren Operation, und es bestand eine gute Chance, dass sein Schutzmann hier sein würde. Wer deckte ihn?

Wer waren die Männer vor ihm, und was befand sich in den Säcken? Noch mehr Frauen?

Himmel Herrgott, er wusste es. Logan kroch in die Nähe des Flusses, und siehe da, dort war sie in ihrem Versteck im Gebüsch. Das törichte Mädchen war wieder allein hier, und dass, nachdem sie versprochen hatte, ihn mitzunehmen.

Verflucht, war Gwyneth stur. Er würde dafür sorgen, dass Hamilton erfuhr, dass seine beste Spionin eigensinnig und stur war und dazu neigte, unnötige Risiken einzugehen.

Leider war die dumme Iona zur falschen Zeit aufgetaucht. Er hatte nie etwas mit der Frau zu tun gehabt, aber Iona schien es zu genießen, die Männer ins Visier zu nehmen, die sie nicht haben konnte.

Er versteckte sich in einem Baum und wartete ab, was Gwyneths nächster Schritt sein würde. Jedes Mal, wenn er das Mädchen sah, hallte die Erinnerung an ihr süßes Stöhnen durch seinen Geist und verursachte sein übliches Unbehagen in seiner Hose. Die wenigen Male, die sie sich geliebt hatten, heizten sein Verlangen nach ihr nur noch mehr an. Er hatte heute auf eine erneute Gelegenheit gehofft, aber dann hatte Iona sie gefunden. Er konnte das Misstrauen in Gwyneths Augen sehen, als Iona ihr Arme um ihn geschlungen hatte.

Die Zeit würde das Gegenteil beweisen. Heute Abend musste er sich auf Gwyneth konzentrieren und sie aus der Gefahrenzone heraushalten. Es war seine Pflicht und sein Verlangen.

Eine Stunde verging, bevor sie ihr endgültiges Ziel erreichten. Gwyneth hatte einen guten Abstand gehalten, blieb aber nahe genug dran, um die wenigen Worte, die gesprochen wurden, zu belauschen. Sie meinte ein oder zwei Ächzer von dem Wagen zu hören, aber sie konnte sich nicht sicher sein.

Als die Männer schließlich abstiegen, konnte sie ein Langschiff sehen, welches neben einem Steg schaukelte. So weit unten in den Fjorden war das Wasser tief genug, sodass ein Schiff anlegen konnte. Als sie in ihrem Versteck saß, blickte sie zur Mondsichel hinauf, welche immer wieder von schnell ziehenden Wolken verdeckt wurde. Mist, sie hoffte, dass es heute Nacht nicht wieder regnen würde, auch wenn sie es beinahe in der Luft riechen konnte.

Die Männer brachten die Säcke auf das Schiff. Eine Eule schrie in der Ferne, was dazu führte, dass eine langsame Welle der Angst ihren Rücken hinaufkroch und sich wie Ketten um ihren Bauch legte. Sie zog Kraft aus ihrem Inneren, um ihre Angst zu verdrängen, und konzentrierte sich auf die Männer vor ihr. Es war zu spät, um ihre Entscheidung, Ramsay nicht mitzunehmen, zu bereuen. Sie hatte sich entschlossen, allein zu kommen, weil sie befürchtete, dass Bilder von Iona mit ihren Armen um Logan ihre Konzentration stören würden, wenn er bei ihr wäre. Heute Nacht durfte es keine Ablenkungen geben.

»Das ist eine gute Ladung, Clyde. Du solltest mir dafür ein paar extra Münzen und Waffen geben.« Erskine sprach mit dem Mann auf dem Schiff.

»Wie viele sind es diesmal?«

»Acht.«

Clyde überblickte die Gegend. »Ich zähle nur sieben Säcke.« Der Mann spähte über die Wagen hinweg, während Duffs Männer die Fuhre abluden und die Säcke zum Schiff brachten. »Nehmt sie aus den Säcken, sobald sie auf dem Schiff sind. Sie müssen schließlich etwas essen.«

Frauen. Eine weitere Ladung voller Frauen war im Begriff in den Osten aufzubrechen. Sie würde diese Fuhre aufhalten, genau wie ihr Vater es vor Jahren versucht hatte. Aber mit einem Unterschied – sie würde erfolgreich sein.

»Es sind nur sieben. Eine wird noch kommen.«

»Was? Wie kann das sein? Eine allein?«

»Das spielt keine Rolle, oder? Bringt die Beutel mit dem Essen und die Krüge mit dem Wasser auf das Schiff. Ihr müsst bald aufbrechen.«

»Warum die Eile?«

»Ich habe ein schlechtes Gefühl wegen heute Nacht.« Duff musterte die Umgebung, als ob er auf etwas warten würde. Er wischte sich mit dem Hemdsärmel über das Gesicht, dann schritt er vom Steg weg und drehte sich zu seinen Männern um, bevor davonging. »Macht weiter. Ich habe noch eine Sache zu erledigen.«

Gwyneth machte sich eine gedankliche Notiz – es waren zwei Männer bei den Wagen, einer auf dem Boot. Sie fragte sich, wie viele Männer mit den Frauen reisen würden. Sie hatte nicht das geringste Mitleid mit seiner Besatzung, auch nicht mit denen, die von den Wikingern über Bord geworfen worden waren. Jeder Einzelne von ihnen hatte es verdient, für seinen Anteil an dieser Tragödie bestraft zu werden.

Sie folgte Duff, als er sich zurück in Richtung Stadt aufmachte. Ein einsamer Mann ging direkt auf ihn zu. Logan? Aber nein. Die Männer unterhielten sich und sie versuchte zu erkennen, wer es war, aber sie war zu weit weg.

Ihr Gespräch endete und Duff bedankte sich bei dem Mann, bevor er zurückging. Der Mann könnte sein Boss sein, aber sie war sich nicht sicher. Als Erskine zum Schiff zurückkam, wanderte er ziellos umher, als ob er nach etwas suchte. Dann dämmerte es ihr. Er war auf der Suche nach *ihr*.

Ihre Zeit war abgelaufen. Sie musste jetzt handeln, oder es konnte zu spät sein. Sie richtete sich auf und zielte auf die Männer in der Nähe des Schiffes. Sie wusste, dass sie genug Zeit hatte, bevor Erskine näher kam. Sie feuerte ihren ersten Pfeil ab und traf den Kapitän des Schiffes in den Bauch. Kein Todesstoß, aber es würde ihn sicherlich aufhalten. Den nächsten Pfeil schoss sie auf den Mann, der sich über den Wagen beugte, und traf ihn direkt in den Hintern. Er fiel zu Boden und fluchte, während er sich an sein Hinterteil fasste. Ihr dritter Pfeil traf den anderen Mann, auch er ging zu Boden. Als sie sich umdrehte, um auf Duff zu zielen, rannte er zu seinem Pferd, sie vermutete, zu seinem Bogen.

»Bleib stehen, oder ich durchbohre dich, wie ich es mit den anderen gemacht habe.«

Gwyneth trat aus ihrem Versteck heraus, ihr Pfeil zielte auf Erskine, auch wenn er noch ein gutes Stück von ihr entfernt war. Aus irgendeinem Grund zögerte sie immer noch, ihm in den Rücken zu schießen. Sie wollte ihm in die Augen sehen, wenn sie ihn tötete.

»Dreh dich um, Erskine. Es ist Zeit, dass du für deine Verbrechen bezahlst.«

Duff drehte sich langsam um, ein verschmitztes Grinsen auf seinem Gesicht, als er sie anstarrte. »Och, und wer wird mich dafür bezahlen lassen? Du, Gwyneth?« Er machte einen Schritt auf sie zu. »Denkst du, du kannst mich heute besser besiegen als neulich?«

Gwyneth hielt den Atem an, sammelte ihre ganze Kraft und ließ ihren Pfeil fliegen.

Sie verfehlte ihn.

»Nicht anders als beim letzten Mal, oder? Nun, noch regnet es nicht, also hast du diese Ausrede nicht.« Er wandte sich von ihr ab und ging zurück zu seinem Pferd. »Mach schon, du kannst mich nicht treffen. Wie oft hast du es schon versucht?« Sein Lachen hallte durch die kalte Nachtluft.

Das konnte nicht wahr sein. Sie spannte einen weiteren Pfeil ein und zielte genau zwischen seine Schulterblätter. Ihr Magen krampfte sich vor Angst zusammen, so sehr fürchtete sie sich davor, wieder zu versagen. Das altbekannte Gefühl der Ohnmacht kroch von ihrem Steißbein hoch. Sie war machtlos gegen diesen Mann.

Verdammt, er würde sie nicht noch einmal kleinkriegen. Sie dachte an Logan und wie er ihr beigebracht hatte, Duffs Sticheleien zu ignorieren. Sie schoss einen weiteren Pfeil auf ihn ab. Sein Lachen sagte ihr, was sie wissen musste. Tränen fluteten ihre Augen.

Nay, nay. Das durfte nicht wieder passieren. Sie war eine Versagerin. Ihre Sicht wurde durch die Tränen so unscharf, dass sie beschloss aufzugeben. Noch ein Schuss. Sie würde noch einmal schießen, und wenn sie ihn verfehlte, würde sie sich geschlagen geben.

Sie blinzelte ihre Tränen weg, spannte ihren Pfeil, ihr linker Arm zitterte, sie zog und ließ in los.

KAPITEL VIERUNDZWANZIG

DER PFEIL VERFEHLTE seinen Kopf knapp. Erskine lachte und hielt sich den Bauch. »Och, Mädchen, du bist noch viel schlechter, als ich jemals gedacht hätte. Habe ich nicht gehört, dass du heute den Wettkampf auf dem Jahrmarkt gewonnen hast?«

Erskine hatte sein Pferd erreicht. Er drehte sich mit seinem Dolch in der Hand um und ging auf sie zu. Sie schloss in ihrer Verzweiflung die Augen. Nichts spielte mehr eine Rolle. Sie war wieder machtlos.

»So ist`s recht, gib auf, kleines Mädchen. Klettere auf das Schiff und mach es mir leicht. Ich habe einen Käufer für dich, und er zahlt mehr, als ich mir je erhofft hätte.« Er ging weiter auf sie zu, mit einem breiten Grinsen im Gesicht.

Duff schrie auf. Sie riss ihre Augen auf und sah Blut aus einer Wunde in Erskines Arm rinnen, ein Messer ragte aus seiner Haut. Eine Stimme kam über ihre Schulter. »Bleib, wo du bist Erskine, oder das nächste landet zwischen deinen Augen. Eine Bewegung und du bist ein toter Mann.« Erskine erstarrte, ließ seinen Dolch fallen, um das Messer zu entfernen und umklammerte seinen Arm.

Logan schritt an ihre Seite. Sie war noch nie so glücklich gewesen, jemanden zu sehen, und es gab nichts, was sie lieber tun würde, als sich in seine Arme zu werfen. Aber es war nicht der richtige Moment dafür.

Sie zwang sich, ihren Fokus wieder auf den Auftrag zu richten. »Töte ihn nicht, Ramsay! Er gehört mir. Du hast versprochen, dich nicht einzumischen. Bleib zurück.« Gwyneths Worte kamen zwischen einzelnen Schluchzern heraus. Sie hatte nicht einmal bemerkt, dass sie weinte.

Logan stand neben ihr und deutete auf Erskine. Micheil kam von hinten und lief zu Duff hinüber, trat hinter ihn und hielt ihm seinen Dolch an die Kehle.

Logan flüsterte: »Ich habe versprochen, ihn nicht zu töten, ich habe nie versprochen mich nicht einzumischen. Er wollte dir wehtun. Du wolltest zulassen, dass er dir wehtut.«

»Das spielt keine Rolle. Ich bin eine Versagerin. Ich habe ihn viermal verfehlt.« Sie wagte es nicht, ihn anzusehen, sonst würde sie sich mit Sicherheit in seine Arme stürzen. Ihre Knie drohten einzuknicken, und ihre Schultern hingen herab von der Schmach der Niederlage.

»Mach dich bereit.« Er trat zur Seite, die Augen auf Duff Erskine gerichtet.

»Was?«

»Ich werde ihn nicht umbringen. Du wirst es tun. Und jetzt mach dich bereit. Spann einen weiteren Pfeil ein, und ziele. Aber lass ihn nicht los, bevor ich es dir sage. Weißt du noch, wie wir geübt haben?«

Gwyneth konnte ihren Ohren nicht trauen. Wollte Logan ihr wirklich helfen, ihn zu töten? Sie hielt einen Moment inne, holte tief Luft, tat dann aber, was er ihr befahl, und machte sich bereit, auf Duff zu schießen. Vielleicht war es das, was sie brauchte. Mit Logan hier, so wie er es bei ihren Übungseinheiten gewesen war, würde sie vielleicht endlich ihr Ziel erreichen.

»Wohin wolltest du diese Frauen schicken, Erskine?« Logan brüllte ihn an. Erskine lachte. »Das werde ich dir nie verraten.«

Micheil bewegte seinen Dolch ein wenig zur Seite und durchdrang seine Haut. Blut lief seinen Hals hinunter und befleckte sein edles Halstuch.

»Italien. Der gleiche Ort, an den deine Frau geht, wenn ich mit euch dreien fertig bin, Sie zahlen dort gutes Geld für Sklavinnen. Gwyneth wird eine großartige sein.«

Micheil zog seinen Griff ein wenig fester an. »Du scheinst nicht in der Position zu sein, Drohungen auszusprechen.«

Logan drehte sich zu ihr um. »Bist du bereit, Mädchen?«

»Ich kann nicht, Logan«, flüsterte sie. »Ich bin nicht stark genug.« Ihre Arme zitterten wieder, als sie zu zielen begann.

»Aye, das bist du.« Logan trat hinter sie und legte seinen Arm unter ihren, um sie zu stützen, dann stellte er sein Bein hinter ihr bebendes. »Wie willst du ihn erschießen? Du hast die Wahl.«

Sie konnte es nicht glauben, aber mit Logan hinter ihr, der ihren Körper mit seinem eigenen stützte, hörte ihr Zittern auf. Seine Kraft schien in ihr Blut zu fließen und gab ihr einen neu entdeckten Antrieb, ihr Ziel zu erreichen. Gwyneth zielte auf Duffs Herz, aber im letzten Moment kam ihr Rab in den Sinn. Sie senkte ihren Pfeil und ließ ihn los. Er landete genau dort, wo sie ihn anvisiert hatte, an der Stelle wo seine Oberschenkel zusammentrafen.

Erskine schrie vor Schmerz auf und fiel zu Boden. Logan flüsterte ihr ins Ohr. »Autsch. Aber gut gemacht.«

Micheil trat den gefallenen Mann und lief dann zum gegenüberliegenden Flussufer. »Ich hole den Sheriff«, rief er über die Schulter, während er in Richtung Stadt zurücklief.

»Rab war alles an, woran ich denken konnte war, wie er mir sagte, ich solle ihn nicht ermorden.« Sie schaute Logan an, versuchte zu erklären, warum sie diese Entscheidung getroffen hatte, und erwartete, Spott in seinem Blick zu sehen. Aber das tat sie nicht. Sie hatte getan, was sie sich vorgenommen hatte. Sie hatte ihn nicht umgebracht, aber er würde nie wieder Beziehungen haben, da war sie sich ganz sicher. Sie lächelte Logan an und flüsterte: »Meinen Dank.« Sie senkte ihren Bogen und lehnte sich an ihn, gerade als die ersten Regentropfen fielen.

Ein lauter Schrei kam von Erskine und sie drehten ihre Köpfe gerade rechtzeitig, um zu sehen, wie er direkt auf sie zukam, humpelnd, ein Messer in der Hand, das für einen von ihnen bestimmt war.

Gwyneth griff nach ihrem Dolch und schleuderte ihn nach ihm. Der Mann fiel keine zwei Meter von ihnen entfernt zu Boden. Der Himmel öffnete sich und ein heftiger Regen prasselte auf sie ein, als sie hinübergingen, um zu sehen, ob er noch lebte.

Gwyneth sah ihren Dolch in seinem Oberschenkel. Warum war der Halunke mit nur einem Dolch in seinem Oberschenkel gefallen? Es war kein Todesstoß. Ihr Blick wanderte hinauf zu seinem Gesicht, um in seine ausdruckslosen Augen zu sehen, aber sie hielt inne. Ein weiterer Dolch steckte in seinem Hals. Sie suchte die Umgebung nach Micheil ab, aber er war zu weit weg. Es konnte also nicht Micheils Dolch gewesen sein. Sie und Logan hatten zur gleichen Zeit geworfen.

Ihr Feind lag flach auf seinem Rücken, mit ausgebreiteten Armen, ein Pfeil ragte aus seiner männlichen Region, eine Wunde am Arm und ihr neuer Dolch in seinem Oberschenkel. Regen trug sein Blut in Bächen von seinem Körper weg. Oder war das ihr neuer Dolch in seinem Hals? Sie strich sich das Wasser aus dem Gesicht, um ihre Sicht zu klären, aber sie konnte immer noch nicht erkennen, welches Messer ihr gehörte. Mit einem Blick auf das Blut, welches sich unter ihm sammelte, griff sie nach beiden Dolchen. Sie zog beide heraus und hielt sie in den Regen, um sie zu vergleichen.

»Es sind die gleichen.« Sie drehte sie um, um sicherzugehen, blickte dann aber zu Logan. »Dein Dolch ist derselbe wie meiner.«

»Aye, Mädchen. Ich habe mir den gleichen gekauft.« Er grinste sie an.

»Welcher war dann meiner? Wo hast du hingezielt?«

Logan beugte sich vor und küsste sie auf die Wange. »Ich bin mir nicht sicher. Ist das denn wichtig?«

»Aber wessen Dolch hat ihn getötet?«

»Das werden wir nie erfahren. Es regnet, und ich kann nicht mit Sicherheit sagen, wo meiner gelandet ist.« Er zuckte mit den Schultern. »Es war dunkel. Er ist tot, Gwyneth, und egal, was passierte, du hattest deine Hand im Spiel.«

Zufrieden mit Logans Antwort nahm sie ihren Dolch und steckte ihn weg, während sie Logan den anderen reichte. Sie schaute noch einmal auf den Boden und versuchte, die Erinnerung an ihn, der dort tot lag, zu verdrängen.

Duff Erskine war tot. Sie könnte ihn getötet haben.

Oder auch nicht.

Gwyneth rannte zu dem Wagen am Fluss, band die Säcke auf und tat ihr Bestes, um die Frauen zu wecken, während Logan nach den Männern sah, die sie mit ihren Pfeilen getroffen hatte.

Zwei von ihnen waren bereits verschwunden, nur einer blieb stöhnend am Boden liegen. Alle Frauen atmeten, aber sie standen noch unter dem Bann des Trankes, den Erskines Männer ihnen eingeflößt hatten. Gwyneth deckte sie, so gut es ging, vor dem Regen ab, während Logan den verbliebenen Mann auflud, bevor er die Zugpferde wendete und wieder den Fluss hinaufführte. Sobald sie sich der Stadt näherten, fanden sie den örtlichen Sheriff, welcher einen seiner Assistenten am Boden anschrie, dessen Hände hinter dem Rücken gefesselt waren.

Der Sheriff schritt direkt zu Logan hinüber. »Gut gemacht, Ramsay. Danke für die Warnung vor der Aktion am Flussufer. Ich habe den Narren schon vor einem Mond verdächtigt, aber ihn auf frischer Tat zu ertappen, ist noch besser. Ich habe deinen Bruder gerade zurück zum Schloss geschickt, um mehr Hilfe zu holen, dann wird er zu Dundonald gehen, um ihn über die Situation zu informieren.«

Gut, so würde sie nicht zu Hamilton eilen müssen. Dundonald hielt ihn über alles auf dem Laufenden. Sobald der Sheriff die Situation unter Kontrolle hatte, ging Logan hinüber, legte seinen Arm um ihre Taille und sie gingen zurück zur Kirche. Sie kamen an einer Baumgruppe in einem verlassenen Teil der Stadt vorbei, und Logan küsste sie auf die Wange. »Warte hier einen Moment, Mädchen.« Sie beobachtete, wie er in den Wald hinüberging, um etwas zu überprüfen, während der Regen und der Wind weiter auf sie einschlugen. Hatte er das Gleiche vor, wie sie?

»Ramsay!«

Er drehte sich gerade noch rechtzeitig um, um sie aufzufangen, als sie sich in seine Arme stürzte. Sie brachte ihn fast zu Fall, aber er schaffte es, sich aufrecht zu halten, während sie ihre Beine um seine Taille schlang. Der Regen durchnässte sie weiterhin und seine Füße rutschten auf dem nassen Boden aus.

»Ich will dich jetzt, Logan.« Sie küsste ihn und schlang ihre Arme um seinen Hals, ließ ihre Zunge kreisen, um ihn zu necken.

Er stöhnte, erwiderte den Kuss, schmeckte ihre Süße, als er ihre Lippen und ihren Hals küsste und an ihrem Ohr knabberte.

Sie kicherte, dann neigte sie den Kopf zurück und schrie in den Nachthimmel. »Mach Liebe mit mir Ramsay. Genau hier und jetzt.«

Logan hatte bereits eine Erektion, die darum bettelte, freige-
lassen zu werden, aber er musste fragen. »Genau hier, Gwyneth.
Im Schlamm?« Er setzte sie für einen Moment ab. »Ich bin stark
genug, um dich zu halten. Irgendwie glaube ich nicht, dass du
wirklich willst, dass wir uns im Schlamm wälzen. Ich bin gerne
bereit dir zu dienen« − er nahm ihre Hand und hielt sie über
seinen Schwanz, damit sie seine Härt spüren konnte, »aber ich
möchte nicht auf halbem Weg aufhören müssen, weil es für dich
nicht angenehm ist.«

»Nay, lass uns nicht im Schlamm liegen, es muss einen anderen
Weg geben.«

Logan ergriff ihre Hand und führte sie in die Bäume, auf der
Suche nach einer trockenen Stelle. Sie fanden sich unter einer
Gruppe von Kiefern wieder, welche so hoch und dicht waren,
dass sie fast den ganzen Regen abhielten. Er grinste. »Das ist
genau das, was ich mir erhofft hatte, ein bisschen Schutz vor dem
Regen.« Er drehte sich zu ihr um und zog sie an sich. »Gefällt
dir das, Prinzessin? Ich hoffe es, denn ich kann es nicht mehr
viel länger ertragen, dich nicht in meinen Armen zu halten. Seit
zwei Tagen schwingst du deinen strammen Hintern vor mir her,
und die Qual, dich nicht anfassen zu können, hat mich verrückt
gemacht.«

Gwyneth lachte unter dem Blätterdach der Kiefern und lehnte
sich an Logan, während sie durch die Äste hindurch nach oben
starrte, fasziniert von der Schönheit dieses Ortes. »Logan, es ist
fantastisch hier.« Sie warf ihren Bogen ab und zog ihren Waffenrock aus, bevor sie nach seiner Brosche griff und sein Plaid auf
den Boden fielen ließ.

Logan starrte auf ihre Brüste und sagte: »Binde diese schönen
Wölbungen los.« Sie kicherte, als er ihr half, sie zu befreien, er
nahm beide in seine Hände und murmelte: »So schön, Gwyneth.«

Er küsste sie wieder, beanspruchte ihren Mund mit seinem,
neckte ihre süßen Lippen, bis sie sich öffneten. Er knurrte, als
ihre Zunge seine neckte, und er vertiefte den Kuss, so erfreut
zu fühlen, dass ihr Verlangen und ihre Begierde genauso stark
waren wie seine. Sie klammerte sich an ihn, drückte ihre Brüste
an seine harte Brust, zerrte an seiner Tunika, bis er ihr half, sie

auszuziehen, und seufzte vor Lust, als seine Haut endlich auf ihre traf.

Logan senkte seinen Kopf zu ihrer Brust und leckte an ihren Brustwarzen, bis sie hart wurden. Als er ihre Finger an seinen Brustwarzen spürte, saugte er im Gegenzug an ihren, bis sie aufschrie und mit ihren Nägeln über seine empfindlichen Spitzen fuhr. Er nahm ihre andere Brustwarze in den Mund und streifte sie mit den Zähnen. Sie brauchte keine weitere Einladung mehr, griff nach unten und nahm seine Härte in die Hand, schloss ihre Finger um ihn und neckte ihn mit einer langsamen Bewegung hin und her, auf und ab.

Bevor es um ihn geschehen war und er sich in ihrer Hand ergoss, zog er sich zurück und warf sein Plaid auf den fast trockenen Boden. Er setzte sie auf das Plaid und legte sich auf sie, stützte sein Gewicht auf die Ellbogen und legte seine Hand über ihren Kopf. Beide erstarrten augenblicklich.

»Verflucht«, rief er.

»Logan? Das wird nicht funktionieren.«

»Ich weiß, ich weiß. Ach Herrje, warum habe ich nicht an die verflixten Kiefernadeln gedacht? Es ist Herbst, und sie sind trocken und spitz.« Er stand auf und sah sich um, getrieben von dem schieren Bedürfnis, sich in ihr zu vergraben und die Nadeln von ihren Hosen zu wischen. Gott sei Dank war ihr nackter Hintern nicht auf diesen Nadeln gelandet.

»Vertraust du mir?«

»Aye. Bitte, wir müssen das zu Ende bringen.«

Er zog sie hinter sich her und führte sie zu einer großen Felsformation. Nachdem er sein Plaid auf dem flachen Teil der Felsen ausgebreitet hatte, zog er ihr die Hosen aus und legte sie darauf.

Ihr verwirrter Gesichtsausdruck sagte ihm, dass er das erklären musste, also sagte er ihr, was er von ihr wollte. »Knie dich auf das Plaid.« Er nahm ihre Hand und verhalf ihr in die Position. »Vertrau mir. Wenn du es nicht magst, verspreche ich, sofort aufzuhören, wenn du mir es sagst.«

Er kletterte hinter sie und drückte sie an sich, ließ seine Hände die Vorderseite ihres Körpers hinaufgleiten, neckte ihre Brustwarzen und glitt dann mit einer Hand über ihren Bauch und ihren Oberschenkel, bis er ihre Locken fand. Er stöhnte, als er ihre Nässe fühlte, dann tauchte er einen Finger in sie ein, während sie ihre Beine spreizte, um ihm besseren Zugang zu gewähren.

»Logan, ich will dich jetzt, aber ich weiß nicht, was ich tun soll. Bitte.«

Er knabberte an ihrem Hals und küsste ihr Ohr, flüsterte ihr zu, was er vorhatte, lehnte sich nach vorne und zeigte ihr, wie sie den Felsen greifen konnte, um sich festzuhalten. Er ließ seine Hand über ihren Hintern gleiten und streichelte ihre weiche Haut, bevor er seinen Weg zurück zu ihrem Schamhügel fand und ihre Lippen teilte, um ihn einzuführen. »Mädchen, du bist himmlisch. Ich habe darauf gewartet, mit meinen Händen über deinen süßen Hintern zu streichen. Nichts macht mir mehr Freude, als dich mein zu nennen. Akzeptierst du das?«

»Aye, beende es«, stöhnte sie.

»Wenn du zustimmst, mein zu sein, werde ich das beenden. Ich liebe dich, Gwyneth. Wirst du meine Frau werden?«

»Aye. Ich liebe dich, Logan Ramsay. Heiliger Himmel, bitte.«

Logan grinste. Wie sehr er diese Frau liebte, die einzige, welche ihn jemals von seinem Vorhaben hatte ablenken können. Er fuhr mit seinem Schwanz über ihren Eingang, neckte, bis sie ihn anflehte. »Logan, bitte. Ich brauche dich jetzt in mir.« Er stieß in sie hinein und sie seufzte auf, dann zog er sich langsam zurück, nur um sie noch mehr zu reizen. Stöhnend spreizte sie sich weiter, um ihm einen besseren Zugang zu ermöglichen, dann stieß er hinein, bis er ganz in ihr vergraben war.

Er beugte sich vor und flüsterte ihr ins Ohr. »Gwyneth, ich tue dir nicht weh?«

»Nay«!«, schrie sie, als sich ihre Muskeln auf ihm zusammenzogen, und sie drückte sich auf ihn zurück, ermutigte ihn, den Stoß zu beschleunigen. »Mehr, bitte mehr, Logan. Schneller.«

Logan packte ihre Hüften und stieß in sie hinein, steigerte seinen Rhythmus, während sie sich gegen ihn presste, trieb seinen Schwanz wieder und wieder in sie hinein und brachte sie beide zu einem Höhepunkt, der zu explodieren drohte. Er wollte, dass es länger anhielt, also stieß er immer und immer wieder in ihre Nässe, brachte sie beide zu einem verzweifelten Höhepunkt, einem unersättlichen Bedürfnis, welches an ihm zerrte, um sie in Ekstase seinen Namen schreien zu lassen.

»Gwyneth, du bist mein.«

»Aye, das bin ich, Logan.«

Er griff um sie herum und liebkoste ihre Perle, stieß immer noch in ihre weibliche Passage und schickte sie über den Rand hinaus. Sie zog sich zusammen und melkte ihn, während sie seinen Namen schrie.

Und alles, was er denken konnte war: »Mein.«

KAPITEL FÜNFUNDZWANZIG

GWYNETH SEUFZTE, ALS sie sich mit dem Rücken an Logans Brust lehnte und den Regentropfen außerhalb ihres kleinen Flecks lauschte. Er hatte es irgendwie geschafft, eine bequeme Möglichkeit zu finden, sich mit dem Rücken an einen Baum zu lehnen, während sie auf seinem Plaid auf dem Felsen saßen. »Ich hatte keine Ahnung, dass man das so machen kann.«

»Nun, ich dachte, es könnte eine erfrischende Methode für dich sein, aber zur Hölle«, er küsste ihre Wange, »du hast mich dazu gebracht, dich so sehr zu wollen, und es schien die beste Lösung. Habe ich dich glücklich gemacht?«

»Du konntest das nicht erkennen? Es ist gut, dass wir hierhergekommen sind. Wäre es woanders gewesen, hätten meine Schreie die ganze Nachbarschaft aufgeweckt.« Sie konnte nicht anders, als rot zu werden, auch wenn sie nichts daran geändert hätte.

»Und weißt du noch, wozu du mitten in unserem Liebesspiel zugestimmt hast?«

Sie rutschte von ihm weg, um ihn anzustarren. »Aye, aber du spielst nicht fair, indem du mich fragst, wenn ich in einem so rasenden Verlangen bin. Versuche es noch einmal.«

»Das muss ich nicht«, lachte er. »Du hast zugestimmt, mir zu gehören. Das war meine Absicht, weißt du. Ich werde das nicht noch einmal tun, ohne zu heiraten. Oder ich *werde* mich mit deinem Bruder unterhalten.«

Gwyneth schmiegte ihren Kopf an seine Brust. »Ich habe zugestimmt. Aye, ich werde dich heiraten. Aber nur, weil ich dich so liebe.«

Er strich ihr mit dem Daumen über die Wange. »Das hört sich so gut an. Ich hoffe, du wirst lernen, es oft zu sagen.«

Sie setzte sich auf und blickte in seine Augen, seine braunen Augen, die mit Gold und ein wenig Grün gesprenkelt waren. Sie umklammerte seine Hände und sagte: »Ich muss nicht hören, dass du es sagst. Ich weiß, dass du mich liebst. Welch größeren Beweis könnte ich mir wünschen als das, was du für mich unten beim Fluss getan hast?«

»Du bist mit allem einverstanden, was passiert ist? Keine Wut, weil ich dir gefolgt bin? Ich habe deinem Bruder versprochen, dir zu helfen, das weißt du.«

»Ich hätte nicht ohne dich gehen sollen. Nachdem ich diese hässliche Rothaarige gesehen habe…«

Er grinste. »Hässliche Rothaarige?«

»Aye, sie ist hässlich.«

»Och, du bist eifersüchtig. Das mag ich.« Es setzte sich glucksend in eine aufrechte Position.

Sie gab ihm einen spielerischen Klaps auf den Arm. »Sei still.« Sie starrte auf ihre Hände und hielt inne, um ihre Gedanken zu sammeln. »Ich danke dir, dass du mir gefolgt bist, aber vor allem, dass du ein Mann bist, der zu seinem Wort steht. Als ich ihn mit meinem Pfeil nicht treffen konnte, fühlte ich mich komplett besiegt.« Tränen sammelten sich an ihren Wimpern. »Ich weiß nicht, warum er es geschafft hat, mich so zu verunsichern.«

»Ich weiß es. Er hat deinen Vater und deinen Bruder getötet. Ich würde mir mehr Sorgen machen, wenn er dich nicht verunsichert hätte.« Er schlang seine Arme um sie und bettete ihren Kopf unter sein Kinn. »Aber ich wusste, dass du es schaffen kannst, und ich bin stolz auf dich, dass du die Kontrolle wiedererlangt und die Sache beendet hast.«

»Das habe ich«, sie lächelte, »nicht wahr? Ich hätte nicht gedacht, dass ich es schaffe, aber mit deiner Unterstützung habe ich es geschafft.«

»Er wird dich nie wieder belästigen.«

»Macht es dir etwas aus, wenn wir jetzt zu Rab gehen? Ich möchte ihn wissen lassen, was passiert ist.«

»Nay, es macht mir nichts aus. Ich muss mit ihm reden und sicherstellen, dass er von unserer bevorstehenden Hochzeit weiß.

Ich nehme an, du möchtest, dass er uns verheiratet?« Er half ihr auf und sammelte ihre Kleidung zusammen. Glücklicherweise hatte er daran gedacht, sie über einen Ast zu hängen, sodass sie nicht durchnässt wurde. Ihre Hosen waren auch nicht allzu nass. Dann schnappte er sich seinen Waffenrock und zog ihn sich über den Kopf, kurz bevor er sein Plaid aufhob.

Gwyneth starrte auf sein Plaid und verzog ihren Mund. »Dein Plaid sieht nicht gut aus.«

Er hielt es hoch und versuchte, die Nässe, die Tannennadeln und den Schlamm abzuschütteln. »Nay, das hat ganz schön was abgekriegt, nicht wahr?«

Sie nickte. »Tut mir leid, Logan.«

Er beugte sich vor und küsste sie auf die Lippen. »Das war jede Minute wert. Erinnere mich nur daran, dich nie wütend zu machen.«

Sie schaute ihn verwirrt an. »Warum?«

»Das war eine gute Stelle, um auf einen Mann zu schießen, Weib. Gut gemacht.«

Es dämmerte schon fast, als sie wieder in der Kirche ankamen. Als Gwyneth durch die Tür trat, bekreuzigte sich Rab und eilte herbei, um sie in seine Arme zu schließen. »Gott sein Dank, danke Herr. Heilige bewahret uns.

»Es ist vorbei, Pater.« Logan wollte den armen Mann nicht noch mehr quälen, als sie es schon getan hatten.

»Was? Du hast ihn umgebracht Gwyneth?« Rabs Mund blieb weit offen, als er seine Schwester anstarrte.

»Na ja, nicht ganz«, krächzte sie.

»Was meinst du damit, nicht ganz? Ist er tot oder nicht?«

Logan hielt seine Hand hoch. »Pater Rab, bitte setz dich, und wir werden es dir erklären.«

Als Rab sich auf einem Stuhl am Tisch niedergelassen hatte, sagte Logan: »Gwyneth, warum gehst du nicht und ziehst deine nassen Sachen aus. Ich kann Rab alles erklären.«

»Nay, bitte. Ich erzähle es ihm schnell, dann ziehe ich mich um.«

Rab starrte erwartungsvoll zu ihr auf und hielt den Atem an.

»Rab, es war wunderbar. Ich schoss einen Pfeil auf ihn, aber er verwundete ihn nur. Dann griff er uns mit einem Messer an, und wir warfen beide genau zur gleichen Zeit einen Dolch nach ihm. Ein Dolch landete in seinem Oberschenkel und einer in seinem Hals. Wir wissen also nicht wirklich, wer ihn getötet hat. Du brauchst nicht für mich zu beten, denn ich weiß nicht, ob es mein Dolch war oder nicht.« Sie küsste ihren Bruder auf die Wange und eilte in ihre Kammer, um sich trockene Kleidung anzuziehen.

Rab starrte Logan an, der ihm gegenüberstand. »Ich verstehe das nicht. Du hättest doch wissen müssen, wer den tödlichen Dolch geworfen hat, Logan. Ich muss es wissen. Es gibt besondere Gebete, die ich für die verantwortliche Person sprechen muss.«

Logan nickte. »Normalerweise würde ich das erkennen, aye. Aber ich habe Gwyneth auf dem Jahrmarkt einen neuen Dolch gekauft, und ich habe mir genau denselben gekauft. Außerdem hätte er einen von uns mit seinem Messer umgebracht, wenn wir ihn nicht getötet hätten. Es war Selbstverteidigung.«

»Er hat versucht, meine Schwester zu töten?«

»Aye, er stürzte sich mit einem gezückten Dolch auf uns. Es hieß, er oder wir, Pater. Selbst der Herr glaubt daran, sich zu schützen.«

Rab war für einen Moment lang still, aber dann brach er in ein Lachen aus, auch wenn ihm Tränen über die Wangen liefen. »Es ist vorbei? Ich muss nicht die nächsten zwei Jahre für ihre Seele beten?«

»Das ist richtig, Pater. Es ist vorbei.« Logan setzte sich neben den Priester und flüsterte: »An der Seele deiner Schwester ist nichts auszusetzen, Pater. Sie ist ein liebevoller, fürsorglicher Mensch, der mit einigen Schwierigkeiten zu kämpfen hatte. Der Gerechtigkeit wurde Genüge getan. Er hatte andere Frauen auf das Schiff geladen und war auf der Suche nach Gwyneth, als sie ihn konfrontierte. Der Halunke hatte die Absicht, sie zu stehlen und sie wieder auf das Schiff zu bringen. Wir haben den Sheriff hingeschickt, um sich um alles zu kümmern.«

Rab schien etwas sagen zu wollen, dann ließ er aber sein Gesicht in seine Hände sinken und begann zu schluchzen. Logan wusste nicht, was er tun sollte, außer seine Schulter zu ergreifen, um ihn wissen zu lassen, dass er da war.

Augenblicke später stürmte Gwyneth zurück ins Zimmer, die zweifellos ihren Bruder gehört hatte. »Rab? Geht es dir gut?«

Rab stand auf, umarmte sie und weinte an ihrer Schulter.

Da er nicht wusste, was er sonst tun sollte, beschloss Logan, das Thema zu wechseln. »Und wir werden heiraten, Pater.«

Pater Rab lehnte sich zurück und lächelte. »Wahrhaftig?«

Gwyneth nickte. »Rab, du wirst uns doch trauen, nicht wahr?«

Rab strahlte und umarmte sie erneut.

KAPITEL SECHSUNDZWANZIG

GWYNETH RITT ZWISCHEN Logan und Rab auf der kurzen Reise zum Bergfried der Ramsays, Micheil war dicht hinter ihnen. Sie war noch immer überrascht, dass Rab zugestimmt hatte, die Reise mit ihnen zu machen, damit sie im Beisein von Logans Familie heiraten konnten. Er hatte einen anderen Priester ausfindig gemacht, der in seiner Abwesenheit in der Kirche blieb. Die Luft war kühl und frisch, da es am Vortag geregnet hatte, und es würde nicht mehr lange dauern, bis der Boden mit Schnee bedeckt war.

Als sie sich dem Familienbesitz näherten, merkte sie, dass sich Logans Haltung ein wenig aufrichtete und sein Gesicht aufleuchtete. Die Ramsay-Festung, war nicht so groß wie die der Grants, aber immer noch äußerst majestätisch. Viele Häuschen umgaben die Mauern und Menschen tauchten auf, um sie zu begrüßen, als sie vorbeikamen. Sie konnte die Fragen in den Gesichtern seiner Clanmitgliedern sehen, während sie weiter in Richtung Fallgitter ritten. Als sie die Ställe erreichten, riefen Stimmen hinter ihnen weitere Grüße, gemischt mit Kinderlachen.

Gwyneth drehte sich um und sah Lily und Torrian auf sie zulaufen, einige Meter vor Quade und Brenna und dem Baby. Pater Rab wurde der Gruppe vorgestellt, aber eine Person fehlte offensichtlich – Logans Mutter. Ihr Highlander war seinen Brüdern gegenüber unerbittlich loyal, aber noch mehr seiner Mutter gegenüber. Sie konnte den Stolz in seinem Gesicht sehen, als sie sich den Außentreppen zum Bergfried näherten. Aye, dort stand seine Mutter in ihren wallenden Röcken, einen dunklen Umhang über den Schultern, die Arme verschränkt, und wartete auf ihren mittleren Sohn.

»Sei gegrüßt, Mutter.« Logan eilte nach vorne, um die Wange seiner Mutter zu küssen, sie ergriff seine Schultern und zog ihn in eine feste Umarmung.

»Logan, du hast Gäste mitgebracht.« Sie wandte ihr strahlendes Lächeln an Gwyneth und ihren Bruder. »Stell sie uns bitte vor.«

Sein Blick fing ihren ein, bevor er damit begann, und sie entspannte sich, gestärkt durch die Liebe, die sie darin sah.

»Mutter, das ist Gwyneth von den Cunninghams und ihr Bruder, Pater Rab. Ich habe Gwyneth gebeten, meine Frau zu werden, und Rab möchte die Zeremonie durchführen. Das ist meine Mutter, Lady Arlene Ramsay.«

Gwyneth erwiderte: »Lady Arlene, es ist mir eine Freude, dich kennenzulernen.« Sie neigte den Kopf zu der anmutigen Frau, die das Nächste sein würde, was sie jemals als Mutter haben würde. Lady Ramsay war eine schöne Frau, und sie vermutete, dass sie auch eine starke war. Brenna hatte sehr gut über die Frau gesprochen. Gwyneth war voller Hoffnung für ihre Beziehung. Da sie keine Erinnerung an ihre echte Mutter hatte, war sie sich nicht ganz sicher, wie sie sich gegenüber Lady Arlene verhalten sollte, aber sie wollte so sehr, dass alles gut ging. Hoffentlich würde Lady Ramsay sie wie eine Tochter akzeptieren.

Lady Arlene umarmte sie und sagte: »Ich danke dir, meine Liebe, für die Liebe zu meinem Sohn. Ich kann es in deinen Augen sehen.«

Gwyneth wusste nicht, wie sie darauf antworten sollte, also lächelte sie einfach. Logans Mutter grüßte Rab, bevor sie ihren Blick wieder auf Gwyneth richtete. Irgendwie wusste sie, was die ältere Frau dachte. Nie zuvor hatte sie das Bedürfnis verspürt, sich dafür zu entschuldigen, dass sie sie selbst war, aber plötzlich tat sie es.

Logan spürte ihr Unbehagen und legte seine Hand auf ihren unteren Rücken. Von seiner Berührung gestärkt, sagte sie, was sie für angemessen hielt. »Mylady, ich entschuldige mich, dass ich mich nicht gebührend gekleidet habe. Ich bin in einer Familie von Burschen aufgewachsen, und so fühle ich mich am wohlsten, besonders auf einem Pferd.« Sie senkte den Blick und betete, dass die Frau sie nicht züchtigen würde.

Lady Ramsay nahm Gwyneths Hände in die ihren und wartete, bis alle still waren. »Meine Liebe, er ist mein Sohn und er ist etwas ganz Besonderes. Ich wusste, es braucht ein besonderes Mädchen, um ihn zu lieben. Entschuldige dich nie für das, was du bist, und ändere dich für niemanden außer für dich selbst. Auch wenn ich sicher bin, dass du einen Rock tragen wirst, wenn du heiratest, nicht wahr, Liebes?«

Gwyneth gefiel alles, was sie sagte, bis auf den letzten Satz, aber sie beschloss, dass es das Beste wäre, wenn sie Lady Ramsay nicht gleich sagen würde, dass sie nicht vorhatte, jemals einen Rock zu tragen.

Sie gingen alle hinein und Lady Ramsay rief nach Essen für die Gäste. Sobald sie die große Halle betraten und sich setzten, trat Quade hinter seinen Bruder. »Logan, du kostest mich etwas. Brenna sagte, du wärst so angetan von ihr, dass du dich niederlassen würdest, aber ich konnte es einfach nicht glauben. Jetzt bin ich meiner Frau einen Wunsch schuldig, dank dir.« Zu Gwyneth sagte er: »Willkommen in der Familie Ramsay, Mädchen. Ich scherze nur mit ihm. Ich bin froh, dass mein Bruder gut gewählt hat.«

Brenna strahlte. »Natürlich war er vernarrt. Er folgte ihr von den Highlands bis nach Glasgow. Wie konntest du das nicht sehen, Ehemann?«

Avelina gesellte sich zu ihnen, und sie setzten sich alle um den Tisch. Als Logan mit Gwyneths Fähigkeiten als Bogenschützin prahlte und von ihrem Sieg auf dem Jahrmarkt erzählte, leuchteten Avelinas Augen vor Aufregung. »Gwyneth, wirst du es mir beibringen?«

Sie nickte, unfähig zu sprechen, aus Angst, sie würde vor ihrer neuen Familie Tränen vergießen. Sie waren genauso wunderbar wie die Grants, aber sie waren eine kleinere Gruppe. Wie zufrieden sie sich hier fühlte, mit Logan neben sich, den Arm um ihre Taille gelegt, und zusah, wie er sich mit seiner Familie unterhielt. Sie warf einen Blick auf den Tisch und sah Rab, der sich mit Lady Ramsay unterhielt. Sie hoffte, dass ihr Bruder genauso glücklich war, hier zu sein, wie sie es war. Sie würden endlich wieder Teil einer großen Familie sein, auch wenn es ihr das Herz brechen würde, wenn Rab nach Glasgow zurückkehrte.

Sobald sie Platz genommen hatten, war Brenna in die Küche gegangen, um nach dem Essen für die Reisenden zu sehen. Das Essen war noch nicht herausgebracht worden, als die kleine Bethia ihre winzige Faust nahm und sie wiederholt auf den Tisch schlug, bevor sie sie wieder in den Mund schob. Die ganze Familie brach in schallendes Gelächter über die Faxen der Kleinen aus, die daraufhin in ein breites Grinsen verfiel, wobei ihre beiden Zähne aus dem Zahnfleisch ragten und ihre pummeligen Beine vor Aufregung hüpften. Logan griff nach ihr, hob sie von Brennas Schoß und warf sie über seinen Kopf in die Luft, worauf sie in eine weiterer Kicheranfall ausbrach. Er spielte weiter mit Bethia und Lily, bis der Lammeintopf auf den Tisch gestellt wurde, zusammen mit speziellen Schüsseln mit Gemüse und Fleisch für Quades ältere Kinder.

Gwyneth beobachtete ihn mit einem Lächeln auf dem Gesicht, in Ehrfurcht davor, wie wunderbar ihr zukünftiger Ehemann mit Kleinkindern umgehen konnte. Sie erinnerte sich daran, wie er mit Ashlyn und Gracie umgegangen war. Wie könnte sie einen kräftigen Mann nicht lieben, der sich so gut um Kinder kümmern konnte? Sie war schon vor langer Zeit in ihn vernarrt; sie war nur zu sehr mit allem anderen in ihrem Leben beschäftigt gewesen, um es zu bemerken.

Lady Arlene, die neben ihr saß, beugte sich vor, küsste sie auf die Wange und sagte: »Ich danke dir, dass du meinen Sohn nach Hause gebracht hast. Ich habe ihn sehr vermisst.« Gwyneth hatte endlich eine Mutter.

Am nächsten Tag herrschte in der Halle rege Geschäftigkeit, weil der Clan versuchte, über die Hochzeitspläne zu entscheiden. Logans Mutter, Brenna und Pater Rab saßen mit ihr am Haupttisch und besprachen die Details über die Zeremonie. Die Unterhaltung fand hauptsächlich zwischen Lady Ramsay und Rab statt. Gwyneth hatte wenig zu sagen, auch wenn Brenna versuchte, sie gelegentlich mit einzubeziehen. Als sie sich für das Datum und den Ort entschieden hatten, hatte Gwyneth zustimmend genickt. Lady Ramsay hatte sich freiwillig gemeldet, die Dekoration zu übernehmen, und Gwyneth hatte ihr dieses Privileg schnell gewährt, indem sie nur andeutete, dass sie gerne etwas natürliches Grün und Tannenzapfen in der Kapelle sehen würde und sich nichts aus großen Schleifen und Bändern machte.

Brenna machte dann einen Vorschlag zum Essen, basierend auf ihren aktuellen Vorräten und dem, was sie jagen konnten. Da sie nicht das Gefühl hatte, viel mehr zum Gespräch beitragen zu können, entfernte sich Gwyneth und ging in die Küche, um sich ein Stück Brot zu holen, an dem sie knabbern konnte. Als sie gerade die Tür aufstoßen wollte, hörte sie ihren Namen und blieb stehen. Durch die Tür konnte sie zwei Stimmen hören.

»Kannst du glauben, dass Logan dieses Mädchen heiratet, das er mitgebracht hat?«

»Och, das wird nicht lange halten.«

»Wie meinst du das?«

Gwyneth fand sich selbst in Richtung Tür gelehnt.

»Schau dir die alberne Frau an, die er sich ausgesucht hat. Sie läuft in Männerkleidung herum, ist flachbrüstig und schlank an den Hüften. Männer wollen echte Kurven bei ihren Frauen.«

Gwyneth wich überrascht zurück. Hatten diese Frauen recht? Was wusste sie schon darüber, was Männer wollten? Sie hatte bisher nur zu Logan eine Beziehung geführt. Sie hörte ein Knarren hinter sich, aber sie war zu sehr auf das Gespräch in der Küche vertieft, als ihm Aufmerksamkeit zu schenken.

»Aber Logan brachte sie nach Hause, also ist sie seine Wahl.«

»Sehen wir mal, wie lange. Er mag sie heiraten, aber ich werde in kürzester Zeit in seinem Bett sein. Er liebte es mit mir zu schlafen, bevor diese Kratzbürste hierherkam.«

Gwyneth sprang auf, als Brenna an ihr vorbeiraste und durch die Tür schritt.

»Halte dich von meiner Küche fern, Agnes. Ich werde nicht zulassen, dass du so über meine Familie redest. Ich werde jemanden finden, der dich ersetzt.«

»Aber Mylady…«

»Versuche nicht einmal, dich zu verteidigen. Ich habe gehört, was du über den Bruder meines Mannes und seine baldige Frau gesagt hast. Und jetzt verschwinde.«

Die Tür flog auf und eine zornige Dienerin trat hindurch. Selbst mit ihrem goldenen Haar, welches hochgesteckt war, war sie eine hübsche Frau mit satten Kurven. Die Frau blieb vor

Gwyneth stehen und starrte sie an, bevor sie ihren Weg fortsetzte.

Brenna kam zurück durch die Tür und nahm Gwyneths Hände in ihre. »Ich habe dich gesucht und ihre Worte belauscht. Es tut mir leid, dass du sie hören musstest. Agnes wird im Bergfried nicht mehr willkommen sein. Ich werde mit Quade darüber sprechen, sie zu bitten, den Clan zu verlassen. Leute wie sie brauchen wir hier nicht.«

Gwyneth starrte nur, immer noch fassungslos über das, was geschehen war.

»Du hast noch nicht viele boshafte Frauen getroffen, oder?«, fragte Brenna.

Gwyneth schüttelte den Kopf. »Ich kannte nur sehr wenig Frauen, bevor ich zur Burg der Grants kam. Meine Mutter starb, als ich noch klein war, und ich wuchs bei meinem Vater, meinen Brüdern und meinem Onkel auf, zusammen mit den Priestern in der Kirche.«

»Nun, nicht alle Frauen sind so. Bitte denke daran, dass wir uns freuen, dich in unserer Familie zu haben. Schenke ihr keine Beachtung. Logan ist seiner Familie gegenüber sehr loyal, und ich bin sicher, dass gilt auch für dich.«

Nachdem sie Gwyneth in eine Umarmung gezogen hatte, kehrte Brenna an den Tisch zurück und setzte sich wieder an Quades Seite, und Gwyneth holte ihr Stück Brot aus der Küche. Als sie wiederkam, musterte sie die Gruppe, auf der Suche nach einem Zeichen, dass Brenna ihnen von Agnes erzählt hatte, aber sie verhielten sich nicht anders als zuvor, also machte sie sich auf den Weg zurück zum Tisch. Obwohl Gwyneth wenig Erfahrung mit Frauen hatte, war sie begeistert, dass Brenna und Avelina ihre Schwestern sein würden. Sie waren beide wunderbar zu ihr gewesen.

Logan kehrte von seiner morgendlichen Jagd zurück und kam an ihre Seite, um sie zu begrüßen. »Bist du durcheinander, Liebling?« Er setzte sich neben sie und nahm ihre Hände in seine.

Da sie nicht alleine waren, beschloss sie, die Dienerin nicht zu erwähnen. »Logan, ich weiß nichts über die Planung einer Hochzeit.«

»Du weißt nicht, was du bei der Zeremonie machen möchtest?«

Sie starrte ihm in die Augen. »Ich weiß nichts darüber. Ich war noch nie auf einer Hochzeit.«

»Du warst noch nie auf einer in der Kirche? Dein Bruder muss bereits viele Paare getraut haben.«

»Rab hat oft Leute verheiratet, aber ich war nie daran interessiert. Damals kam es mir albern vor. Jetzt wünschte ich, ich wäre aufmerksamer gewesen.«

»Nun, wenn die Details für dich unwichtig sind, dann können wir uns auch beeilen.« Er grinste und flüsterte ihr ins Ohr: »Ich würde mich freuen, wenn ich dich heute Nach in meinem Bett hätte.«

»Darf ich dir eine Frage stellen?« Sie ging zur Feuerstelle und zog ihn hinter sich her, damit sie sich ungestört unterhalten konnten. Auch wenn sie vorgehabt hatte, über den Vorfall in der Küche zu schweigen, beschloss sie nun, herauszufinden, ob an den Behauptungen dieser Frau etwas Wahres dran war. Es würde keine Lügen in ihrer Ehe geben.

»Natürlich.«

»Hast du jetzt eine Geliebte, oder planst du, jemals eine Geliebte zu haben, nachdem wir geheiratet haben?«

»Was? Eine Geliebte? Nein. Ich liebe dich und ich will keine andere. Du bist diejenige, die ich in meinem Bett haben will.« Den letzten Satz flüsterte er, während er ihr über die Wange strich.

»Auch wenn ich keine Röcke und Kleider trage? Es stört dich nicht? Wirst du dir keine andere suchen, die mehr Frau ist als ich?«

»Was sagst du da bloß! Wer hat dir diese Flausen in den Kopf gesetzt?«, fragte Logan mit einem Stirnrunzeln. Er blickte sich in der Halle um, als suche er nach der Person, welche ihr diese Zweifel eingeflößt hatte.

»Ich muss nur wissen, ob du mit meinem Aussehen unzufrieden bist.« Sie starrte auf ihre Stiefel, weil sie Angst hatte, seinen Gesichtsausdruck zu sehen. »Warum liebst du mich, wenn ich nicht so aussehe wie die anderen Frauen?«

»Ich liebe dich für das, was in dir steckt, nicht für die Kleidung, die du trägst. Ich liebe dich, weil es dir nichts ausmacht, anders zu sein und du die Natur genauso liebst wie ich. Ich bin glücklich mit dir, so wie du bist.«

Brenna eilte zu ihnen hinüber und beugte sich hinunter, um Logan anzusprechen, dass nur er und Gwyneth es hören konnten. »Sie hat zufällig gehört, wie Agnes über euch gesprochen hat, das ist das Problem. Agnes denkt, dass sie nach eurer Hochzeit den Weg in dein Bett finden wird, weil die Frau, die du dir ausgesucht hast, die Kleidung eines Kriegers trägt. Sie hat damit vor ihren Freundinnen in der Küche geprahlt, aber ich habe sie nach Hause geschickt. Ich werde die anderen darüber aufklären, falls noch jemand auf eine ähnliche Idee kommt, was ich aber bezweifle. Agnes ist etwas *speziell*.« Damit drehte sie sich um und ging mit zielstrebigem Schritt auf die Küche zu.

Logans Reaktion kam prompt, als sie sich umdrehte. »Agnes? Nay, ich habe kein Interesse an ihr. Sie ist viel zu füllig für meinen Geschmack und außerdem ist sie alles andere als nett. Ich bin mehr als zufrieden mit dir, so wie du bist, Gwyneth. Auch wenn ich dir gerne ausreden würde, deine schönen Brüste abzubinden.« Bei seinem letzten Kommentar kraulte er ihren Hals.

»Bist du dir sicher, Logan? Ich will nicht heiraten, wenn du an einer anderen interessiert bist.« Gwyneth dachte darüber nach, was sie gesagt hatte, und fragte sich, welche Art von Kurven Logan bevorzugte, wollte aber nicht fragen.

Logan blieb stehen und schaute ihr in die Augen, während er ihr Kinn mit seinem Zeigefinger nach oben schob. »Gwyneth, ich hätte jede dieser Frauen hier oder in Glasgow wählen können. Ich habe mich für dich entschieden.«

Er küsste sie und sie errötete, verlegen, dass sie ihn so etwas gefragt hatte.

Seine Mutter saß noch in der Nähe, ebenso wie Rab, und er spürte ihr Zögern. »Komm«, er hielt ihr die Hand hin. »Es ist ein wunderschöner Tag. Sollen wir spazieren gehen?«

Logan ergriff ihre Hand, entschuldigte ihre Abwesenheit bei den anderen und schlich die Treppe hinauf und durch die Vordertür der großen Halle hinaus. Er rannte durch den Hof und zog sie hinter sich her. »Wir suchen uns irgendwo in den Wäldern einen Platz zum Spazierengehen.« Er wackelte mit den Augenbrauen. »Irgendwo, wo wir ungestört sind?«

»Aye.« Sie gab ihm einen kleinen Schubs von hinten und

drängte ihn in Richtung der Ställe.

Sobald sie ihre Pferde bestiegen hatten, machten sie sich auf den Weg zum Tor hinaus. Gwyneth seufzte und sonnte sich in der frischen Luft. »Du weißt, dass ich mich hier draußen wohler fühle.«

»Aye, das ist einer der Gründe, warum ich dich so liebe.«

Sie warf ihm einen verschmitzten Blick zu. »Würdest du vielleicht eine Herausforderung annehmen, Logan? Glaubst du, du kannst mich auf dem Pferderücken besiegen?«

Er grinste, und ein teuflischer Blick huschte über seine Züge. »Mädchen, ich würde dich gerne zu allem herausfordern.«

Sie wollten gerade aufbrechen, als eine verzweifelte Stimme ihre spielerische Stimmung unterbrach. Logan drehte sich um, um die Quelle zu finden und sah, wie Torrian hinter im herlief und schrie. Das Geräusch war so schmerzhaft wie eine Faust in den Bauch, und es drohte, ihm die Luft wegzunehmen. »Was ist los, Torrian?«

»Lily«, schrie Torrian. »Sie ist weg. Wir haben gespielt, aber dann hat mir jemand auf den Kopf geschlagen. Als ich aufwachte, war sie fort.«

Logan unterdrückte den Drang, sich zu übergeben. Seine kleine Lily? Jemand hatte sie entführt? Wie konnte das passieren? Die Kinder wurden immer von Wachen begleitet, wenn sie außerhalb des Bergfrieds spielten. Die anderen mussten wissen, was passiert war, aber zuerst brauchte er mehr Informationen. Er zog Torrian auf seinen Schoß, während er gleichzeitig seinen Ramsay-Schrei ausstieß, um seine Wachen zu alarmieren, dass sie gebraucht wurden. »Zeig es mir.«

Sie gingen hinaus auf die Wiese, wo die Kinder spielten. Er warf einen Blick über die Schulter, um sich zu vergewissern, dass Gwyneth ihm immer noch folgte, sie war direkt hinter ihm und Torrians treuer Hund, Growley, lief neben ihr. Sobald sie angekommen waren, ritt Logan zu der einzigen verbliebenen Wache in der Nähe.

Logan zügelte sein Pferd neben der Wache. »Ewan, was ist passiert?«

Er wartete drauf, dass der Wachmann, der den Kopf schüttelte, sprach: »Es ist alles meine Schuld, Logan. Drei Frauen kamen auf Pferden aufs Feld gestürmt, zwei von ihnen hatten nichts an und große …«, er schaute Torrian an, «… na ja, Ihr wisst schon, was ich meine. Jedenfalls hatte kurzzeitig keiner mehr ein Auge auf die Kinder. Wir blickten zu den Frauen auf den Pferden. Zwei ritten in eine Richtung und die dritte in die entgegengesetzte.«

»Und?« Logan würde den Mann erwürgen, wenn er nicht endlich mehr erzählte.

»Wir alle folgten den beiden, die nichts anhatten. Nach einer Weile verließen sie die Wiese und als wir zusammenkamen, lag Torrian auf dem Boden und Lily war verschwunden.«

»Wo sind die anderen?«

»Ich habe sie losgeschickt, um nach einer Spur zu suchen. Lyell sagte, er würde zum Bergfried gehen, um mehr Wachen zu holen, damit wir sie suchen können, sobald wir mehr Informationen haben. Ich habe nicht gesehen, dass Torrian aufgestanden ist, ich habe mit Lyell gesprochen. Ich hatte Angst, dass wir auch Torrian verloren hätten.«

»Die dritte Frau. Wie hat sie ausgesehen?«, brüllte Logan, da er langsam die Geduld mit dem Narren verlor. Es würde die Hölle losbrechen. Diese Wachen hatten die wichtigste Aufgabe auf dem Bergfried − die Erben des Lairds zu beschützen. Wie konnten sie nur einen solchen Fehler machen?

»Sie hatte flammendes Haar. Lyell dachte, es sei Iona, aber ich habe sie nicht deutlich genug gesehen.«

Iona. Ein schwerer Stein fiel ihm in die Magengrube. Iona war nicht ganz richtig im Kopf, und das machte ihm mehr Angst als alles andere. Die Vorstellung von Lily, gefesselt und gefangen gehalten, brachten sein Blut zum Kochen.

Er wandte sich an Gwyneth. »Gwyneth, bring Torrian zurück und informiere Quade über das, was passiert ist. Erzähl ihm alles.« Er übergab ihr den kleinen Jungen.

»Logan, nimm mich mit. Ich kann helfen.«

»Nay, Gwyneth. Beschütze Torrian. Ich brauche jemanden, auf den ich mich verlassen kann, um ihn zu bewachen.« Er warf Ewan einen spitzen Blick zu, bevor er sein Pferd anspornte. »Das ist eine Sache zwischen Iona und mir.«

KAPITEL SIEBENUNDZWANZIG

IONA SCHRITT IN der kleinen Kammer umher und starrte ihre Gefangene an.

»Warum tust du das, Iona? Warum hasst du mich so?« Lily saß auf einem Hocker am Tisch, die Hände hinter dem Rücken gefesselt, ihre kleinen Füße waren ebenfalls zusammengebunden.

»Weil, mein rechtmäßiger Platz an der Spitze des Ramsay-Clans ist, mit meinem Ehemann, du kleiner Dummkopf. Dein Vater hätte mich heiraten sollen, aber nein, er musste das Grant-Mädchen heiraten. Gut, er kann die Kuh haben. Es ist zu spät für ihn, aber es ist nicht zu spät für Logan. Logan gehört mir.«

»Aber Logan ist in Gwyneth vernarrt. Er wird sie heiraten.«

Iona marschierte hinüber und schrie Lily an. »Halt den Mund. Ich will nichts von dem hören, was du zu sagen hast.«

Lily brach in Tränen aus und zerrte an ihren Fesseln. »Hör auf, mich anzuschreien.«

»Alles, was du tust, ist jammern, jammern, jammern, Lily. Nun, ich will es nicht hören und ich habe die perfekte Lösung ...«

Lilys Augen weiteten sich, als sie Iona anstarrte und ihr Jammern für einen Moment verstummte.

»Hier.« Iona zog einen Hocker neben Lily heran und stellte einen Laib Schwarzbrot vor sie hin. »Iss.«

»Nay. Das kann ich nicht essen. Davon wird mir schlecht. Mama sagt, ich darf überhaupt kein Brot essen. Ich werde es wieder ausspucken.«

Iona schrie. »Ich sagte, iss es.«

»Nay, ich will nicht wieder krank sein. Es tut mir im Bauch weh. Bitte zwing mich nicht, es zu essen.« Lilys Stimme war nur noch ein Wimmern.

Sie würde das Mädchen krank machen müssen. Es wäre der einzige Weg, wie sie es ertragen könnte, in der Nähe dieses weinerlichen Kindes zu sein. Wenn Lily krank wurde, würde sie wahrscheinlich aufhören zu reden. Iona riss ein Stück vom Brot ab und hielt es Lily vor den Mund. »Iss.«

Lily presste ihre Lippen aufeinander und schüttelte den Kopf hin und her.

Iona hielt dem Mädchen die Nase zu, bis sie gezwungen war, den Mund zu öffnen, und schob ihr dann das Brot in den Mund. »So, du kleine Hexe. Jetzt iss es.«

Lily funkelte sie böse an und spuckte das Brot prompt auf den Boden.

»Du wirst das essen oder ich werde dich schlagen, immer und immer wieder.«

Lily öffnete schluchzend den Mund und kaute das Stück Brot so langsam wie möglich.

Iona lächelte und stand auf, schritt durch den Raum und fuchtelte vor Vergnügen mit den Händen. »Ich habe den perfekten Platz für dich gefunden. Niemand wird dich jemals finden, und Logan wird mir gehören.« Sie hielt einen Moment inne und starrte aus dem Fenster.

Ihre Stirn runzelte sich, als sie sich wieder zu Lily umdrehte. »Fertig mit dem Stück, ja? Gut, hier ist noch eins.« Sie zwang dem Mädchen ein weiteres Stück in den Mund. »Ich habe versucht, ihn zur Vernunft zu bringen, das habe ich. Ich bin ihm nach Glasgow gefolgt, und als ich ihn auf dem Jahrmarkt sah, war ich mir sicher, dass er mir folgen würde. Aber er hatte das Mädchen in der Kriegerkleidung bei sich. Es gab keinen anderen Weg, Lily. Er liebt dich so sehr, dass ich wusste, ich könnte dich als Köder benutzen. Ich weiß, dass er kommen wird, um dich zu suchen. Wenn ich ihn erst mal allein hier draußen habe, wird er merken, dass er mich will. Dann werden wir unsere Pläne schmieden, heiraten und den Bergfried übernehmen. Ich bin sicher, er wäre gerne Laird, sobald wir Quade losgeworden sind.«

Lily weinte: »Das ist mein Papa. Bitte tu meinem Papa nicht weh.«

»Och, sei still, Lily. Bald schicke ich dich in dein Versteck. Es hat eine Weile gedauert, um dir deinen Platz einzurichten, meine Liebe, aber ich bin sicher, dass niemand auf die Idee kommen wird, dort nachzusehen. Und dann wird Logan mich lieben.« Sie kehrte zum Fenster zurück und ließ ihren Blick über die Landschaft schweifen. »Ich frage mich, welche Farbe das Kleid haben soll, was ich zu unserer Hochzeit trage. Vielleicht werde ich mein Haar hochgesteckt tragen.«

Sie wandte sich wieder an Lily, die immer noch kaute. »Und weißt du, was noch? Sobald ich auf der Burg wohne, werde ich mich um deine Stiefmutter und deinen Vater kümmern ... Dann wird Logan das Oberhaupt des Clans sein, mit mir an seiner Seite.« Ihre Augen starrten an die Decke, während sie die Arme vor der Brust verschränkte.

»Ein paar Monde später werde ich auch deine Großmutter umbringen müssen.« Ihre Unterlippe schob sich zu einem Schmollmund vor, während sie Lily anschaute und den Kopf schüttelte, »Sie mag mich nicht, und das gefällt mir nicht.« Ihre Hand fuhr zu ihrem Gesicht, während sie sich auf einen Hocker niederließ. »Ich muss mir einen Plan ausdenken, wie ich sie auf zwei verschiedene Arten töten kann, damit man mich nicht verdächtigt. Gift wird bei einem von ihnen sehr gut funktionieren, aber was ist mit dem Rest?«

Iona bewegte sich gedankenverloren in der Kammer umher, während sie versuchte zu entscheiden, was sie als Nächstes tun würde. Dann sammelte sie ihre Sachen zusammen und warf sie in einen Sack. Sie packte Lily an den Armen, zerrte sie aus der Tür hinaus, warf sie auf das Pferd und setzte sich dann hinter sie.

Iona spornte das Pferd an und sagte: »Niemand wird dich jemals finden, Lily. Es tut mir leid, aber ich muss das tun. Schließlich musste ich Logan irgendwie zu meiner Hütte locken. Aber wir brauchen dich hier bei uns nicht. Ich fürchte, die wilden Tiere werden dich morgen zum Abendessen verspeisen. Du hast deine Arbeit getan, Kleines.«

Lily kreischte und Iona zog an ihren Haaren.

Über die Seite des Pferdes gelehnt, sagte das kleine Mädchen. »Ich fühle mich nicht so gut.«

Iona lächelte. »Perfekt, wie auf Kommando.«

Logan konnte die Spur von Iona leicht verfolgen, bis er zu einem kleinen Bach kam. Verflucht, er verlor die Spur darin. Er suchte das gesamte Gebiet auf der anderen Seite des Baches ab, fand aber nichts. Er konnte keine Pferdehufe, Pferdemist oder sonst etwas finden. Sie war verschwunden.

Er konnte nicht aufgeben, nicht jetzt. Niemals.

Er fuhr sich mit der Hand über das Gesicht und schloss die Augen, in der Hoffnung, dass ihm eine Lösung einfiel. Er brauchte seinen Fährtenleserinstinkt, aber der funktionierte heute einfach nicht. Seine Schultern sackten zusammen, niedergeschlagen von dem Gedanken, dass seine kleine Nichte in den Fängen von Gesindel wie Iona war. Jede Minute war wertvoll.

Es fiel ihm schwer sich zusammenzureißen, aber er musste um Lilys willen die Kontrolle zurückgewinnen. Seine kleine Nichte, die er abgöttisch liebte, war da draußen, verängstigt, und wahrscheinlich hungrig. Er würde sie finden, und Iona würde nie wieder zurückkehren, um seine Familie zu traumatisieren. Er trieb sein Pferd an und ritt weiter, auch wenn er nicht wusste, in welche Richtung er gehen sollte. Er griff in seine Tasche und zog den Glücksstein hervor, den Lily ihm gegeben hatte. Er lächelte bei der Erinnerung an ihr fröhliches Gesicht, das so ernsthaft erklärte, wie viel Glück der Kieselstein ihm bringen würde. Er rieb pflichtbewusst mit den Fingern über den kühlen Stein und flüsterte: »Wo lang, Lily? In welche Richtung?«

Er folgte seinem Bauchgefühl und ritt in diese Richtung los. Etwa eine Stunde später kam er zu einer Hütte und zügelte sein Pferd, bevor er zu nahe kam. Er starrte die Hütte an und konnte sich nicht erinnern, wer dort wohnte. Vielleicht war sie schon seit Langem verlassen.

Nachdem er abgestiegen war, schlich er um die Rückseite der Hütte und lauschte einen Moment lang, in der Hoffnung herauszufinden, ob Lily dort drin war. Er hörte keine Geräusche, also machte er sich auf den Weg nach vorne und öffnete die Tür.

Sie war leer. Es war niemand dort, aber sein Instinkt sagte ihm, dass sie hier gewesen waren. Auf dem Tisch fand er einen frischen Laib Schwarzbrot, und etwas davon lag auf dem Boden. Er beugte sich vor, um den Brocken anzufassen.

Aye, Lily war hier gewesen, Iona hatte sie gezwungen Brot

zu essen, und Lily hatte es ausgespuckt. *Das ist mein Mädchen.*
Kämpfe, Lily.

KAPITEL ACHTUNDZWANZIG

GWYNETH BRACHTE TORRIAN zurück in den Bergfried und informierte Quade über alles, was sie wusste. Es dauerte ein paar Augenblicke, bis Torrian seine Geschichte wiederholt hatte. Dann drehte sich Quade um und verschwand, aber nicht bevor Gwyneth seinen zusammengebissenen Kiefer und die geballten Hände an seinen Seiten bemerkte. Die Wachen würden einigen Ärger bekommen, soviel wusste sie. Wie konnten sie nur so nachlässig sein? Wegen zwei nackten Frauen? Männer waren Dummköpfe.

Sie entfernte sich von der Gruppe, die sich in der großen Halle unterhielt, kehrte in ihre Kammer zurück und sammelte alles ein, was sie brauchen würde, um das kleine Mädchen zu finden. Logan war zu vernarrt in die Kleine, um rational zu denken. Er mochte der beste Spurenleser in ganz Schottland sein, aber nicht, wenn seine Familie involviert war. Sie würde Lily alleine finden. Er brauchte Rückendeckung, auch wenn er es nie zugeben würde. Also gut. Sie würde ihm helfen … so wie er ihr geholfen hatte, als es nötig gewesen war.

Als sie die Treppe hinunter in die große Halle schlich, schenkte ihr niemand Beachtung. Sie öffnete sich selbst die Tür, weil sie dachte, sie sei allein, und wollte gerade hinausschlüpfen.

Das war sie nicht. Lady Arlene Ramsay trat hinter ihr durch die Tür. Sie drehte Gwyneth zu sich, umfasste ihre Wangen und schaute ihr in die Augen. »Bitte finde sie. Mein Sohn sagt, in der Wildnis sei keiner besser als du. Er sagt auch, du seist eine gute Schützin. Aber meine Frage an dich ist: Bist du in der Lage, jemanden zu töten, wenn es sein muss?«

Gwyneth bemerkte die Angst und die Sorge in dem Blick der Lady. Sie antwortete ihr wahrheitsgemäß, nickte mit dem Kopf und starrte auf ihre Füße. »Aye, ich kann und werde, wenn es nötig ist.«

Logans Mutter griff nach ihren Händen. »Finde sie und beende das. Bitte. Dann finde Logan und bringe ihn und Lily zurück.« Sie küsste Gwyneth auf die Wange und schob sie weg.

Gwyneth warf ihr einen Blick über die Schulter zu. »Das werde ich, ich verspreche es.«

Der Blick in Lady Ramsays Augen verriet, dass sie an sie glaubte. »Ich danke dir. Behütet seist du.«

Iona wuselte in der kleinen Hütte herum und summte eine muntere Melodie, während sie sich um das Essen und die Kerzen kümmerte. Sie wollte, dass alles perfekt war. Bald würde ihr Verlobter hier sein, er würde ihr sagen, wie sehr er sie liebte, und sie würden glücklich bis ans Ende ihrer Tage leben.

Sie seufzte, als sie sich vorstellte, wie die Szene ablaufen würde, wenn er sie hier fand. Zuerst würde er die Tür aufstoßen und zu ihr laufen, weil sie so schön war.

»O Logan. Ich habe auf dich gewartet. Warum hast du so lange gebraucht?«

Mit der Hand auf seiner Brust würde er ihr seine Liebe gestehen. »Das ist unwichtig, ich bin jetzt hier. Ich liebe dich, Iona. Jetzt können wir endlich ungestört zusammen sein.«

Iona klatschte freudig in die Hände. »Wir werden zusammen ein wunderbares Leben führen. Ich werde dir viele Kinder schenken und wir können in den Bergfried ziehen.«

Er würde an ihre Seite eilen, ihre Hand in die seine nehmen und vor ihr auf die Knie fallen. »Mein Liebling, willst du mich heiraten? Ich kann nicht einen weiteren Tag ohne dich an meiner Seite leben.«

»Aye, natürlich, Logan. Wir können heiraten und ich werde dir ein ganz besonderes Geschenk zur Hochzeit machen.«

Seine Augen würden vor Liebe zu ihr strahlen, wenn er aufstand und seine Arme um ihre Taille schlang. »Was ist es, Liebes? Sage es mir jetzt. Du weißt, die Spannung wird zu groß für mich sein. Und wir müssen sofort heiraten.«

Sie kicherte und verbarg ihr Gesicht an seiner Brust.

»Sag es mir«, würde er mit einem Grinsen sagen. »Keine Geheimnisse. Was für ein Geschenk hast du für mich? Sag mir, wo es ist, damit ich es öffnen kann.«

»O Ehemann. Das ist nichts, was du öffnen kannst. Mein Plan ist es, Quade und Brenna loszuwerden, damit du Laird werden kannst. Würdest du nicht gerne Laird der Burg sein, mit mir als Frau an deiner Seite?«

»Das würdest du für mich tun?«

»Aye.«

Logan würde sich so sehr freuen, dass er sie hochheben und im Kreis drehen würde. »Ich liebe dich, Iona. Wir werden den Ramsay-Clan besser leiten als Quade, du wirst schon sehen. Wie willst du es anstellen?«

»Ich werde nur ein paar Monde warten, bevor ich meinen Plan in die Tat umsetze. Und niemand wird es herausfinden.«

Iona starrte ins Leere und stellte sich den Kuss vor, den Logan ihr geben würde, sobald sie zustimmte, seine Frau zu werden. Eines Tages würden die Musikanten Lieder darüber singen, wie schön und klug sie war und wie sehr ihr Mann sie anbetete.

Plötzlich wurde sie durch ein Geräusch außerhalb der Hütte aus ihrem Traum gerissen, sie verstummte und lauschte. Jemand war da draußen. Sie griff nach ihrem Messer und versteckte es im Saum ihres Rocks. Wer auch immer es war, würde bald sterben.

Logan hatte Iona in einer anderen Hütte aufgespürt, ein gutes Stück von der ersten entfernt. Warum sie weitergezogen war, war ihm unklar. Er schlich sich zum Fenster und spähte hinein. Iona war allein. Wo war Lily? Die ganze Sache beunruhigte ihn, also verschwendete er keine Zeit, um die dämliche Frau zur Rede zu stellen.

Er lief zur Eingangstür und stieß sie auf.

Iona zuckte zusammen. Als sie jedoch sah, dass es Logan war, beruhigte sie sich und ein Grinsen breitete sich auf ihrem Gesicht aus. »Da bist du ja, ich habe auf dich gewartet, Liebling.«

»Ich bin hier, aber ich bin nicht dein Liebling. Wo ist Lily?« Er füllte den Türrahmen mit seiner Kriegerstatur aus; die Füße weit auseinander, die Hand in der Nähe seines Schwertes, bereit, es bei der geringsten Provokation zu ziehen.

»Lily? Warum fragst du mich das?«

»Lily. Du hast sie von der Wiese entführt, wo sie mit Torrian und Growley gespielt hat.«

»Nay, das habe ich nicht.« Ionas Hände ballten sich an ihren Hüften.

Logan war in einer Sekunde bei ihr, packte ihr Kleid und zog sie dicht an sie heran. »Aye, das hast du. Wo ist sie? Iona, spiel keine Spielchen mit mir. Wenn ich es aus dir herausprügeln muss, werde ich es tun.«

Sie schob sich an ihn, aber er ließ sie nicht los. Ihr Grinsen verriet ihm, dass sie das Mädchen irgendwo versteckt hatte. »Die kleine Göre ist weit weg von hier. Du wirst sie nie wiedersehen.«

»Iona, wo ist sie?«

»Das werde ich dir nie verraten. Ich möchte diese weinerliche Göre nicht in unserer Nähe haben, Du liebst mich, Logan. Gib es zu. Wir werden heiraten und ich werde Quade töten, damit du Laird wirst und ich die Lady der Burg. Du wirst schon sehen.« Ihre Stimme überschlug sich und sie griff nach seinem Gesicht.

»Rühr mich nicht an, du dummes Weib.«

»Dumm? Ich bin nicht dumm. Du bist es.« Sie versuchte, ihn mit ihren Fingernägeln zu kratzen. »Du bist der Dummkopf, der nicht sehen kann, wie gut wir zusammenpassen. Gib diese Kriegerin auf. Warum solltest du eine Frau wollen, die in Männerkleidung herumläuft?«

»Weil sie klug, einfühlsam und freundlich ist. Im Gegensatz zu dir. Du behandelst jeden, als ob er dir etwas schuldig wäre.«

»Das sind sie auch. So wie du. Du schuldest mir etwas. Meine Mutter sagte, ich würde eines Tages jemanden von edlem Blut heiraten. Warum kannst du das nicht sehen? Ich gehöre in die Burg des Lairds. Ich versprach Mama, als sie starb, dass ich darum kämpfen würde, die Frau des Lairds zu werden. Ich bin jetzt bereit, sie stolz zu machen.«

Logan dachte, er würde den Verstand verlieren, als er mit dieser dummen Frau sprach. Sie redete im Kreis und verriet nichts. Er musste Lily finden, er musste es einfach. Der Gedanke, dass sie hier draußen allein mit den ganzen Wildschweinen war, machte ihn krank vor Sorge.

»Heirate mich Logan, und du wirst sehen, wie gut wir zusammenpassen werden.«

»Das wird nie passieren. Also, wo ist meine Nichte? Du wirst wegen Mordes gehängt, wenn du es mir nicht sagst.«

»Nun, ich habe die kleine Göre fast umgebracht. Sie hat sich mit mir über alles gestritten. Sie wollte nicht tun, was ich ihr sagte, und ich wollte sie auf der Stelle töten.«

»Was hast du mir ihr gemacht? Er packte ihren Kittel und hob sie vom Boden hoch. »Hast du ihr wehgetan?«

Iona versuchte, seinen Griff zu lockern, jedoch ihn Erfolg. »Sie wollte nicht tun, was ich ihre sagte, also musste ich sie zum Schweigen bringen.«

»Was hast du getan?«

»Ich habe sie gezwungen Brot zu essen, das ist alles. Dann wusste ich, dass sie mit dem Gejammer aufhören würde.«

Logan ließ sie los und stieß sie so fest zurück, dass sie sich auffangen musste, um nicht umzufallen. Er wusste nicht, was er tun sollte. Er drehte sich im Kreis und wollte am liebsten sein Schwert durch ihr schwarzes Herz stoßen, aber dann würde er immer noch nicht wissen, wo die kleine Lily zu finden war. »Iona, bitte. Ich bin sicher, dass es da draußen einen Mann gibt, der dich gerne heiraten würde. Sag mir, wo Lily ist.«

»Ich will keinen anderen Mann. Ich will dich, Logan Ramsay. Und ich werde dir nicht sagen, wo Lily ist, bis du mich heiratest.« Sie setzte sich auf einen Stuhl und verschränkte die Arme.

Logan legte seine Hände ihr gegenüber auf den Tisch und brüllte sie an. »Sag mir, wo sie ist. Ich werde dich niemals heiraten. Wie könnte ich dich heiraten, wenn du von meiner Mutter und vom Laird meines Clans verbannt wurdest? Iona, das kann nicht gehen.«

Ionas Unterlippe zitterte und sie drehte ihren Kopf, um aus dem Fenster zu starren. Ihre Stimme sank zu einem Flüstern, als ihr Tränen über die Wangen glitten. »Du liebst mich nicht, oder?«

»Nay, Iona.« Logan setzte sich auf den Stuhl ihr gegenüber. »Bitte. Du riskierst gerade das Leben eines Kindes. Tu das Richtige und sag mir, wo sie ist.«

»Ich kann nicht.«

Logans Blut brodelte, aber er zwang sich, ruhig zu bleiben.

»Warum nicht?«

»Ich kann den Ort nicht nennen. Ich müsste ihn dir zeigen.« Sie starrte wie in Trance auf den Boden.

»Dann flehe ich dich an. Zeig mir, wo sie ist.«

»Wenn du das wünschst, zeige ich es dir.« Sie nickte, bevor sie aufstand und ihn anschaute.

»Du tust das Richtige. Bring mich hin.«

Sie zuckte mit den Schultern, seufzte und ging zur Tür hinaus.

KAPITEL NEUNUNDZWANZIG

LOGAN HALF IONA auf ihr Pferd und folgte ihr dann in den Wald. Sie ritten schon eine Weile, als er ihr zurief. »Wie weit ist es noch?« Iona grinste ihm zu und spornte ihr Pferd an, schneller zu laufen. Sie galoppierte davon, ein verruchtes Lachen hallte durch den Wald.

Logan hatte ein schlechtes Gefühl. Er glaubte nicht, dass sie die Absicht hatte, ihn zu Lily zu bringen. Er betete, dass sie nicht so blöd war, dass sie nicht mehr wusste, wo sie war, und er betete noch mehr, dass sie noch lebte. Wenn Lily da draußen war, würde er sie finden.

Iona ritt in einem rasanten Tempo. Er war dicht hinter ihr und musste Ästen und Baumstämmen auf dem Weg ausweichen. Sie kamen auf eine Lichtung, sie lachte noch lauter und trieb ihr Pferd noch mehr an. Logan konnte sehen, dass ihr Pferd müde war. Sie hatte wahrscheinlich nie daran gedacht, das arme Tier zu füttern.

Am Ende der Lichtung tauchte wie aus dem Nichts ein umgestürzter Baumstamm auf, den Iona nicht rechtzeitig sah. Das Pferd musste entweder auf der Stelle stehen bleiben oder darüber springen. Es entschied sich für Letzteres und schaffte es fast, aber sein Hinterbein blieb am Baum hängen und das Pferd fiel unsanft hin und warf Iona von seinem Rücken in das weiche Gras.

Sie war unversehrt, aber das Pferd fiel mit einem gebrochenen Bein zu Boden. Es konnte sich nicht richtig auffangen und rollte schließlich zur Seite. Unglücklicherweise rollte das Pferd über die Beine von Iona. Der Schrei war ein Schmerzensschrei, und

Logan erwartete, sie tot vorzufinden, als er bei ihr ankam. Das Pferd schlug und trat noch immer um sich, und erwischte sie einmal in der Seite, bevor es aufstehen und weglaufen konnte, brach aber auf der anderen Seite der Wieser wieder zusammen.

Logan stieg ab und lief an ihre Seite. Ihm wurde fast schlecht von dem, was er sah. Ihre Beine waren gebrochen und verdreht, eines davon in einem grotesken Winkel.

Sie schrie und schrie, ihr Schmerz war offensichtlich unerträglich. Logan fiel neben ihr auf die Knie, aber er wusste, dass er nichts tun konnte.

»Logan, bitte hilf mir.«

»Deine Beine sind schlimm gebrochen. Es gibt nichts, was ich für dich tun kann.«

Ihre Atmung wurde unregelmäßig und ihre Augen nahmen einen glasigen Blick an, als sie die Gegend nach etwas absuchte, aber er wusste nicht, was. Sie schrie wieder vor Schmerz. »Tu etwas, Logan, bitte.« Logan suchte die Gegend nach ihrem Pferd ab, aber es war nirgends zu sehen.

Das Einzige, was ihr helfen würde, war, seinen Dolch in ihr Herz zu stoßen und sie aus ihrem Elend zu erlösen, aber selbst das konnte er nicht tun.

»Logan, es tut mir leid. Du musst mich nicht heiraten. Ich wollte nur meine Mutter stolz machen. Ich bitte dich. Es muss etwas geben, was du tun kannst. Hilf mir. Hol die Heilerin.« Als sie weiter redete, wurde ihre Stimme immer schwächer.

Logan hatte schon solche Verletzungen gesehen. Das Pferd hatte ihre Eingeweide zerquetscht, wahrscheinlich mit dem Tritt in ihre Seite. Sie würde nicht mehr lange leben. Er musste sie dazu bringen, ihm zu sagen, wo Lily war, bevor sie das Bewusstsein verlor.

»Bitte sag mir, wo Lily ist.«

»Sie ist …« Ihre Augen glitten zu.

»Iona!« Logan schrie sie an.

Ihre Augenlider öffneten sich wieder, und sie starrte ihn an.

»Sag mir, wo Lily ist. Tu das Richtige, bevor du stirbst.«

Sie nickte und schloss die Augen.

»Iona!«

Ihr Augen öffneten sich für eine Sekunde und sie murmelte

etwas, aber er konnte kein Wort verstehen.

Er legte sein Ohr neben ihre Lippen.

»Was sagst du?«

»In den Bäumen.«

Iona nahm ihre letzten Atemzug.

Logan stand auf und schrie, wie er es noch nie zuvor getan hatte.

Wo zum Teufel war »in den Bäumen«?

Gwyneth war stundenlang auf ihrem Pferd geritten, ohne ein Zeichen von Lily zu finden. An einem Punkt hatte sie mehrere Ramsay-Wachen getroffen, welche ihr mitteilten, dass Iona tot sei, aber niemand wusste, wo das kleine Mädchen war.

Sie stieg ab und beschloss, dass sie ihren Hintern ein wenig ausruhen und ihre Beine bewegen musste. Growley war ihr gefolgt und blieb bei ihr, aber auch wenn er seine Nase oft benutzte, hatte er nicht mehr gefunden als sie. Sie bewegten sich durch einen äußerst dichten Teil des Waldes, als der Hund plötzlich bellte und seine Nase auf den Boden presste.

Gwyneth hielt inne, als ein unverwechselbarer Geruch ihre Nase erreichte. Growley bellte mehrere Male, bevor sie den Geruch als Erbrochenes erkannte. Indem sie im Kreis ging, gelang es ihr festzustellen, wo der Geruch am stärksten war. Growley saß an einer anderen Stelle, sein Schwanz wedelte, während er sie anstarrte. Sie ging zu ihm hinüber und da war es – Erbrochenes auf dem Boden.

Hatte Logan ihr nicht erzählt, wie kränklich Lily vor Brennas Behandlung war?

Sie überprüfte die Umgebung, bemerkte aber nichts Ungewöhnliches. Sie rief mehrmals Lilys Namen, bis sie ein schwaches Wimmern hörte.

»Lily?«, rief sie.

Die einzige Reaktion war ein Schluchzen und ein schwaches »Hier«.

Gwyneth suchte die gesamte Gegend ab, konnte sie aber nicht finden. »Sprich weiter, Lily, damit ich dich finden kann.«

»Hier.«

Ein leises Wimmern schallte durch die Bäume, aber es war

nicht laut genug.

»Hier oben.«

Oben? Gwyneth schaute durch die prächtige Baumkrone hinauf, viele Blätter hingen noch an ihren Ästen, bis ein schneller Wind sie zu Boden fallen lassen würde. Tatsächlich befand sich zwischen den Ästen, rechts vom Baumstamm, ein großes Holzbrett.

»Lily?« Sie stand direkt unter dem Brett. »Bist du dort oben in den Bäumen?«

»Aye.«

»Klettere runter. Ich fange dich auf.«

»Ich kann nicht.«

»Warum nicht?« Als sie die Frage stellte, lief ihr ein Schauer über den Rücken. *Bitte Gott, nay. Zwing mich nicht. Ich kann nicht dort hochklettern, Bitte hilf mir, einen anderen Weg zu finden.*

»Sie hat meine Hände an den Baum gefesselt. Ich kann mich nicht bewegen. Und Iona hat mich gezwungen Brot zu essen, jetzt bin ich krank. Ich weiß nicht, ob ich runterklettern kann.«

»Mädchen, tut dir etwas weh, außer deinem Bauch?«

»Nay, aber ich will meine Mama. Bitte komm und hol mich, Gwyneth.«

»Alles wird gut, Lily. Ich hole dich runter. Gib mir ein paar Minuten, um mir einen Weg zu überlegen.«

»Beeil dich. Bitte, Gwyneth. Ich will runter. Ist Iona hier?«

»Nay, Kleines, sie wird dir nie wieder wehtun.« Gwyneths Blick suchte die Umgebung ab, in der Hoffnung eine Lösung zu entdecken. Schließlich ging sie zu Growley hinüber und streichelte seinen Kopf. »Los, Growley, geh und such Logan. Er kann dort hochklettern. Geh und hol ihn.«

Growley starrte sie an, sein Schwanz wedelte. Gwyneth schaute ihn finster an. »Eine große Hilfe bist du.« Sie blickte wieder durch die Äste nach oben. Es schien ein einfacher Aufstieg zu sein, solange sie nicht nach unten schaute.

Das war genau das Problem. Wenn sie nur klettern könnte, ohne nach unten zu schauen. Allein bei dem Gedanken, wie weit entfernt das Brett vom Boden war, brach ihr der Schweiß auf der Stirn aus. Sie lief in einem kleinen Kreis umher, bereit ihre Angst zu überwinden.

»Gwyneth, bitte. Ich muss in die Büsche.«

Verflucht, warum ließ sie sich so sehr von ihren Ängsten verzehren. Wieder einmal war sie völlig machtlos. Sie hatte sich geschworen, dass Duffs Tod ihr die Freiheit sichern würde, aber das war nicht der Fall. Die Furcht hielt sie gefangen.

Growley strich ihr um die Beine und stupste ihre Hand an. Tränen drohten ihr über die Wangen zu laufen, aber sie blinzelte sie weg. Ändere *deine Denkweise*. Das hatte Rab ihr beigebracht.

Sie holte tief Luft und starrte durch die Äste nach oben. »Lily, halte durch. Ich komme dich holen.« Sie begann, eine Reihe von Gebeten aufzusagen, welche Rab sie gelehrt hatte, dann legte sie ihren Bogen ab, bevor sie ihren Fuß auf den ersten Ast setzte und sich hochzog.

»Lily, sprich mit mir Liebes. Ich muss deine Stimme hören.« Sie würde Kraft aus dem Mädchen schöpfen. Vorstellungen von Lily, die ums Überleben kämpfte, als sie zu schwach war, um den Kopf aus dem Bett zu heben, von Gracie und Ashlyn, die in den Händen der abscheulichen Bestien, welche sie gefangen hielten, ausharrten, durchfluteten ihren Geist. Drei sehr starke kleine Mädchen, die mit unglaublichen Widrigkeiten kämpften, trieben sie vorwärts – eine Hand über die andere und ihre Füße würden folgen.

Ein kurzer Blick nach unten verriet ihr, dass sie sich nach oben bewegte, aber ihr Magen kribbelte und ihr Fuß rutschte ab. *Schau nicht nach unten.* Ihr Vater hatte ihr genau das gesagt, als sie jünger war.

»Gwyneth, wo bist du?«

Eine schwache Stimme rief ihr zu. »Ich bin auf dem Weg, Liebes. Sprich weiter.« Sie schloss die Augen, bis das Schwindelgefühl aufhörte. Noch ein tiefer Atemzug. Das Hämmern ihres Herzens dröhnte in ihren Ohren. Sie blickte auf, um zu sehen, wie weit sie noch klettern musste. Es war nicht mehr weit.

Sie lehnte ihren Kopf an die raue Rinde des Baumes und dachte an Logan, daran, wie sehr er Lily liebte. Der Gedanke an ihn machte sie stärker. Sie stellte sich sein Bein unter ihrem vor und seinen Arm als Stütze, so wie er ihr mit Duff Erskine geholfen hatte. Lily brauchte sie.

Winzige Schluchzer drangen an ihre Ohren, sie zog die

Schultern hoch und starrte auf das Brett oberhalb von ihr. Ein Handgriff nach oben und sie packte den nächsten Ast; ihre andere Hand und ihre Füße folgten.

Bevor sie sich versah, war ihr Kopf auf gleicher Höhe mit dem Brett und sie sah Lily.

Das Mädchen schaute sie an und sagte: »Ich liebe dich, Gwyneth.«

Sie griff nach dem nächsten Ast und schwang sich auf das Brett, neben Lily. Sie landete mit einem dumpfen Knall und sprach ein kurzes Dankgebet.

KAPITEL DREISSIG

LOGAN RITT SEIN Pferd eine Meile weit, bevor er seinen Bruder einholte.

»Quade«, rief er der Gruppe von Wächtern zu.

Sein Bruder pfiff und hielt die zehn Wachen mit ihm an. Er sah Logan mit einem so hoffnungsvollen Ausdruck an, aber er konnte seinem Bruder nicht das geben, was er wollte, noch nicht. »Iona ist tot, Quade. Ihr Pferd ist nach einem Sprung auf sie gestürzt und hat sie getötet.«

»Und? Hat sie dich zu Lily geführt oder dir gesagt, wo sie ist?«

Logan schüttelte den Kopf. »Nay. Ich habe versucht, die Informationen aus ihr herauszubekommen, aber das Einzige, was sie mir sagte, war, in den Bäumen.«

»Dann ist sie am Leben. Aber was hat sie damit gemeint?« Er starrte gedankenverloren in den Himmel. »Ich verstehe das nicht. Ich kann mir nicht vorstellen, dass sie Lily irgendwo auf einen Baum gesetzt hat. Wenigstens wissen wir, dass sie am Leben ist. Das ist immerhin etwas. Wir werden sie finden.«

Logan ließ den Kopf hängen, verärgert darüber, dass er seinem Bruder keine besseren Nachrichten überbringen konnte.

»Logan, wir werden sie finden. Du bist der beste Spurenleser in den Lowlands, wenn nicht sogar in ganz Schottland. Wir werden sie finden. Meine Lily ist stark, und was auch immer ihr zugestoßen ist, Brenna wird sie heilen.« Er teilte seine Wachen ein und gab ihnen Anweisungen für die Suche. »Wir treffen uns bei Sonnenuntergang wieder hier.« Er musterte seine Wachen. »Wenn ihr sie findet, bringt sie als Erstes zu meiner Frau zurück. Dann kommt ihr mich holen. Ich will, dass ihr in Paaren auf die

Suche geht.« Er schickte sie in verschiedene Richtungen, bis auf zwei, welche er zurückhielt, um bei ihm zu bleiben.

Bevor er selbst losritt, schaute er Logan an, der immer noch regungslos auf seinem Pferd saß. »Was ist los?«

»Ich habe versagt, Bruder. Es tut mir leid.«

»Nay, das hast du nicht. Du hast Iona gefunden. Wenn sie Lily getötet hätte, wäre sie hämisch gewesen. Meine Tochter ist noch da draußen.«

»Ich weiß nicht, ob ich sie finden kann.«

»Um Gottes willen, du gibst auf?«

Logan zuckte mit den Schultern. »Ich fühle mich genauso wie damals, als sie kränklich waren. Ich weiß nicht, was ich tun soll. Ich habe keine Kontrolle über die Situation. Iona war in meiner Obhut und ich habe alles falsch gemacht.«

»Meine Tochter verlässt sich auf dich. Willst du einfach so aufgeben?« Logan hielt einige Augenblicke inne, bevor er den Kopf schüttelte. Er wusste, was er zu tun hatte, aber die Gefahr des Scheiterns oder die Möglichkeit, seine Nichte tot aufzufinden, fühlte sich nach mehr an, als er verkraften konnte.

»Logan, reiß dich zusammen, so habe ich dich noch nie gesehen. Sei stark.« Er starrte seinen Bruder an, aber sein Blick wurde nach einem Moment weicher. »Ich brauche dich Logan. Zusammen werden wir sie finden, aber ich kann es nicht ohne dich schaffen.«

Er fuhr mit der Hand über sein Gesicht. Quade hatte recht. Er konnte seinen Sorgen nicht nachgeben, er musste für seine kleine Nichte stark bleiben. »Nay, ich werde sie aufspüren.«

»Gut. Wenn wir Glück haben, hat Gwyneth sie schon gefunden.«

Logan erstarrte. »Gwyneth? Ich habe sie zurück zum Bergfried geschickt, um Torrian zu bewachen.«

»Sie ist mit Growley da draußen und hofft, dass der Hund ihre Fährte aufnimmt. Sei nicht wütend, Mutter hat sie ermutigt, zu gehen.«

Verflucht, Gwyneth war auch da draußen? Er fühlte sich, als ob ihm jemand eine Faust in den Magen geschlagen hätte. Jetzt hatte er zwei Personen zu finden. »Dann lasst uns aufbrechen. Die Sonne geht bald unter, und die Chance, sie im Dunkeln zu finden, sind gering. Die Tatsache, dass Growley bei Gwyneth ist, gibt mir Hoffnung.« Es gab da draußen in den Wäldern zwei Menschen, die er über alles liebte. Es war an der Zeit sie zu finden.

Quade stimmte zu. »Lily hat Angst vor der Dunkelheit. Ich will, dass sie vorher gefunden wird. Teilen wir uns auf. Ich schicke eine Wache mit dir, und behalte eine bei mir.«

»Nay, ich reite allein, Quade.« Er grinste und fühlte sich ein bisschen wie sein altes Ich. »Das solltest du inzwischen wissen.« Er schnappte sich Paz` Zügel und galoppierte los.

Gwyneth rückte näher zu Lily, aber das Brett unter ihnen bewegte sich. Sie hielt inne und warte, bis es sich stabilisierte. »Lily, wir müssen uns beeilen. Ich traue diesem Brett nicht.«

Sobald sie dazu in der Lage war, rutschte sie dicht an Lily heran, beugte sich zu ihr runter und gab ihr einen Kuss auf die Stirn. »Bist du unverletzt, meine Kleine?«

Lilys Tränen glitten über ihre Wangen. »Aye, aber ich muss mich ständig übergeben. Ich fühle mich nicht so gut. Wie willst du mich denn runterbringen?«

»Ein Schritt nach dem anderen Mädchen.« Gwyneth beugte sich vor und schnitt die Fesseln an ihren Händen durch. In ihrem Magen wuchs eine unheimliche Wut, als sie die Striemen an Lilys Handgelenken sah. Sie holte tief Luft und spähte über die Seite des Brettes, dann schloss sie fest die Augen. Das würde viel schwieriger werden, als sie erwartet hatte, aber sie hatte keine Wahl. Aye, es war ein langer Weg nach unten, aber es war auch der einzige Ausweg.

Sie half Lily, sich aufzusetzen und ihre Gliedmaßen zu bewegen. »Kannst du dich an mir festhalten Lily?« Das arme Geschöpf hatte dunkle Ringe unter den Augen und rissige Lippen vom vielen Übergeben. Gwyneth strich ihr Haar zurück. Ach, wie gerne hätte sie Lily fest umarmt, aber sie konnte nicht darauf vertrauen, dass dieses Brett an seinem Platz blieb.

»Ich glaube schon, aber ich bin so müde. Es ist nicht weit bis nach unten, oder?«

Gwyneth ergriff ihre Hand und zog sie an sich. »Schau nicht nach unten, das wird nicht helfen.« Sie half dem Mädchen, Zen-

timeter für Zentimeter an den Rand des Brettes zu krabbeln.
»Ich glaube, es ist am besten, wenn du auf meinen Rücken krab-
belst. Du kannst dich an meinen Schultern festhalten und deine
Beine um meine Taille schlingen. Dann hast du zwei Stellen, an
denen du dich festhalten kannst.«

»Ich werde es versuchen, Gwyneth. Bring mich einfach runter.
Ich will zu meiner Mutter und meinem Vater.«

»Ich bringe dich zu ihnen. Bist du bereit?« Sie schenkte Lily
ein breites Lächeln und hoffte, dass das kleine Mädchen ihre
Angst nicht bemerken würde.

»Aye.« Lily kroch hinter Gwyneth und umklammerte ihre
Schultern.

»Hier, Mädchen. Ich halte mich am Baum fest, und du kannst
dich am Rand des Brettes abstützen und deine Beine um mich
legen.« Gwyneth trat auf einen Ast und machte den Fehler nach
unten zu schauen. Eine Welle der Übelkeit wälzte durch sie hindurch, sie schluckte und kniff ihre Augen zusammen.

»Was ist los, Gwyneth?«

»Nichts.« Sie öffnete die Augen und fühlte, wie sich die Entschlossenheit in ihr festigte. Sie musste das tun. Sie fand die
beiden Äste, auf die sie treten konnte, stellte ihre Füße darauf
und lehnte sich zu Lily. »Los geht's. Steig auf und lege deine
Beine um mich.«

Sobald Lily ihr ganzes Gewicht auf das Ende des Brettes ver-
lagerte, wippte das Stück Holz und Lily schrie auf.

»Halt dich an mir fest, Lily!«

Lily bekam sie gerade noch zu fassen, als das Brett in den Ästen
zur Seite kippte. Sich an Gwyneth klammernd, vergrub das
Mädchen ihr Gesicht an ihrer Schulter.

»Lily, beruhige dich. Greif meine Schultern, nicht meinen
Nacken«, keuchte Gwyneth. Sobald sie wieder atmen konnte,
warf sie einen Blick auf das Brett, welches immer noch in den
Ästen baumelte, und beschloss, dass sie sich so schnell wie möglich bewegen musste. »So ist es besser, Lily. Jetzt halt dich fest. Wir
werden schnell runterklettern.«

»Pass auf das Brett auf, es könnte uns treffen.«

»Ich weiß, ich werde vorsichtig sein.«

Gwyneths Sicht war versperrt, daher hatte sie Mühe ihren

nächsten Ast zu finden, aber schließlich spürte sie ihn an ihrem Fuß und kletterte weiter den Baum hinunter. Sie sprach noch ein Gebet, dachte an Logan und Rab und kletterte weiter, wobei ihr der Schweiß über das Gesicht lief. *Immer weiter, immer weiter.* Sie dachte, sie müsste sich übergeben, und hoffte, dass sie es noch zurückhalten konnte, bis sie wieder auf festem Boden standen.

»Beeil dich, Gwyneth, ich weiß nicht, wie lange ich noch durchhalten kann.«

»Mädchen, du machst das toll. Klammere deine Beine fest um mich.« Sie kletterten weiter, langsam, aber stetig, bis sie sich dem Boden näherten. Ein Aufprall über ihnen hallte in der Luft wider und Gwyneth schaute rechtzeitig auf, um das Brett auf sie zurasen zu sehen.

Lily schrie auf und Gwyneth packte die Hand des Mädchens und lehnte sich in einem letzten verzweifelten Versuch, das Brett davon abzuhalten, mit ihnen zu kollidieren, an die linke Seite des Baumes. Lilys Beine lösten sich von Gwyneths Taille und sie schrie erneut. Sie schwang nach links, schaffte es aber, sich immer noch an Gwyneths Schultern festzuhalten. Ein stechender Schmerz schoss durch Gwyneths rechtes Bein, als das Brett sie auf dem Weg nach unten erwischte, aber sie ließ nicht los.

»Du blutest, Gwyneth. Es hat dich getroffen«, rief Lily.

»Wir schaffen das schon, wir sind fast unten.« Sie biss die Zähne zusammen, als der Schmerz in ihrem Bein stärker wurde, schaffte es aber, sich wieder am Baum aufzurichten. Ihr Beim schmerzte, aber zum Glück hatte es ihre beiden Köpfe verfehlt. »Schling deine Beine wieder um mich, Mädchen.«

Sobald Lily wieder in Position war, ging es weiter den Baum hinunter. Als sie schließlich den Boden erreichten, brach Lily zusammen, sobald ihre Füße den Boden berührten, und Gwyneth ließ sich neben ihr auf den Boden sinken. Sie zog das Mädchen an sich und umarmte sie fest. »Wir haben es geschafft. Wir haben es geschafft.«

Freudentränen kullerten, als sie realisierte, was sie erreicht hatte. Lily war hier, in Sicherheit, und sie hatte sich ihrer größten Angst gestellt. Sie lachte, während sie Lily auf den Rücken tätschelte. Growley gesellte sich zu ihnen und leckte Lilys Gesicht ab.

»Gwyneth, schau. Du blustest.« Lily wich zurück und

betrachtete Gwyneths Bein, während Growley an ihrer Wunde schnupperte.

Als Gwyneth die Menge an Blut sah, die aus ihrem Bein rann, riss sie ein Stück ihres Waffenrocks ab und band es um die Wunde. Eine Welle von Schwindel erfasste sie, sodass sie sich an den Baumstamm lehnte und versuchte, ihre Atmung zu beruhigen. Sie wischte sich den Schweiß von der Stirn und presste den Verband auf die Wunde, um die Blutung zu verlangsamen.

Gwyneth warf einen Blick auf Lily. Jetzt, wo sie nicht mehr in Gefahr waren, vom Baum zu fallen, bemerkte sie, wie schwach Lily war, ihre kleinen Hände zitterten, als sie Growley streichelte. »Lily, geh zu meinem Pferd und hol etwas zu trinken. Vielleicht habe ich sogar einen Haferkuchen für dich.«

Unglücklicherweise graste ihr Pferd ein gutes Stück entfernt. Lily versuchte zu laufen, aber sie stolperte zweimal und sackte schließlich mit Tränen in den Augen zu Boden. Gwyneth zog sich am Baum hoch, war aber schockiert, wie sehr ihr Körper zitterte, als sie versuchte sich zu bewegen. Sie schaffte es bis zu Lily, fiel dann aber neben ihr zu Boden.

Sie seufzte, zog Lily auf ihren Schoß und schlang die Arme um sie. Es wurde kälter und Lilys kleiner Körper fröstelte.

Lily schaute zu ihr auf und fragte: »Gwyneth, mir ist so kalt. Was sollen wir nur tun?«

Gwyneth blickte hinauf zu den Baumkronen. Es würde nicht mehr lange dauern, bis die Sonne vollständig unterging. Sie seufzte und küsste Lily auf die Wange. »Wir warten. Onkel Logan und dein Vater werden uns finden.« Sie umarmte Lily, so fest sie konnte, und versuchte, ihr das bisschen Wärme zu geben, dass sie noch in ihrem Körper hatte, aber sie wusste, dass sie selbst nicht mehr viel davon hatte. »Growley, komm her.« Sie klopfte neben sich auf den Boden und Growley setzte sich. Lily kuschelte sich an Growleys Wärme und Gwyneth deckte sie mit ihren Armen zu, so gut sie konnte.

Sie hoffte, dass sie bald hier sein würden, denn sie war müde, sehr müde. Ihr Kopf senkte sich auf Lily, aber die Kleine war bereits eingeschlafen.

KAPITEL EINUNDDREISSIG

LOGANS FRUSTRATION WAR noch größer als zuvor, als er wieder auf Quade traf. »Irgendetwas«?

»Nay, nichts. Wir haben alles abgesucht. Ich verliere noch den Verstand. Wo zum Teufel könnten sie sein?«

»Wir haben nicht viel Zeit, es ist schon fast dunkel.« Logan hatte Quade nichts vom Brot erzählt, welches er in der Hütte gefunden hatte. Es zu essen, hätte Lily wieder fürchterlich krank gemacht und auch ihre Kräfte geschwächt. Nay, es war besser, wenn Quade das nicht wusste. Er musterte die Gegend noch einmal und dachte nach, dann stieg er ab und betrachtete den Boden. »Hier entlang. Die Gegend ist so bewachsen, ich habe sie nicht gründlich überprüft, und es ist schon eine Weile her.« Er zeigte auf eine Stelle im Gebüsch. »Ich sehen jetzt Spuren eines Pferdes. Lasst uns laufen.« Quade gab den anderen Wachen ein Zeichen, zurückzubleiben und einen anderen Bereich abzusuchen.

Quade folgte ihm tief in den Wald hinein, jeder der Brüder zog sein Pferd hinter sich her. Sie hatten erst eine kurze Strecke zurückgelegt, als Logan anhielt.

»Was ist los?« Quade blieb direkt hinter ihm stehen.

»Hast du das gehört?«, sagte Logan und lehnte sich in seine Richtung.

»Nay.«

»Pssst.« Er hielt den Atem an und betete dafür, das Geräusch noch einmal zu hören. Quade starrte ihn an, der hoffnungsvolle Ausdruck in seinen Augen zwang Logan, wegzusehen.

Sie lauschten und Logans Gesicht erhellte sich mit einem

Grinsen. »Lily. Ich habe sie schreien gehört.« Er ließ sein Pferd im Gebüsch zurück und rannte in die Richtung, aus der Lilys Stimme kam, Quade folgte ihm.

Gütiger Himmel, er hatte schon früher gebetet, aber so intensiv wohl schon lange nicht mehr. Es musste Lily gut gehen, und wie sehr er hoffte, dass Gwyneth bei ihr war. Growley bellte und kam durch das dichte Gestrüpp auf sie zu gerannt. »Wo, Growley? Zeig es mir!«, rief er. Als hätte er die Frage Wort für Wort verstanden, drehte sich der große Hund um und ging voran. Schließlich hielt Growley vor ihm an, setzte sich neben Gwyneth auf die Lichtung inmitten des Dickichts, ihr Pferd nicht weit entfernt.

Erleichterung durchflutete Logans Körper, doch dann krampfte sich sein Magen zusammen. Gwyneth saß und hielt etwas in ihren Armen, ihr Kopf hing über dem, was sie hielt. Nein, nicht seine kleine Lily. Sie musste am Leben sein.

Er schrie, lief zu ihr und Gwyneths Kopf schoss hoch. Einen Sekundenbruchteil später tauchte Lilys blasses, lächelndes Gesicht neben dem von Gwyneth auf.

»Papa! Onkel Logan!«

Logan verlangsamte seinen Gang, als Quade an ihm vorbeieilte, um Lily in seine Arme zu schließen. Ein riesiger Schwall von Erleichterung durchflutete Logans Körper; er war noch nie in seinem Leben so glücklich gewesen, zwei Menschen zu sehen. Er fragte sich, warum Gwyneth auf dem Boden sitzen blieb, aber als er sie schließlich erreichte, sah er das Blut, welches sich um ihr Bein sammelte, die Blässe in ihren Zügen und das Zittern in ihren Händen.

»Logan.« Sie schüttelte den Kopf. »Es tut mir leid.«

»Es tut dir leid? Was?« Er kniete sich neben ihr nieder. »Du hast meine Nichte gerettet. Du bist verletzt.« Er umfasste ihr Gesicht mit seiner Hand und war geschockt, wie kühl ihre Haut war. Erst dann bemerkte er, dass ihre Augen glasig waren und ihre Lippen eine fahle Farbe hatten, die ihm gar nicht gefiel.

»Ich konnte nicht auf mein Pferd steigen. Ich habe es versucht, aber ich konnte es nicht … schaffen. Lily ist schwach, und sie hat nichts gegessen, und ich konnte sie nicht zurückbringen. Es tut mir so leid.«

Quade fragte: »Geht es ihr gut? Was ist los, Logan? Brauchst du meine Hilfe?«

Logan beugte sich zu ihr hinunter, seine Augen trübten, als er auf die Frau hinunterstarrte, die er liebte. »Du bist in Sicherheit. Ich bringe dich zurück.« Nachdem er sich vergewissert hatte, dass die Blutung nachgelassen hatte, küsste er sie auf die Wange und flüsterte: »Ich liebe dich. Meinen Dank, dass du meine geliebte Nichte gerettet hast, aber bitte bleib bei mir. Keiner von euch darf mich jemals wieder verlassen, hörst du?« Er löste den Druckverband an ihrem Bein und riss ein Stück von seinem Plaid ab, um mehr Druck auf die Wunde auszuüben.

Quade hatte ihn belauscht. »Nun, wenn es das ist, was du willst, musst du dich niederlassen.«

»Das werden wir. Wir heiraten und werden in Lothian leben. Und niemand geht mehr fort.« Logan hob sie in seine Arme und umarmte sie fest. Er drehte sich zu seinem Bruder um, der Lily mit ihrem Kopf an seiner Brust hielt, und küsste seine kleine Nichte auf die Wange. Er warf einen Blick auf Quades Gesicht, in dem er die gleiche Besorgnis sah, die er empfand. Keines der beiden Mädchen sah gut aus.

Quade flüsterte. »Wir müssen sie zu Brenna bringen.«

»Aye.« Er ging zu seinem Pferd und setzte Gwyneth ab, damit sie sich an seinen Bruder lehnen konnte, während er sein Pferd bestieg. Dann reichte Quade sie ihm hoch und er setzte sie vor sich. Die beiden Wachen, welche sie zurückgelassen hatten, schlossen sich ihnen an und bald waren sie auf dem Weg zurück zum Bergfried, Growley im Schlepptau.

Er war so glücklich, Gwyneth wieder in seinen Armen zu haben. Er küsste sie auf die Stirn und lächelte sie an, aber sie reagierte nicht. War sie eingeschlafen … oder war sie ohnmächtig geworden?

»Gwyneth?« Logan schüttelte sie, aber sie wachte nicht auf. Er musste sie zurück zur Burg bringen, und zwar schnell.

Gwyneth rannte über eine Wiese und jagte jemanden. Nein, sie jagte zwei Personen. Ihr Bruder Rab lief in die eine Richtung und winkte ihr zu, während Logan ihr von seinem Pferd aus der anderen Richtung zurief.

Sie würde sich entscheiden müssen, und sie wusste nicht, wie sie das anstellen sollte.

Jemand streichelte ihren Arm und ihre Augen öffneten sich. Logan saß auf einem Stuhl an ihrem Bett, Sorge lag in seinem Blick. Als sie ihn anstarrte, schlich ein langsames Lächeln in seine Züge. Seine Augen funkelten, während er sich zu ihr beugte, um ihre Wange zu küssen. Sie versuchte, sich aufzurichten, fiel aber sofort zurück gegen das Kissen, weil sie nicht die Kraft dazu hatte.

»Bleib liegen, Liebes. Du bist nicht in der Lage, dich zu bewegen.«

Sie versuchte sich zu erinnern, wo sie war, aber der Nebel in ihrem Kopf wollte sich nicht lichten. »Etwas zu trinken?«

Logan sprang von seinem Platz auf und füllte einen Kelch für sie, dann rief er nach Brenna, bevor er zu ihr zurückkehrte, ihr half, sich aufzusetzen und an dem mitgebrachten Getränk zu nippen. Der Raum füllte sich in Windeseile, zuerst mit Brenna und Quade, dann mit Lily, Torrian und Lady Ramsay.

Sie verstand nicht, warum sie alle so anstarrten. Es war doch ungewöhnlich, dass so viele Leute in ein Schlafgemacht kamen, oder? Schließlich kam Rab durch die Tür und sie konnte die Erleichterung in deinen Augen erkennen, als er sie ansah. Er hielt ein Kreuz in seiner Hand und seine Bibel. Was war hier los?

Lily tauchte neben ihr auf dem Bett auf und küsste sie auf die Wange. »Vielen Dank, dass du mich gerettet hast, Tante Gwyneth. Darf ich dich jetzt so nennen? Onkel Logan sagt, ihr werdet sehr bald heiraten.«

Sie gerettet? Sie nickte Lily als Antwort auf ihre Frage zu und schaute dann zu Logan, in der Hoffnung, er würde ihr helfen, den Nebel in ihrem Kopf zu vertreiben, aber er sagte kein Wort.

Brenna setzte Lily wieder auf den Boden und schickte sie zur Tür hinaus.

Torrian, der neben seinen Eltern gestanden hatte, kam als Nächstes zu ihr und sagte: »Danke, Tante Gwyneth.«

Von seiner Position neben dem kleinen Jungen aus beugte sich Quade zu ihr runter und küsste ihre Stirn. »Schön, dich wieder wach zu sehen. Vielen Dank.« Er ging mit Torrian aus dem Zimmer und folgte Lily.

Rab stand immer noch an der Tür, Tränen in den Augen, während er sich seine Bibel an die Brust drückte. »Geht es dir gut, Schwester?«

Sie konnte nur mit den Schultern zucken.

Brenna setzte sich auf die Seite des Bettes und untersuchte kurz ihre Wunde, bevor sie aufstand und ihre Hand tätschelte. »Ich denke, du bist auf dem Weg der Besserung. Ich lasse dich noch etwas Zeit mit deinem Bruder verbringen, dann komme ich mit etwas Brühe für dich zurück. Du bist noch schwach, deshalb möchte ich nicht, dass du das Bett verlässt. Logan, sorg dafür, dass sie liegen bleibt.« Sie stand auf, um zu gehen.

Bevor sie sich umdrehte, um Brenna zu begleiten, nahm Lady Ramsay Gwyneths Hand in die ihren und sagte: »Du hast meine bedingungslose Ergebenheit, meine Liebe.« Dann traten die beiden aus dem Zimmer.

Rab und Logan waren sie einzigen verbliebenen Besucher.

»Ich lasse dich eine Minute mit deinem Bruder allein«, äußerte sich Logan und blickte zwischen den Geschwistern hin und her. »Dann komme ich wieder.« Er berührte Pater Rabs Schulter, bevor er den Raum verließ und die Tür hinter sich schloss.

»Rab? Was ist passiert?« Sie schaute ihren Bruder an und hoffte, er könne ihr helfen, sich zu erinnern.

Rab zog einen Stuhl an ihr Bett heran, setzte sich und hielt ihre Hände, sprach zuerst mit geschlossenen Augen ein Dankgebet, dann einen Segen.

»Rab?«

Er küsste sein Kreuz und sagte: »Du erinnerst dich nicht? Du hast Lily allein gerettet. Laut ihr bist du auf einen sehr hohen Baum geklettert, um sie von ihren Fesseln zu befreien und hast sie auf deinem Rücken runtergetragen.«

Gwyneth rieb sich die Stirn, als die Erinnerungen zu ihr zurückkehrten. »Aye, jetzt erinnere ich mich. Das Brett und die Bäume. Es war schrecklich Rab. Ich hatte solche Angst.«

»Aber du hast deine Höhenangst überwunden. Lily sagte, dass du sogar dem Brett ausgewichen bist, als es durch die Äste herunterstürzte, und dass ihr beide am Kopf getroffen worden wärt, wenn ihr euch nicht zur Seite des Baumes geschwungen hättet.«

Gwyneth stöhnte, als sie versuchte, ihr Bein anzuheben. »Aye, ich habe eine kleine Wunde am Bein. Ich habe geblutet…«

»Eine kleine? Wohl kaum. Du hast gar nicht mehr aufgehört zu bluten, deshalb bist du noch so schwach. Brenna hat sich Sorgen um dich gemacht, aber nicht mehr als Logan und ich. Zum Glück geht es dir jetzt besser, das hoffe ich zumindest.«

»Aye, ich bin noch müde, aber es wird wieder. Geht es dir gut?«

»Abgesehen von den zwei Jahren meines Lebens, die ich durch meine Sorge um dich verloren habe, geht es mir gut. Gwyneth, Logan liebt dich wirklich, ich konnte in den letzten Tagen sehen, wie sehr. Willst du ihn immer noch heiraten?«

»Aye, das will ich, Rab. Aber wirst du mir je verzeihen können, dass ich dich verlassen werde? Mir gefällt es hier. Ich will nicht mehr in Glasgow leben, mit all den Erinnerungen an *früher*. Seine Familie ist wunderbar, seine Clanmitglieder sind wunderbar. Ich glaube, ich würde wirklich gerne hierbleiben.«

»Ich werde dich natürlich in allem unterstützen, was du willst, und ich muss dir sagen, dass Quade und Lady Ramsay mich eingeladen haben, zu bleiben und der Priester ihres Clans zu werden. Sie haben eine schöne kleine Kapelle, und Logan, Micheil und Quade haben versprochen, auf der Rückseite ein kleines Zimmer für mich zu bauen, in dem ich wohnen kann. Wenn du einverstanden bist, würde ich das Angebot gerne annehmen. Vielleicht werde ich eines Tages eine Nichte oder einen Neffen haben, die ich lieben kann.« Er lächelte und wartete auf ihre Antwort.

Sie griff nach ihrem Bruder und umarmte ihn. »Aye, Rab. Nichts würde mich glücklicher machen, als dich bei mir zu haben. Ich glaube, das wird uns beiden guttun.«

Rab gluckste und küsste ihre Wange. Er stand auf und sagte: »Ich liebe dich, Gwyneth. Du hast mich sehr stolz und glücklich gemacht. Ich werde mich jetzt verabschieden, ich weiß, dass Lady Ramsay gerne mit dir unter vier Augen sprechen würde.«

Gwyneth runzelte die Stirn, und alles was sie denken konnte, war: *Was habe ich falsch gemacht?*

KAPITEL ZWEIUNDDREISSIG

LADY RAMSAY BETRAT ihr Gemach. Hoch erhobenen Hauptes setzte sie sich auf den Stuhl neben Gwyneths Bett und rückte ihre Röcke zurecht, bevor sie die Hände im Schoß faltete.

Gwyneth hatte keine Ahnung, was sie von der Frau zu erwarten hatte.

»Meine Liebe, ich hoffe, es stört dich nicht, dass ich dich gebeten habe, allein mit mir zu sprechen. Das ist nichts, was ich vor meinen Söhnen sagen würde, also hoffe ich, dass dies unter uns bleibt.« Sie räusperte sich, bevor sie Gwyneth anschaute.

Gwyneth nickte, da sie nicht wusste, was sie hätte sagen sollen.

»Als du das erste Mal hierherkamst, war ich froh, dich in unserem Leben zu haben, wegen des Lichts, welches du meinen Sohn gebracht hast. Ich habe mir Sorgen um Logan gemacht. Er ist ein starker Mann, aye, aber ich weiß, dass sein Herz oftmals weich ist. Als Mutter wusste ich, warum er umherwanderte, und ich dachte nicht, dass er jemals aufhören könnte.

Logan war überglücklich, sowohl für Torrian als auch für Lily ein Onkel zu sein. Als Torrian krank wurde, traf Logan das sehr schwer. Er liebte seinen Neffen und wollte, dass er wieder gesund wird. Er kämpfte mit seiner Unfähigkeit dem Kind zu helfen. Dann kam Lily dazu und wurde ebenfalls von der gleichen Krankheit geplagt.« Sie schaute auf ihre Hände, während die darum rang, ihre Atmung zu kontrollieren. Gwyneth vermutete, dass sie den Tränen nahe war.

»Und dann kam Brenna Grant, welche mir meine Enkelkinder zurückgab. Wie habe ich sie genossen, seitdem sie ihre Krankheit besiegt hatten. Aye, sie können gelegentlich krank werden, aber nie so wie zuvor. Und Brenna hat meinen Erstgeborenen von einem sehr tiefen Punkt zurückgeholt. Dafür werde ich ihr für immer dankbar sein.«

»Dann kam ein neuer Schrecken, Iona, der uns allen wieder das Herz zerriss, indem sie uns unser kostbares Lilykind entführte.« Sie hielt inne, um sich eine Träne aus dem Gesicht zu wischen. »Ich bin hier, um dir zu danken, denn ich glaube nicht, dass du genau begreifst, was du getan hast.«

Gwyneth starrte sie an, Verwirrung hielt sie vom Sprechen ab.

»Als alle zurückkehrten«, fuhr Lady Ramsay fort, »hörte ich das Gleiche von meinen beiden Söhnen und von vielen unserer Wachen. Sie hatten aufgegeben, weil sie glaubten, jeden Bereich abgesucht zu haben, in dem Lily möglicherweise versteckt sein könnte. Aye, Logan hatte sich um Iona gekümmert, aber er hatte seine Nichte nicht gefunden.«

»Aber nicht du. Gwyneth von den Cunninghams machte weiter, wo alle Männer versagt hatten. Nur du, eine Frau, warst klug genug, meine Enkelin zu finden. Logan und dein Bruder sagten, dass du eine lähmende Höhenangst hast … ich bin wirklich beeindruckt, was du vollbracht hast.«

Tränen glitten ihr über die Wangen, und sie zog ein Leintuch aus den Falten ihres Rocks, um sich die Nässe von den Wangen zu wischen. »Ich wollte mit dir darüber diskutieren, ob du meinen Sohn in deinen Hosen und deinem Waffenrock heiraten sollst. Ich dachte, ich könnte dich überzeugen, dich angemessen zu kleiden, zumindest für die Hochzeit. Aber jetzt nicht mehr.«

Abrupt stand sie von ihrem Stuhl auf. »Wenn jemand etwas daran auszusetzen hat, wie du dich kleidest, wird er sich mit mir auseinandersetzen müssen.«

Gwyneth starrte ihre zukünftige Schwiegermutter schockiert an, wagte aber nicht, sie zu unterbrechen.

»Denn ich weiß, wenn du nicht gewesen wärst, hätten wir vielleicht unseren Liebling Lily verloren. Wenn du nicht so gekleidet gewesen wärst, wärst du nicht in der Lage gewesen, diesen Baum zu erklimmen oder meine Enkelin herunterzutragen. Du wärst nicht in der Lage gewesen, sie freizuschneiden oder sie vor dem Brett in Sicherheit zu bringen, als es runterfiel. Die Wahrheit ist«, sie starrte an die Decke und kämpfte erneut gegen die Tränen an, die überzulaufen drohten und ihre Stimme hemmten, »wenn du nicht gekommen wärst, sagt Lily, wäre sie zu Boden gestürzt … oder man hätte sie dort zurückgelassen, mit den Händen immer noch an dem Baum festgebunden.« Die Frau brach in ein Schluchzen aus.

Gwyneth hatte das Gefühl, dass sie etwas sagen musste. »Kein Grund, diesen Stein noch weiter zu wälzen. Was passiert ist, ist passiert.«

Sie riss ihren Kopf hoch und starrte Gwyneth an. »Oh, aber das tue ich. Wenn du nicht gewesen wärst, wäre meine Enkelin tot. Meine Söhne hätten es nicht mehr rechtzeitig geschafft. Selbst Brenna sagt, sie war dem Tod nahe, als sie hergebracht wurde.«

Dann sagte sie: »Deshalb verspreche ich dir, meine zukünftige Tochter, dass ich dein Urteil nie wieder in Frage stellen werde. Trage deinen Waffenrock, kleide dich, wie du willst. Du hast uns alle sehr glücklich gemacht, besonders meinen Sohn. Willkommen in meiner Familie, und möge Gott dich segnen.«

Sie sammelte sich, bevor sie sich vorbeugte und beide Hände auf Gwyneths Wangen legte. »Ich danke dir dafür, dass du bist, wer du bist, und ich bin froh, dass wir einen neuen Priester gefunden haben, der bei uns bleibt und unseren Clan segnet.« Mit diesen Worten küsste sie Gwyneths Stirn und drehte sich um, verließ den Raum und schloss die Tür hinter sich.

Logan schritt durch den Korridor, während seine Mutter mit Gwyneth sprach. Er wusste nicht, warum seine Mutter darum gebeten hatte, allein mit ihr zu sprechen, aber er vertraute ihr, dass sie das Richtige tat. Das war nicht der Grund, warum er auf und ab ging.

Er schritt auf und ab, weil er etwas erledigen musste, und er musste es bald tun. Er fühlte, dass er seiner zukünftigen Frau gegenüber ehrlich sein musste, und er würde sie entscheiden lassen, ob sie ihn noch heiraten wollte oder nicht. Aye, er liebte Gwyneth, aber konnte er damit umgehen, was das Leben seinen Liebsten bringen konnte?

Er war immer in der Lage gewesen, den größten Teil seines Lebens zu kontrollieren, bis der kleine Torrian krank geworden war. Wie sehr er seine Familie liebte. Zu sehen, wie Quade und seine Mutter durch Torrians Krankheit innerlich zerrissen wurden, brachte ihn völlig aus der Fassung. Und als Lily an der gleichen Sache erkrankte? Er war so niedergeschlagen gewesen, dass er nicht wusste, ob er sich wieder aufraffen konnte. Also war er davongelaufen.

Er lief und lief, wann immer er eine Situation nicht unter Kontrolle hatte – so wie er sich mitten im Wald gefühlt hatte, als Iona starb, ohne ihm zu sagen, wo Lily war. Alle Wächter seines Clans waren nicht in der Lage gewesen, Lily zu finden, und nach all seinen Bemühungen war er bereit gewesen aufzugeben.

Er war dabei, seine kleine Nichte aufzugeben, das kleine Mädchen, welches ein Lächeln hatte, das einen ganzen Raum erhellen konnte, hatte ihn gebraucht und er hatte aufgegeben. Hatte er das Recht, jemanden zu heiraten? Wie konnte er seine Frau und seine eigenen Kinder schützen, wenn er ein Versager war?

Die Tür sprang auf und seine Mutter schritt mit gerötetem Gesicht, geschwollenen Augen und einem Leintuch in der Hand aus dem Zimmer. Sie umarmte ihn, ohne ein Wort zu sagen, und ging.

Logan zauberte ein Lächeln auf sein Gesicht und ging in Gwyneths Kammer. Er küsste sie auf die Wange und setzte sich auf den Stuhl neben dem Bett. »Ist mit meiner Mutter alles gut verlaufen?«

»Aye.« Sie schaute ihn an und fragte: »Was ist los?«

Er zog sein Lächeln noch breiter. »Nichts. Darf ich dich etwas fragen?«

Ihre Stirn runzelte sich und sie antwortete: »Natürlich.«

»Wie hast du das geschafft? Wie hast du deine größte Angst bekämpft?«

»Ich verstehe nicht.«

»Deine Furcht vor der Höhe. Du bist wie versteinert, wenn du auf Bäume kletterst. Wie hast du es geschafft, hochzuklettern und Lily herunterzuholen, wenn dir dabei schlecht geworden sein muss?« Er musste es einfach wissen.

»Ich hatte keine Wahl. Da war eine kleine Stimme, die in einem Baum wimmerte und mich anflehte, hochzuklettern und sie zu holen. Sie war an den Baum gefesselt. Sie konnte nur runterkommen, wenn ich hochkletterte.«

»Aber wie bist du zu der Erkenntnis gekommen, dass nur du ihr helfen kannst?«

»Na ja, ich habe zuerst etwas anderes versucht. Ich habe Growley gesagt, dass er dich suchen soll, weil ich wusste, dass du ohne Probleme dort hochklettern könntest.«

»Und?«

»Eine große Hilfe war er«, schnaubte sie. »Alles was er tat, war, mich anzustarren und jedes Mal mit dem Schwanz zu wedeln, wenn ich mit Lily sprach.«

»Das war`s? Growley wollte nicht gehen, also bist du auf den Baum geklettert? Es muss etwas anderes gewesen sein, das dich angetrieben hat.« Er lehnte sich vor und wartete auf ihre Antwort.

»Nay, Logan. Lily hat mich angefleht. Was hätte ich sonst tun sollen?«

»Wie schwierig war es? Du musst es schnell hinter dich gebracht haben.«

»Nay, ich war nicht so schnell, wie ich hätte sein sollen. Ich hatte meine Momente der Übelkeit und des Schwindels, als ich wieder runterklettern wollte, aber es gab keine Alternative. Ich tat, was mein Vater mir vor langer Zeit beigebracht hatte. Ich machte den ersten Schritt und vertraute darauf, dass der Rest folgen würde. Ich wusste, dass Lily zu schwach war, um allein herunterzukommen, selbst wenn sie nicht angebunden gewesen wäre. Ich konnte es in ihrer Stimme hören.«

Er beugte sich vor und umfasste ihr Gesicht, dann legte er seine Lippen auf ihre und küsste sie innig. Als er sich zurückzog, schaute sie ihn verwirrt an.

»Hast du Zweifel?«, fragte sie.

»Ich zweifle an mir selbst, nicht an dir«. Er lehnte sich in seinem Stuhl zurück. »Ich weiß einfach nicht, ob ich ein guter Ehemann und Vater sein kann.«

KAPITEL DREIUNDDREISSIG

»WARUM?« GWYNETH STARRTE ihn schockiert an.
Er hielt inne, um seine Gedanken zu sammeln und
ließ dann den Kopf hängen. »Ich habe aufgegeben. Nachdem
Iona gestorben war, habe ich aufgegeben. Ich war komplett niedergeschlagen, weil ich keine Kontrolle über die ganze Situation
hatte. Ich saß im Wald und schrie meine Wut heraus, und ich war
bereit aufzugeben, als ich Quade einholte.«

»Wirklich?«

»Aye. Ich habe Lily nicht gefunden, das warst du. Ich hätte
derjenige sein sollen, der sie rettet. Ich habe den Ruf, der beste
Spurenleser im Land zu sein, aber ich konnte meine eigene
Nichte nicht finden. Wärst du nicht gewesen, hätten wir sie nie
rechtzeitig gefunden.«

Gwyneth seufzte. »Logan, erstens, wenn deine Familie involviert ist, denke ich, dass dein Verstand nicht auf die gleiche Weise
funktioniert wie sonst. Sieh dir an, was mit mir passiert ist, als
ich Duff gegenüberstand. Ich konnte einen Pfeil abschießen, um
einen Wettbewerb zu gewinnen, aber nicht in der Nähe dieses
Mannes.«

»Stimmt, aber am Ende hast du es geschafft.«

Ihre Stimme reduzierte sich auf ein Flüstern. »Aye, aber das
hast du auch.«

Logan verzog das Gesicht. »Nay, das habe ich nicht. Ich hatte
aufgegeben. Was für einen Vater würde ich abgeben, wenn ich so
einfach aufgäbe?«

»Du hast nicht aufgegeben.«

»Du hast meine Gedanken nicht gehört. Ich war bereit, aufzugeben. Hätte Quade mich nicht dazu gedrängt, weiterzumachen, wäre ich nach Hause gegangen.«

»Und ich hätte zugelassen, dass Duff mich tötet oder mich auf das Schiff bringt, aber dann kamst du.«

Er starrte sie an und verarbeitete ihre Worte.

»Und du hast uns gefunden. Ich war diejenige, die aufgegeben hatte. Ich wusste, dass ich nicht weitergehen konnte. Alles, was ich tun konnte, war mich auf dem Boden niederzulassen und meine Arme um Lily zu legen und zu versuchen sie warm zu halten. Aber ich erinnere mich an meine letzten Worte an sie.«

»Welche?«

»Keine Sorge, Onkel Logan und dein Papa werden uns finden. Und das habt ihr. Du hast nicht aufgegeben. Wenn du das hättest, wären Lily und ich wahrscheinlich immer noch da draußen.«

Als er über ihre Worte nachdachte, erhellte sich sein Gesicht langsam mit einem Lächeln.

»Was ist los?« Sie legte den Kopf schief und sah ihn an.

Er nahm ihre Hände in die seinen und küsste beide Handrücken. »Ich danke dir, dass du mir hilfst, alles in meinem Kopf zu verstehen. Ich glaube, wir ergänzen uns ganz gut.«

»Das ist es, was ich dir zu sagen versucht habe, du dickköpfiger Mann. Zusammen werden wir unsere Familie gut beschützen. Es lastet nicht nur auf deinen Schultern, sondern auch auf meinen und auf dem Rest der Familie. Ich kann mir keinen besseren Mann für mich vorstellen. Ich liebe dich so sehr und könnte es nicht verkraften, wenn du mich jetzt verlassen würdest. Ich bin so glücklich, Teil einer größeren Familie zu werden, und Rab ist es auch. Wie werden endlich nicht mehr allein sein.«

Aye, sie hatte recht. Sie waren wunderbar zusammen – und mit ihren vereinten Kräften konnten sie alles überwinden. Er stand auf und begann, zu ihr ins Bett zu klettern, hielt dann aber inne. »Warte. Da ist noch eine Sache, die ich wissen muss.«

»Nur zu.«

»Hast du wirklich einem Mann die Eier abgeschnitten und in die Fjorde geworfen?«

Gwyneth brach in Gelächter aus, griff nach seiner Hand und zerrte an ihm, sodass er neben ihr auf das Bett fiel.

»Das beunruhigt dich ein bisschen, oder?«, stichelte sie.

»Aye.« Er fasste sich in den Schritt. »Der Gedanke daran lässt mich erschaudern und bringt mich auf jeden Fall dazu, meinen persönlichen Bereich schützen zu wollen. Ich habe gesehen, wo du deinen Feind getroffen hast.«

»Ich habe ihm nicht direkt den Sack abgeschnitten.«

»Was hast du dann gemacht?«

»Als ich auf dem Schiff war, betäubt, kamen die Wikinger mit einer Galeere zu unserem Schiff, wie ich dir schon erzählt habe.«

Logan konnte sehen, dass sie wieder von ihren Erinnerungen eingeholt wurde, also schlang er seine Arme um sie und hielt sie fest.

»Ein widerlicher Wikinger sprang auf mich, zerriss meine Kleidung und versuchte, sich an mir zu vergreifen. Irgendwie schaffte ich es, durch den Nebel der Droge hindurch, meinen Dolch zu finden und ihm zwischen die Beine zu stechen. So wie er sich angefasst hat, kann ich nur vermuten, dass ich mein Ziel getroffen habe, und da war eine Menge Blut.«

»Du bist wahrhaftig eine starke Frau, meine Liebe.« Er küsste sie auf die Stirn.

»Ich habe die Wahrheit also ein wenig verdreht. Ich habe sie ihm nicht wirklich abgeschnitten, aber ich habe ihn dort getroffen, wo es wehtat. Hätte ich die Chance gehabt, hätte ich ihn abgeschnitten und über Bord geworfen, aber ein anderes Schiff kam vorbei und die Wikinger flohen.«

»Unsere Wege hätten sich vielleicht nie gekreuzt, wenn das nicht passiert wäre, aber ich wünschte trotzdem, es wäre nicht geschehen. Es muss eine furchtbare Erfahrung für dich gewesen sein.«

»Aye, aber die Wahrheit ist, ich war so betäubt, dass meine Erinnerungen daran verschwommen sind.«

Ein Klopfen an der Tür unterbrach sie, und Pater Rab steckte seinen Kopf herein. Seine Augen weiteten sich beim Anblick des Paares, welches zusammen im Bett lag. »Gwyneth!«

»Rab, er liegt nur auf dem Bett und hält mich. Hör auf. Wir werden schließlich heiraten.«

»Aye, und zwar in genau einer Woche. Ich bestehe darauf! Und du wirst mir nicht widersprechen. Es ist an der Zeit, dass du die Dinge richtig angehst.«

Logan kletterte wieder vom Bett und setzte sich auf den Stuhl. »Aye, Pater.«

Gwyneth lachte, und Rab gluckste, als er wieder zur Tür hinausging.

KAPITEL VIERUNDDREISSIG

LOGAN HATTE DARAUF bestanden, dass Gwyneth zum Mittagsmahl herunterkam. Er setzte sie an ihren Tisch auf dem Podium, und die Diener brachten Platten mit Lammgulasch, Fasan, Bratäpfeln und Beeren mit einem Überzug aus gekochtem Hafer und Honig – Lilys Lieblingsspeise – zusammen mit knusprigem dunklem Brot.

Der einzige Grund, warum er so hartnäckig darauf bestehen musste, war, dass Gwyneth noch nicht weit laufen konnte, zumindest nicht weit genug, um die Treppen zu bewältigen. Brenna hatte ihr Bein genäht, und sie hatte immer noch große Schmerzen, also musste er sie die Treppe hinuntertragen.

Gwyneth konnte noch nichts von dem reichhaltigen Essen vertragen, aber Brenna machte ihr eine dünne Brühe mit Karotten und Kohlrabi. Sie aß nicht mehr als eine halbe Schüssel. Sie lehnte sich in dem Stuhl zurück, auf dem Logan darauf bestanden hatte, dass sie sich setzte, und war dankbar für die zusätzliche Unterstützung. Er hatte sie mit seinem Plaid zugedeckt, und sie wickelte sich dankbar darin ein.

Nach dem Essen wurde der Tisch voller Ramsays, und Rab natürlich, plötzlich ganz still und starrte sie an.

»Tante Gwyneth, wir müssen dir eine Frage stellen«, sagte Lily.

Quade nickte. »Die Spannung ist zu groß für uns, und niemand kann es erraten.«

Sie sah in die erwartungsvollen Gesichter, bevor sie sprach. »Was erraten?«

»Wie hast du mich gefunden?«, fragte Lily.

Logan fügte hinzu: »Aye, wir hatten diese Gegend schon einmal abgesucht, ohne etwas Abwegiges zu bemerken. Wie bist du auf die Idee gekommen, nach oben zu schauen? Ich wäre nie darauf gekommen, sie in den Bäumen zu suchen, bevor Iona es mir gesagt hatte.«

Sie grinste. »Ich weiß nicht, ob ich es euch sagen soll. Growley und ich haben es beiden ungefähr zur gleichen Zeit herausgefunden.«

»Warum nicht? Wir müssen es wissen. Es ist eine Lernerfahrung.« Quade schaute sich am Tisch um. »Nichts, was du sagen könntest, würde uns verärgern.«

Gwyneth wandte sich an Lily. »Musstest du dich übergeben, als du in den Bäumen warst?«

»Aye. Ich habe immer wieder gespuckt.« Sie nickte, während sie Brennas Hand festhielt.

»Wo hast du hingespuckt?«

Lily warf ihr einen verwirrten Blick zu, dann erhellte sich ihr Gesicht. »Über die Seite.«

»Aye.«

»Du hast gesehen, wo ich hingespuckt habe?« Lilys Augen wurden groß bei dem Gedanken daran.

Gwyneth schüttelte den Kopf und wartete auf ihr Verständnis.

»Nay, Lily«, meinte Brenna, welche als Erste begriffen hatte. »Es war der Geruch.«

Gwyneth nickte.

»Und Growley hatte es auch gerochen. Habe ich recht, Tante Gwyneth? Growley hat eine gute Nase.« Torrian sprang von seinem Platz auf, um seinen Hund zu streicheln, der ihn daraufhin im Gesicht abschleckte.

»Aye.« Gwyneth grinste. »Als ich den Geruch bemerkte, drehte ich mich im Kreis und suchte die Gegend ab. Growley saß schwanzwedelnd an einer Stelle.«

»Warum?«, fragte Torrian.

Ein Raum voller Gesichter starrte sie an, alle waren neugierig, ihre Antwort zu hören.

»Growley saß direkt unter Lily, direkt neben der Stelle, wo ihr Erbrochenes lag.«

Torrian lachte und umarmte sein geliebtes Haustier.

Quade schob seinen Stuhl vom Tisch zurück und rief: »Growley komm.« Er klopfte auf seinen Schoß, Growley brauchte keine zweite Einladung und sprang zu ihm hinüber. »Sitz.« Sobald der große Hund den Befehl befolgte, reichte Quade ihm ein großes Stück Lammfleisch, welches Growley in Sekunden verschlang.

Logans raue Stimme unterbrach die Feierlichkeiten. »Es gibt etwas, das wir Torrian und Lily fragen müssen.«

Die kleine Lily sprang von Brennas Schoß und krabbelte auf den Schoß ihres Onkels. »Was ist es, Onkel Logan?«

»Gwyneth und ich haben uns gefragt, ob du mit ihr zum Altar schreiten würdest und ob Torrian mit mir gehen möchte.«

Beide Kinder klatschten aufgeregt in die Hände und drehten sich um, um Quades Erlaubnis zu erhalten.

»Ich finde, das ist eine wunderbare Idee«, erwiderte Quade und sah zu Brenna, die nickte und lächelte.

Rab meinte: »Ich kann nicht bei meiner Schwester stehen, da ich vorne stehen werde, also denke ich, dass das eine sehr schöne Idee ist.«

»Und Onkel Logan«, Lily tätschelte seine Brust, während sie zu ihm hochblickte, »ich weiß warum du und Gwyneth mich gefunden habt.«

»Warum, Liebes?«, fragte Logan.

»Weil ihr beide noch meine Glückssteine habt.«

»Natürlich, ich hätte es wissen müssen«, gluckste er.

»Onkel Logan, hör zu.« Das Mädchen war so ernst, dass der ganze Tisch verstummte, um ihre nächsten Worte zu hören. »Habt ihr eure Steine verglichen? Ich habe sie mit Bedacht ausgewählt.«

»Nay.« Er griff in seine Tasche, zog seinen Stein hervor und legte ihn vor sich auf den Tisch.

Gwyneth schnappte nach Luft. »Es ist der gleiche.« Sie griff in ihre Tasche, zog ihren eigenen Stein heraus und legte ihn neben Logans. »Es ist genau der gleiche Stein.«

Lily strahlte. »Aye, der Stein brach in zwei Hälften, als ich ihn fand, und ich wusste, dass er euch beide zusammenbringen würde.« Dann lief sie zu Gwyneth hinüber und legte ihre Hände auf deren Knie. »Ich wollte, dass du meine Tante wirst, Tante Gwyneth. Siehst du? Es hat funktioniert.«

Logan und Gwyneth starrten sich nur an.

Am nächsten Tag kamen Lady Ramsay, Brenna und Lily zu Gwyneth in die große Halle, um Stoffe für die Hochzeit auszusuchen.

Lily ergriff zuerst das Wort. »Tante Gwyneth, was werden wir anziehen? Können wir beide das Gleiche tragen?«

Gwyneth hatte bisher keine Gedanken daran verschwendet. Sie hatte erwogen, einen neuen Waffenrock zu schneidern, aber was war mit Lily? »Ich bin mir nicht sicher, Mädchen.«

Lady Ramsay und Brenna starrten sie beide an.

»Bitte? Ich möchte genauso gekleidet sein wie du.«

Gwyneths Gesicht verzog sich, unsicher, was sie tun sollte. Ihre zukünftige Schwiegermutter hatte zwar ihren Segen gegeben, dass Gwyneth tragen konnte, was sie wollte, aber das bedeutete nicht, dass sie damit einverstanden war, dass Lily dasselbe tat. Und außerdem war ihr Hochzeitstag etwas Besonderes, und sie dachte an Rab, also vielleicht …

Lady Ramsay meinte: »Ich werde deine Entscheidung unterstützen, Gwyneth. Ich habe es dir schon einmal gesagt, und ich werde mein Wort nicht zurücknehmen.«

Gwyneth warf einen Blick auf Brenna, welche zustimmend nickte. Nachdem sie etwas darüber nachgedacht hatte, verkündete sie ihre Wahl.

Der Ausdruck auf dem Gesicht ihres Bruders nahm ihr alle Zweifel, ob sie die richtige Entscheidung getroffen hatte oder nicht. Sie hatte an seine Verzweiflung auf dem Jahrmarkt gedacht, und dass sie im Haus des Herrn sein würde, also beschloss sie, es für einen Tag zu tun.

»Gwyneth?« Er schritt herüber und stand in seiner schwarzen Robe vor ihr, seine Bibel in der Hand haltend.

»Aye, Rab. Ich trage Röcke wie eine richtige Dame, aber nur für heute.« Sie warf ihrem Bruder einen verlegenen Blick zu, in der Hoffnung, er würde es nicht herunterspielen. Sie war überrascht, wie schön sie sich in der ungewohnten Kleidung fühlte.

»Du bist wunderschön. Wie sehr wünschte ich, unsere Eltern könnten dich heute sehen.« Er küsste sie auf die Wange. »Aber warum? Ich hätte nicht erwartet, dass du deine Hosen aufgibst.«

»Lily. Sie sagte mir, dass sie sich gleich anziehen möchte wie ich. Also beschloss ich, dass ich mich vielleicht für einen Tag wie eine Dame kleiden könnte, für dich und Lily.«

Lily lächelte Pater Rab an. »Ist sie nicht wunderschön?«

»Aye, das ist sie, und das bist auch du, Miss Lily.« Rab nahm Gwyneths Hand in seine. »Ich freue mich so für dich, Gwyneth.«

Sie machten sich auf den Weg zur Tür und bereiteten sich darauf vor, die große Halle zu verlassen und zur Kapelle zu gehen. Sie würden Logan vor der kleinen Kirche treffen, welche Rab auf der Rückseite betreten würde. Die anderen würden drinnen auf sie warten. Sie richtete ihre Röcke, nicht sicher, ob sie darin gut laufen würde, aber sie hatte mit Brenna und Lily zuvor geübt.

Gwyneth trug ein dunkelgrünes Oberkleid und einen blassgrünen Rock, ein goldener Kettengürtel schmückte ihre schlanken Hüften. Die Farben waren von Lily ausgesucht worden, die darauf bestanden hatte, dass sie wie der Wald aussehen sollten. Gwyneths Oberkleid hatte lange Glockenärmel, und ihr Rock war im gleichen Pastellgrün wie Lilys Kleid. Sie trugen beide einen Haarreif und ihr Haar war offen und fiel in Wellen über ihren Rücken, wobei Blumen und Bänder mit den dunklen Strähnen verwoben waren.

Lilys Haar war golden wie Sonnenstrahlen, aber es war gleich geschmückt. Die Farbe war in ihre Wangen zurückgekehrt und sie erhellte den Raum mit ihrem ansteckenden Lächeln.

Gwyneth reichte Lily ihre Hand. »Bist du bereit, meine Liebe?«

Lily nickte und kicherte, als sie zu dritt auf die Stufen der großen Halle traten. Zwei Pferde erwarteten sie, und Rab half Gwyneth beim Aufsitzen und Richten ihrer Röcke, bevor er Lily assistierte.

Als sie vor der Kapelle ankamen, errötete sie bei dem schockierten Blick auf Logans Gesicht. Sie hoffte, dass er nicht verärgert war, dass sie sich entschieden hatte einen Rock anzuziehen und ihr Haar offen zu tragen. Ihr Herz pochte, als er sich ihrem Pferd näherte, um ihr beim Absteigen zu helfen, wobei Micheil Lily assistierte. Er fasste um ihre Taille und sie legte ihre Hände auf seine Schultern, ängstlich, ihm in die Augen zu sehen, bis ihre Füße den Boden berührten.

»Gwyneth«, flüsterte er.

»Aye?« Sie hob ihren Blick, um seinen zu treffen, und hoffte, dass er mit ihrer Entscheidung zufrieden war. Sie konnte seinen Ausdruck als nichts anderes als fassungslos beschreiben, was ihr nicht verriet, wie er sich fühlte.

»Mädchen, du raubst mir den Atem.«

Gwyneth errötete und fragte: »Du bist nicht verärgert, dass ich nicht meine Hosen trage?«

»Nay.« Er hielt ihr die Hand hin. »Du bist wunderschön. Komm, es ist Zeit für mich, die Liebe meines Lebens zu heiraten.«

Logan trug eine weiße Kutte und sein Ramsay-Plaid um die Taille und über die Schulter gewickelt. Eine große blaue Steinbrosche hielt es an seinem Platz. Das Ramsay-Plaid war wunderschön in Blau-, Schwarz- und Grüntönen gestaltet. Aye, sie hatte es schon einmal gesehen, aber heute waren die Farben, welche seine Familie trug, satt und kräftig, und nicht dafür gemacht, um sich an die Wildnis anzupassen. Sie bemerkte Lady Ramsay mit einem Leintuch in der Hand, die neben Avelina, Quade, Brenna und Micheil saß. Sie war erstaunt, wie schnell sie ihre neue Familie liebgewonnen hatte.

Rab führte eine wunderschöne Zeremonie durch, und Gwyneth sah die Tränen in seinen Augen, als er Logan schließlich aufforderte, seine Braut zu küssen. Sie grinste und schlang ihre Arme um ihren Bräutigam, als er sie vom Boden hochhob und sie innig küsste, und er hörte erst auf, als Lilys Kichern sie unterbrach.

Als er Gwyneth wieder auf die Füße stellte, meinte Lily: »Warte, Onkel Logan.«

Sie drehten sich um, um zu sehen, was das Mädchen wollte, und sie stand da, ihre ausgetreckten Hände hielten die Steine, welche sie ihnen gegeben hatte. »Die müsst ihr behalten. Ihr habt sie auf dem Tisch liegen lassen, aber sie sollen für immer eure Glückssteine sein.«

Sie nahmen jeweils ihren Stein und umarmten Lily zwischen sich, dann gaben sie Torrian ein Zeichen, sich ihnen anzuschließen. Nach einem Moment stand Logan auf und hielt ihr seine Hand hin: »Wir müssen zur großen Halle, um den Rest der Gäste zu begrüßen.«

Gwyneth hatte jede Minute der Zeremonie genossen, aber sie war völlig überwältigt von der ausgelassenen Stimmung in der großen Halle. Der Raum war vollgepackt und Musikanten unterhielten alle. Sie hatte noch nie in ihrem Leben an einem solchen Festmahl teilgenommen. Es gab Schweine-, Fasanen und Wildschweinfleisch in Hülle und Fülle, dazu zahlreiche Gemüse- und Obstsorten.

Logans Familie war wunderbar gewesen, aber sie hatte ein flaues Gefühl in der Magengrube. Heute Abend würden sie und Logan zusammen als Mann und Frau schlafen, etwas worauf sie sich freute, aber der Gedanke, es im Bergfried zu tun, wenn alle dort waren, machte sie nervös.

»Warum bist du so unruhig, Ehefrau?« Er beugte sich zu ihr und küsste ihre Wange, als sie inmitten der ausgelassenen Feier auf dem Podium saßen.

Gwyneth errötete, verlegen darüber, dass er ihre Gedanken so leicht lesen konnte. »Ich freue mich darauf, mit dir allein zu sein, aber ...«

»Aber was?«

»Ich habe Angst, hier mit dir zu schlafen. Du weißt, wie laut ich sein kann.« Sie sah durch ihre Wimpern zu ihm hoch und tat ihr Bestes, so leise zu reden, dass niemand sie hören konnte.

Er grinste. »Das tue ich. Und ich hoffe, dass ich dich heute Abend noch lauter stöhnen lassen kann als sonst.«

»Das ist es, wovor ich Angst habe, Logan. Nicht hier, wo deine Mutter uns belauschen kann. Sie ist nur den Gang runter von unserer Kammer.«

»Nay, das ist sie nicht.«

»Aye, das ist sie. Außerdem habe ich gehört, dass es eine Bettzeremonie geben soll, und das möchte ich nicht tun. Können wir bitte nicht an dieser Tradition festhalten? Ich würde sicherlich vor Verlegenheit sterben.«

Logan zwinkerte ihr zu. »Ich habe mich um alles gekümmert.«

Logan hatte geahnt, wie Gwyneth sich fühlen würde, und er wollte, dass ihre Hochzeitsnacht etwas Besonderes sein würde. Er hielt ihr die Hand hin. »Komm, wir laufen weg.«

Auch wenn sie verwirrt wirkte, legte sie ihre Hand in seine.

Der Beweis ihres Vertrauens war wie eine warme Glut in ihm, er nickte Quade zu, mit ihrem Plan fortzufahren. Nachdem er zurückgenickt hatte, ging sein Bruder hinüber zum Haupttor der großen Halle und begann mit einer Ankündigung.

Sobald sich alle umdrehten, um zu sehen, was Quade vorhatte, verschwanden Logan und Gwyneth in die Küche.

»Logan, wo gehen wir hin?«

Er zog sie hinter sich her und hoffte, dass sie nicht erwischt würden. Sie würden sicherlich erst in ein paar Minuten vermisst werden, aber das war vermutlich die einzige Gelegenheit, die sie bekommen konnten.

»Weg«, antwortete er über seine Schulter. »Wir gehen zu unserem eigenen Ort.«

»Aber kann ich nicht erst meine Hosen holen? Ich würde gerne aus diesem Kleid herauskommen.«

»Ehefrau, lerne deinem Mann zu vertrauen und folge mir.«

Logan führt sie hinaus in die kühle Nachtluft, wo sein Pferd auf sie wartete. Er hob sie in den Sattel und stieg dann hinter ihr auf.

»Logan, bitte sag mir, wo wir hingehen.«

»Psst. Du musst mir vertrauen. Das ist mein Hochzeitsgeschenk an dich, und es ist eine Überraschung.« Er zog sie näher an sich und trieb sein Pferd durch den Vorhof und die Tore. Die beiden Wachen winkten sie durch, und endlich waren sie frei.

Er brachte sein Pferd zum Galopp und streichelte Gwyneths Hals, während sie in die mondbeschienene Nacht aufbrachen, in der ein leichter Nebel über dem Boden schwebte. Kurze Zeit später näherten sie sich einem Waldstück, er zog an den Zügeln und bremste Paz ab. Als sie zum Stehen kamen, half er Gwyneth vom Pferd und sie schlichen Hand in Hand durch das Wäldchen.

Schließlich blieb er stehen und breitete seine Arme aus. »Unser Hochzeitsgemach, meine Liebe. Nur für dich.«

Gwyneth schnappte nach Luft, als sie alles in sich aufnahm. Eine dichte Baumgruppe verdeckte eine kleine Lichtung, die gerade groß genug für ein großes Bett war. Blätter und Tannenzweige waren in die darüber liegenden Äste der Bäume eingeflochten worden, um eine Art Schirm über der Lichtung zu bilden, und der Boden war mit Decken, Fellen, prallen Kissen und mehreren Plaids bedeckt. Auf beiden Seiten der Lichtung befanden sich zahlreiche Körbe mit Essen, welche von den Ästen der Bäume hingen.

»Logan, ich liebe es.«

Er zog sie durch die Bäume zu einem kleinen Bach, welcher sich hinter der Lichtung, durch einige Felsen versteckt, schlängelte. »Das Wasser ist ein bisschen kalt, aber wir sind hier ungestört.«

Sie schlang ihre Atme um seinen Hals und küsste ihn innig.

Er knurrte und zog sich zurück. »Es wird Zeit, dass wir dich aus diesem Rock herausholen.«

Sie kehrten zu ihrem improvisierten Bett zurück und er half ihr mit den Bändern auf der Rückseite. Sie sagte: »Das Einzige, was das Ganze perfekt gemacht hätte, wäre, wenn ich meine Hosen für den nächsten Tag eingepackt hätte.«

Bevor sie ihre Röcke auf den Boden fallen lassen konnte, griff er hinter die Kissen und holte ein eingewickeltes Bündel hervor. Die Überraschung in ihrem Gesicht, als er es ihr reichte, war jede Minute seiner Mühe wert.

Sie riss die Bänder ab und faltete den Stoff zurück. Darin befand sich ein dunkelgrüner Waffenrock und eine dazu passende neue Hose. »Logan, vielen Dank.« Sie fuhr mit den Händen über den weichen Stoff, bevor sie ihn an ihre Brust drückte. »Du hast wirklich an alles gedacht.«

Sie legte ihr Geschenk auf die Felle und nahm sein Gesicht in seine Hände. »Ich liebe dich so sehr. Dieser Ort ist das beste Geschenk, das du mir je hättest machen können.« Sie küsste ihn, neckte ihn mit der Zunge, bevor sie sich zurückzog und fragte: »Woher wusstest du das?«

Er zuckte mit den Schultern. »Weil ich dich liebe. Also, zurück zu deinen Röcken…«

EPILOG

GWYNETH MUSSTE ZUGEBEN, dass sie noch nie in ihrem Leben so glücklich gewesen war. Sie schaute in Logans strahlendes Gesicht, während er mit seinen Brüdern scherzte, welche alle auf Stühlen um den Kamin in der großen Halle saßen. Ach, wie sehr sie ihn liebte. Sie hatten eine Menge Spott über ihr Verschwinden in der Hochzeitsnacht einstecken müssen, aber jetzt war alles vergeben.

Rab hatte fast geweint, als sie Hand in Hand zurückkehrten, aber er hatte es geschafft, sich zusammenzureißen. Sie war so froh, dass er als Priester hierbleiben würde. Anstatt das einzige verbliebene Mitglied ihrer Familie zu verlieren, um sich dieser neuen Familie anzuschließen, würde sie jeden, den sie liebte, um sich haben.

Quade, Micheil und Logan standen sich so nah, was ein weiterer Grund war, warum es sich richtig anfühlte, sich hier niederzulassen. Die Brüder würden eine neue Hütte für Logan und Gwyneth bauen, und sie hatten dafür einen Platz im Wald gewählt. Sie würden im Bergfried bleiben, wenn der Winter über sie hineinbrach, und dann im neuen Jahr umziehen. Logan versprach ihr, dass sie sich ab und zu in ihr Versteck schleichen würden, um allein zu sein, und weil sie den Ort liebte.

Lady Ramsay war eine ständige Quelle der Unterstützung und Inspiration, und sie hatte Gwyneth angeboten, ihr das Kochen beizubringen, damit sie nicht mehr für alle Mahlzeiten in den Bergfried kommen mussten, nachdem sie umgezogen waren.

Sie hatte nur noch eine Angelegenheit zu regeln, und sie konnte sich nicht entscheiden, wie sie vorgehen sollte. Sie musste sich mit ihrem Vorgesetzten in Verbindung setzen. Aber da sie geschworen hatte, ihre Verbindung zur Krone geheim zu halten, konnte sie es ihrem Ehemann nicht sagen … und er würde es wahrscheinlich nicht verstehen, wenn sie für einen Tag nach Glasgow verschwand.

Plötzlich stand Logan auf und streckte ihr die Hand entgegen. »Komm, meine Frau, hier ist jemand, den du sehen solltest.« Logan küsste sie auf die Wange und führte sie hinüber zu Quades Kammer.

Sie hatte keine Ahnung, wen sie darin vorfinden würde.

Als sie durch die Tür trat, stand ein großer Mann mit dem Rücken zu ihnen am Fenster. Sobald sie eintraten, drehte er sich um und lächelte sie an. Logan ging zu ihm hinüber, den Arm immer noch um Gwyneth gelegt.

Sie rang nach Luft, als sie erkannte, wer es war. Dougal Hamilton stemmte die Hände in die Hüften und starrte das frisch vermählte Paar an. »Nun, Gwyneth, die Ehe steht dir gut. Du strahlst, auch wenn dieser schockierte Gesichtsausdruck nicht zu dir passt. Logan hat unser Geheimnis bewahrt, wie ich sehe.«

Sie wandte sich zu ihrem Ehemann und sagte: »Du wusstest es?«

Logan küsste sie auf die Wange. »Aye.«

»Und du hast es mir nicht gesagt?«

»Och, ich konnte nicht, Liebes. Dougal erlaubte es mir nicht.«

»Gwyneth.« Dougal kam zu ihr herüber und stellte sich vor sie. »Mach deinem Ehemann keine Vorwürfe. Er wurde genauso zur Verschwiegenheit verpflichtet wie du.«

»Wann? Wann hast du es herausgefunden?«, fragte sie Logan.

Dougal äußerte sich. »Es war alles mein Werk. Ich habe mir Sorgen um dich und Erskine gemacht, also habe ich ihn beauftragt, dir zu folgen.«

Gwyneth trat einen Schritt zurück und stieß sich von ihrem Ehemann weg. Er war ihr nur gefolgt, weil sie ein Auftrag gewesen war? Sie starrte Logan an, während sie versuchte, die Neuigkeiten zu verarbeiten, welche ihre Welt zu zerreißen drohten.

»Warte, warte Gwyneth, nein. Ich weiß, was du denkst. Ich bin dir aus eigenem Willen aus den Highlands gefolgt, und ich war schon in dich verliebt, als ich Dougal traf.« Er bedeckte ihre Hände mit den seinen und rieb mit den Daumen über ihre Handrücken.

Gwyneth sackte auf einen Stuhl, unsicher, was sie glauben sollte. Schließlich schaffte sie es, aufzuschauen und Dougals Blick zu begegnen. »Logan hat recht«, sagte er. »Er war schon über beide Ohren verliebt, als er zu mir kam. Ich konnte es in seinen Augen sehen. Um genau zu sein, war das der Grund, warum ich ihn dir zugewiesen habe, da ich wusste, dass er sich kümmert. Ich wollte, dass du jemanden hast, der für dich da ist, damit du die Situation mit Erskine bewältigen kannst.«

Gwyneth ließ die Abfolge der Ereignisse in ihrem Kopf Revue passieren. »Wann hast du ihn mir zugewiesen?«

»Nicht bis zu dem Tag, an dem ihr aus den Highlands zurück- gekehrt seid. Er hatte gerade die Kirche verlassen, um zu mir zu kommen«, antwortete Dougal.

»Nachdem ich dir einen Heiratsantrag gemacht habe und du mich abgewiesen hast.« Logan hielt noch immer ihre Hände, während er sprach.

»Sie hat dich abgewiesen?«, fragte Dougal und wandte sich an Gwyneth. »Du hast ihn wirklich zurückgewiesen?«

»Aye, ich war zu der Zeit verwirrt und nur auf eine Sache konzentriert.« Sie hielt inne, um die Situation zu überdenken, und entschied, dass Logan die Wahrheit gesagt hatte. Er hatte ihr einen Antrag gemacht, als sie aus den Highlands zurückkamen. »Ich akzeptiere deine Erklärung. Und warum bist du hier?«

»Zum einen, um meinen beiden besten Spionen zu ihrer Hochzeit zu gratulieren. Ich denke, eure Beziehung wird eine sehr glückliche sein.«

»Und?«, fragte Gwyneth. »Du nimmst ihn mir doch nicht weg, oder?«

»Nay, ich werde euch vorerst in Ruhe lassen. Ihr müsst euch erst einmal kennenlernen. Aber im Frühling hoffe ich, dass ihr beide es in Betracht ziehen werdet, wieder für mich zu arbeiten.«

»An was genau denkst du, Hamilton? Ich möchte mir keine Sorgen mehr machen müssen, dass meine Frau irgendwo alleine hingeht.«

»Nay, natürlich nicht. Ich würde sie ohne dich nirgendwo hinschicken.«

Logan und Gwyneth drehten sich um und sahen erst Dougal, dann einander an.

»Zusammen?«, fragte Logan. »Du lässt uns zusammenarbeiten?«

»Aye. Stellt euch vor, wie stark ihr beide sein werdet, wenn ich euch zusammen einsetze.«

»Wahrhaftig?«, fragte Gwyneth und strahlte bei der Andeutung.

Logan grinste und schlang seinen Arm um ihre Taille.

Dougal schritt zur Tür hinüber. »Es ist Zeit für mich, weiterzuziehen.« Er griff nach der Klinke, blieb dann aber stehen und drehte sich noch einmal zu ihnen um. »Im Moment habe ich nur eine Aufgabe für euch.«

»Und die wäre?«, erkundigte sich Logan.

»Macht ein Kind. Es ist mir egal, ob es ein Junge oder ein Mädchen wird.« Er starrte an die Decke. »Stellt euch nur die Fähigkeiten eines Nachkommens von zwei solchen Legenden wie euch vor.« Er gluckste. »Ein ziemlich inspirierender Gedanke.«

ENDE

http://www.keiramontclair.net/

L IEBE LESERINNEN & Leser,

Vielen Dank fürs Lesen!

Folgen Sie mir auf Amazon oder Bookbub, um Benachrichtigungen über Neuerscheinungen zu erhalten.

Schicken Sie mir gerne eine E-Mail an keiramontclair@gmail.com oder besuchen Sie eine der folgenden Websites:

Keira Montclair

http://www.keiramontclair.net
http://facebook.com/KeiraMontclair/
http://www.pinterest.com/KeiraMontclair/

ÜBER DIE AUTORIN

Keira Montclair ist das Pseudonym einer Schriftstellerin, die mit ihrem Mann in South Carolina lebt. Sie liebt es, rasante, emotionale Liebesromane zu schreiben, am liebsten mit Kindern als Nebenfiguren in ihren Geschichten.

Früher hat sie als Krankenschwester in der Pädiatrie und in der Intensivpflege gearbeitet. Eine weitere Leidenschaft von ihr ist das Unterrichten. Sie lehrte sowohl Mathematik an der Highschool als auch praktische Krankenpflege.

Jetzt widmet sie ihre Zeit am liebsten dem Schreiben, aber alle Zeit der Welt würde nicht reichen, um alle Ideen zu Papier zu bringen, die sich noch in ihrem Kopf tummeln! Ihre Clan-Grant-Highlander-Serie, die aus acht eigenständigen Romanen besteht, ist bei den Lesern sehr beliebt. Ihre dritte Buchreihe, Der Highland Clan, die zwanzig Jahre nach der Clan Grant-Reihe spielt, konzentriert sich auf die Nachfahren der Grant/Ramsay. Wer es lieber etwas zeitgenössischer mag, dem seien ihre Bücher ans Herz gelegt, die an den Finger Lakes in West New York spielen. Ihre neueste Serie, Highlandschwerter, basiert auf der Serie Der Highland Clan, ist aber eine eigenständige Geschichte.

Kontaktieren Sie sie per E-Mail keiramontclair@gmail.com
Website: http://www.keiramontclair.net